M000232202

UNE PIÈCE MONTÉE

BLANDINE LE CALLET

Une pièce montée

ROMAN

STOCK

À Pierre-André
À nos trois petits choux

Pauline

Elle a bien cru qu'on n'y arriverait jamais. Le voyage a été terrible. Elle n'aime pas la nouvelle voiture de papa, à cause de l'odeur du cuir. Elle a failli être malade. Mais on s'habitue, au bout d'un moment.

Les parents n'ont pas arrêté de se disputer. Pas une grosse dispute. Jamais de grosse dispute. Très peu de mots, quelques phrases, sans crier. Ça a duré des heures, tout le temps du voyage, en fait. Elle n'est pas idiote ; elle sait que la dispute a commencé bien avant le départ de Sceaux. On peut dire que ça fait plusieurs semaines, et même plusieurs mois.

De temps en temps, ils font semblant de ne pas se disputer : on va se promener au parc en famille. Pendant deux heures, papa joue avec eux, et maman prend des photos. Ils rient fort, ils sont gais. Ils croient que ça suffit pour qu'elle ne se rende compte de rien. Mais il ne faut pas croire : elle n'est pas idiote.

Elle est très sage. Il faut toujours obéir aux adultes, qui savent ce qui est bien. Parfois, elle trouve que c'est pénible, et même qu'on l'oblige à faire des choses sans intérêt. Mais elle a confiance : les adultes ont toujours raison. Elle obéit sans discuter. D'abord, parce qu'elle veut faire plaisir à maman, qui est tellement contrariée lorsque les enfants sont insupportables. Surtout, parce qu'elle aime bien qu'on ne fasse pas attention à elle, qu'on l'oublie dans son coin. C'est beaucoup plus simple d'être une petite fille sans histoire : on est toujours content d'elle, et on la laisse tranquille.

Tout à l'heure, elle s'est blottie sur la banquette arrière ; elle a attendu que son envie de vomir disparaisse, et elle a écouté la dispute de ses parents, en faisant semblant de dormir. Elle sait que papa a des soucis, et qu'il doit beaucoup travailler parce qu'il a des responsabilités. C'est pour ça qu'il n'est pas souvent à la maison. Mais elle a de la chance d'avoir un papa qui gagne de l'argent. Dans le monde, il y a beaucoup d'enfants malheureux. Il y en a même qui n'ont rien à manger ; il faut penser à eux quand on n'arrive pas à finir son assiette de bœuf bourguignon.

Aujourd'hui est un jour important car elle sera demoiselle d'honneur pour la première fois. Enfin, il y a eu d'autres fois, mais elle était trop petite et elle ne s'en souvient pas. Elle sera demoiselle d'honneur avec Clémence et Hadrien, et tous les cousins. Et il y aura aussi des enfants de l'autre famille. En tout, ils seront douze enfants. Une fois, elle a entendu maman dire à papa « C'est ridicule ! » et elle n'a pas compris pourquoi. Après maman a changé d'avis et elle leur a dit que ce serait très mignon, tous ces enfants autour de la mariée.

Pendant la cérémonie, elle sera assise devant, sans les parents, et ça lui fait vraiment plaisir. Au premier rang, elle verra très bien la cérémonie. Ce ne sera pas comme d'habitude à la messe : elle aura tellement de choses à regarder qu'elle ne s'ennuiera pas du tout, elle en est sûre. D'ailleurs, ce n'est pas une messe ordinaire, c'est un mariage. Il est possible que le prêtre raconte des choses intéressantes. Elle se promet d'écouter très attentivement, au moins au début.

Pour la cérémonie, elle a une belle robe rose avec des broderies devant et des sandalettes neuves. Elle est très fière de sa tenue. Maman lui a coupé les cheveux hier soir, pour qu'elle ait « un carré bien net », et ce matin, en se regardant dans la glace juste avant de partir, elle s'est trouvée jolie.

Il y aura avec eux une petite fille qui a une maladie au nom bizarre, qu'on ne peut pas soigner. C'est maman qui l'a dit. Peut-être qu'on ne la trouvera pas très belle, et peut-être qu'elle va mal se tenir à la messe. Mais ce n'est pas sa faute, c'est à cause de sa maladie. Il faudra être gentil et ne faire aucune remarque. C'est une petite fille exactement comme les autres.

Depuis plusieurs jours, elle pense à la petite fille. Elle est « exactement comme les autres », mais maman l'a tellement répété que, Pauline le devine, cette petite fille est très différente. Ça l'intrigue de penser qu'elles seront peut-être côte à côte durant la cérémonie. Quel genre de maladie a cette petite fille ? Pourquoi est-ce qu'elle va mal se tenir à la messe ? Est-ce que c'est à cause de sa maladie qu'elle n'est pas très belle ? Est-ce qu'elle va à l'école ? En fait, elle se rend compte que la présence de cette petite fille malade ajoute à son impatience d'assister au mariage, à sa curiosité, à son excitation, à sa joie d'être demoiselle d'honneur.

On s'arrête pour déjeuner dans un restaurant gaulois. D'habitude, elle aime aller au restaurant, mais là, elle préférerait pique-niquer sur une aire d'autoroute, pour pouvoir courir et jouer un peu. Elle a du mal à rester sagement assise sur sa chaise pendant une heure. Papa lui fait même une remarque parce qu'elle n'a pas mis les mains sur la table, de chaque côté de l'assiette :

– J'espère que ce soir, tu te tiendras mieux que ça. Je ne voudrais pas qu'on dise que j'ai des enfants mal élevés !

C'est sûr, ce soir, elle se tiendra parfaitement à table, comme on le lui a appris. Et elle sera un bon exemple pour Hadrien.

Elle mange avec appétit le steak et les frites du « menu enfant », mais elle choisit de laisser sa glace vanille-fraise à son petit frère.

– C'est bien de donner ta glace à Hadrien ; c'est très généreux de ta part.

Elle, elle pense surtout à l'odeur de cuir dans la voiture restée au soleil, et elle sent son estomac se retourner. Papa ne sera pas content si elle vomit dans la voiture neuve. Et en plus, ça risque de salir sa tenue de cérémonie. Alors elle préfère se priver de dessert.

Après le déjeuner, maman les emmène tous les trois faire pipi et se débarbouiller dans les toilettes. Sur le parking, elle les change. Quand ils repartent, elle a sa belle robe rose, ses sandalettes blanches, et de jolies barrettes achetées pour l'occasion.

Maintenant, elle a vraiment hâte d'arriver. Maman annonce qu'il ne reste pas beaucoup de route, mais en fait, c'est plus long que prévu, parce que papa se trompe un peu à la fin. Le plan de Bérengère et Vincent, c'est du n'importe quoi. C'est pour ça que papa se trompe. Maman sort la carte et la regarde attentivement pour retrouver la route. La voiture accélère et vibre.

Papa s'énerve :

– On ne va jamais être à l'heure !

Elle pense : Non ! Non ! Elle a les larmes aux yeux à l'idée de manquer un mariage qu'elle a si longtemps attendu. Elle fait une prière à son ange gardien pour que ses parents retrouvent le chemin, et qu'on arrive à l'heure au mariage de Bérengère.

Elle est presque immédiatement exaucée. Ça veut dire que son ange gardien est là, tout près d'elle, dans la voiture, même s'il n'y a pas beaucoup de place. Ils sont arrivés ; elle voit le clocher de l'église. C'est là que se produit la catastrophe : Hadrien vomit. Clémence hurle. Pauline se retient pour ne pas faire comme Hadrien. Son cœur s'affole. Elle met la main devant son nez et sa bouche, appuie vite sur le bouton pour baisser la vitre. Entre les rugissements de papa, les pleurs d'Hadrien, les hurlements de sa sœur et sa peur de vomir, elle est véritablement paniquée. Ses parents crient ; on voit bien qu'ils sont très en colère l'un contre l'autre.

Vite, elle descend de la voiture, elle fait quelques pas sous les arbres, ferme les yeux, respire lentement, profondément, pour laver ses poumons. Aussitôt elle ressent la fraîcheur de l'ombre, la pureté de l'air. Ce n'est pas celui qu'elle respirait ce matin à Sceaux, ou tout à l'heure, sur le parking du restaurant ; c'est plein d'odeurs délicieuses. Ce doit être normal, puisqu'on est près d'une église où l'on va célébrer un mariage. Dieu n'est sans doute pas loin, avec Jésus, Marie, les anges gardiens et les saints patrons. Toutes ces présences invisibles communiquent à l'air une douceur et un parfum particuliers. Les yeux fermés, elle le respire à pleins poumons, jusqu'à sentir sa tête tourner.

Papa lui saisit la main, et l'arrache à la douceur de l'ombre. Il l'entraîne vers l'église avec Clémence. Il leur explique que, finalement, il va rester un moment dehors avec maman, pour s'occuper d'Hadrien et nettoyer la voiture. Elle est contente que ni ses parents ni son petit frère ne viennent tout de suite à l'église.

Hadrien, il l'agace. Il faut toujours qu'elle soit un bon exemple. Elle doit le surveiller, faire attention à ce qu'il se tienne bien, lorsqu'on va chez des gens. S'il se tient mal, c'est à elle qu'on fait une remarque : on lui avait confié une responsabilité, et elle n'a pas été attentive ; on n'aurait pas dû lui faire confiance. Elle aime beaucoup son petit frère ; mais là, elle est contente d'être débarrassée de lui. Elle pense : ça me fait des vacances. Et tant mieux si ses parents ne viennent pas non plus. Elle en a assez de leurs disputes. Ils auraient sûrement continué pendant la cérémonie. Même sans les entendre, elle aurait su qu'ils continuaient, quelque part, loin derrière, et ça lui aurait gâché une partie de son plaisir. Sans eux, sans Hadrien, elle sait qu'elle va vivre un moment merveilleux.

Dans l'église, il y a beaucoup de monde, des gens qu'elle ne connaît pas, et aussi des gens de sa famille qu'elle aime beaucoup, pour la plupart. Tout le monde est bien habillé. Laurence est là pour les accueillir. C'est elle qui s'occupe des enfants d'honneur. Elle leur donne un petit bouquet de roses et de fleurs des champs. Elle les conduit au premier rang et les fait asseoir.

Pauline regarde les autres enfants, à la recherche de la petite fille malade, mais elle ne la voit pas. Elle se tient bien droite, immobile. Elle essaie de chasser de son esprit toutes les impressions désagréables du voyage. L'église est minuscule et paraît submergée de fleurs. En fermant les yeux un long moment, on sent leur parfum dans la fraîcheur des pierres.

Une voix lui demande si elle peut se pousser pour
faire un peu de place. C'est une dame qui tient par la
main une petite fille de son âge, un peu grosse et assez
laide. C'est sûrement la petite fille malade qui va mal
se tenir pendant la messe. La dame demande :

– Est-ce que Lucie peut s'asseoir à côté de toi ?

Elle répond, un peu intimidée :

– Oui.

Elle est contente de voir la petite fille qui a éveillé
sa curiosité, et en même temps un peu surprise par ce
visage étrange. Elle la regarde, et repense à ce qu'a dit
sa mère : et si la petite fille se tient mal pendant la
messe ? Que va-t-il se passer ? On croira peut-être que
c'est aussi sa faute à elle. On la grondera, peut-être.
Elle est si inquiète, soudain, qu'elle voudrait voir la
petite fille disparaître, retourner d'où elle vient, avec
sa maman.

La dame dit « Merci » et se tourne vers la petite
fille :

– Maman sera là-bas.

Elle montre un banc quelques rangs derrière.

– Si tu veux venir vers moi pendant la messe, tu te
tournes et tu me fais un petit signe. C'est moi qui
viendrai te chercher. Toi, tu ne bouges pas, d'accord ?
Tu ne fais pas de bruit. Sinon, Vincent ne sera pas
content. Il faut être sage pour faire plaisir à Vincent.
Tu me promets ?

La petite fille dit « Oui » et rigole. Elle a une voix
bizarre et n'arrête pas de tirer la langue. On voit bien
que ce n'est pas pour être impolie, mais qu'elle ne peut
pas s'en empêcher. Lorsqu'elle sort la langue, elle tend
un peu le cou, comme si elle voulait dire quelque chose
sans y parvenir.

Pauline se sent très mal à l'aise. La petite fille lui sourit. Elle tient elle aussi un bouquet qu'elle tripote et approche de son nez pour respirer les fleurs. Pauline se force à sourire, pour être gentille. La petite fille lui prend la main, un peu brusquement, et la serre. Elle dit :

– Je suis contente. Comment tu t'appelles ?

Elle parle très fort, d'une voix rauque. Pauline répond à voix basse :

– Je m'appelle Pauline. Elles sont belles, nos robes, tu trouves pas ?

– Oui, on est très belles pour le mariage de Vincent.

Elles se sourient. Pauline n'ose pas retirer sa main que la petite fille ne veut pas lâcher. Elles restent un long moment main dans la main, à contempler l'église.

Le prêtre est debout devant l'autel. Il a l'air sévère. Il attend que tout le monde s'installe. Ça va sûrement bientôt commencer. Un monsieur vient prendre des photos des enfants d'honneur. Ils sont onze, sur deux rangs. Normalement, ils devaient être douze, mais Hadrien n'est pas encore arrivé. De toute façon, il ne pourra pas vraiment être enfant d'honneur, vu qu'il n'a pas la bonne tenue. Pour être enfant d'honneur, il faut avoir la bonne tenue et surtout ne pas la salir avant la cérémonie. Hadrien fait vraiment n'importe quoi. On lui a pourtant assez répété que c'était défense de se salir.

On a mis les petits devant pour qu'on les voie mieux sur la photo. Laurence s'approche. Elle dit au monsieur :

– Attendez !

Elle se penche vers la petite fille avec un grand sourire :

– Viens, ma chérie.

Elle la prend par la main, doucement, et l'oblige à quitter sa place. Elle fait lever Augustin du deuxième rang, et lui demande de s'installer à côté de Pauline. Puis elle assied la petite fille derrière, à la place d'Augustin.

– Tu seras très bien ici, ma chérie.

Pauline chuchote :

– Mais Laurence, elle va rien voir du tout si tu la mets là !

Laurence lui lance un drôle de regard, puis se tourne vers le monsieur qui prend les photos :

– Allez-y ! Vous pouvez continuer !

Augustin est furieux. On l'oblige à s'asseoir à côté de sa petite cousine, alors qu'il était bien tranquille au deuxième rang, avec Arthur et Gatien. Pauline est troublée. À cause d'elle, sa tante a eu l'air très agacée. Elle aurait mieux fait de se taire. Mais ce n'est pas du tout logique de placer la petite fille derrière un grand. C'est sûr, la petite fille ne va rien voir du tout. D'un autre côté, maintenant qu'elles sont séparées, Pauline se dit qu'elle ne risquera pas d'être grondée si la petite fille ne se tient pas bien pendant la messe.

Dans l'église, il y a des musiciens. Ils jouent une marche très solennelle pour l'entrée des mariés. Vincent, le fiancé de Bérengère, arrive en premier au bras de sa mère, une dame très élégante portant un grand chapeau de paille décoré de coquelicots géants. Pauline trouve que Vincent est très beau. Elle se sent même un peu amoureuse de lui. Évidemment, il ne peut pas tomber amoureux d'elle, vu qu'il épouse Bérengère. Et puis, elle n'est qu'une petite fille ; personne ne fait attention à elle, même lorsqu'elle est particulièrement bien habillée et bien coiffée, comme aujourd'hui.

Elle espère qu'un jour, elle aura la chance de rencontrer un jeune homme aussi beau. Il tombera amoureux d'elle. Elle pourra quitter papa et maman pour se marier. Elle ne se disputera jamais avec son mari. Ils auront de très bons métiers, avec des tas de responsabilités, mais tout de même beaucoup de temps pour s'occuper de leurs enfants.

Bérengère entre ensuite, au bras de grand-papa, et tout le monde se lève. Pauline a du mal à la reconnaître, sous son voile de mariée. Elle voit bien que c'est elle, mais elle lui trouve un air différent. Elle ne l'a jamais vue coiffée et maquillée comme ça. Bérengère est très belle. Des fleurs roses et blanches sont piquées dans son chignon. Elle est merveilleuse, comme une princesse ou une fée.

Bérengère s'assied à côté de Vincent. Ils sont à quelques mètres d'elle. Elle va pouvoir les observer autant qu'elle veut, pendant toute la cérémonie. Bientôt, la musique s'arrête, et le prêtre s'avance. Il dit « bienvenue », et que tout le monde est content aujourd'hui, et qu'on va accomplir devant Dieu quelque chose de très important. Elle écoute attentivement, tout en contemplant sa tante, merveilleusement transfigurée le jour de son mariage.

Elle n'a jamais vu de sa vie une aussi jolie robe. Elle ne peut détacher son regard des motifs de dentelle, sur le corsage. Elle s'entraîne à conserver les yeux ouverts le plus longtemps possible sur les fleurs délicates entrelacées de feuillage que dessinent les fils de soie. Puis elle ferme les yeux et laisse danser les motifs qui restent comme imprimés derrière ses paupières

closes, métamorphosés en entrelacs bleus presque fluo-
rescents, qui peu à peu se dissolvent. Elle est fascinée
par la persistance du motif, malgré ses yeux fermés,
puis par sa lente désintégration. Elle se demande s'il
n'entre pas dans ce phénomène une part de magie éma-
nant, peut-être, de la robe elle-même. Elle a fixé les
motifs si longtemps, si intensément que, malgré leur
extrême complexité, elle en gardera toute sa vie une
vision précise.

Lorsqu'elle rouvre les yeux, la princesse est là,
comme une apparition dans la lumière du chœur. Le
soleil illumine son voile d'une clarté surnaturelle. Sur
sa nuque brillent de petits cheveux dorés échappés du
chignon. Elle n'a jamais rien vu de si beau, de si pai-
sible et harmonieux. Elle prie, les mains serrées autour
de son petit bouquet : que ses parents arrêtent de se
disputer, qu'elle se marie un jour avec un beau jeune
homme, que l'odeur de cuir disparaisse de la voiture
neuve de papa, que cette journée ne finisse jamais.

Contrairement à ce qu'elle s'est promis, elle
n'écoute pas très attentivement ce que raconte le prêtre.
Et pourtant, ça l'intéresse. Mais, comme d'habitude,
c'est très difficile à suivre ; il y a des tas de mots qu'elle
ne comprend pas, même dans les prières qu'elle
connaît par cœur. On ne lui a pas tout expliqué, et elle
n'a jamais rien demandé.

Elle a l'impression que le prêtre parle très vite,
comme s'il était pressé de finir. Ça la surprend parce
que, d'habitude, les prêtres sont plutôt lents, dans leurs
gestes et dans leurs paroles. C'est d'ailleurs pour ça
que la messe est si longue. S'ils se pressaient un peu
on pourrait facilement gagner un quart d'heure. Là, on
dirait que le prêtre va à toute vitesse, sans penser à ce

qu'il dit. Mais, évidemment, ça ne peut pas être ça. Les prêtres font toujours bien leur travail, avec beaucoup de sérieux, car ils ont de grandes responsabilités. Ils n'ont jamais hâte que cela finisse. Les prêtres, eux, ne s'ennuient jamais pendant la messe. C'est sans doute normal que celui-ci parle à toute vitesse. Elle ne le connaît pas, voilà tout. Elle n'est pas habituée. C'est un prêtre qui parle vite. C'est son style.

Maintenant, on en est au moment qu'elle préfère, qu'elle attend depuis le début : celui où les mariés se disent « oui ». Elle se demande si ça arrive que les mariés changent d'avis au dernier moment. S'il y en a un qui finalement dit « non », tout le monde doit être très contrarié... Mais on voit bien que Bérengère et Vincent sont vraiment amoureux : ils vont dire « oui » tous les deux, et tout va bien se passer.

Leurs têtes se rapprochent pour lire les formules inscrites sur le livre que leur tend le prêtre. Elle entend leurs voix qui montent dans le chœur et la lumière dorée :

— *Bérengère, veux-tu être ma femme ?*

— *Oui, je le veux. Et toi, Vincent, veux-tu être mon mari ?*

— *Oui, je le veux. Bérengère, je te reçois comme épouse et je me donne à toi pour t'aimer fidèlement tout au long de notre vie.*

— *Vincent, je te reçois pour époux et je me donne à toi pour t'aimer fidèlement tout au long de notre vie.*

Ces mots lui semblent très beaux, et véritablement magiques, puisqu'ils suffisent à créer entre eux un lien invisible et indestructible. C'est merveilleux de se marier. Elle sent les larmes lui monter aux yeux. Elle

voit briller l'anneau que Vincent met au doigt de
Bérengère.

Les mariés disent une prière ensemble, et ensuite
tout le monde chante : *Ô Seigneur, je viens vers toi.*
Pour la quête, Laurence donne une petite corbeille à
Augustin, et une autre à Arthur. Elle aurait bien aimé
faire la quête, mais c'est normal qu'on demande aux
plus grands. C'est une responsabilité. Il faut surveiller
que tout le monde met bien de l'argent dans la corbeille, que personne ne vole de sous, et il ne faut pas
tout renverser. Elle ne sait pas si elle y arriverait. Est-ce
qu'elle oserait faire une remarque aux gens qui ne
donnent rien, dénoncer les voleurs ? Et si elle laissait
tomber la corbeille... Elle imagine les pièces roulant
dans l'allée avec un bruit épouvantable... Finalement,
c'est plus confortable de rester assise là, à écouter la
musique apaisante et le tintement des pièces qui
s'amoncellent dans les corbeilles.

Après la quête, on chante *Saint le Seigneur Dieu de
l'univers* et *Christ est venu*, puis on récite le Notre-
Père. Elle prononce toutes les paroles plus sérieusement que d'habitude, en se concentrant sur chaque mot,
en détachant bien les syllabes, les mains serrées sur
son petit bouquet. Derrière elle, elle entend la petite
fille malade réciter la prière d'une voix forte aux into-
nations étranges.

Le prêtre s'approche de l'autel et commence à tout
préparer pour la communion. Ses gestes n'ont pas la
lenteur solennelle de ceux du père Bonnelier, quand il
bénit le pain et le vin. Ses mains virevoltent entre le
calice et les fioles, tripotent nerveusement les petites
serviettes. Il parle si vite qu'elle se demande, tout de
même, si c'est bien normal.

À un moment, le prêtre se trompe : il dit « Florent »
au lieu de « Vincent ». Dans l'église, les gens s'agitent.
Elle voit Bérengère redresser brusquement la tête. Le
prêtre se trompe encore. Alors Bérengère crie d'une
drôle de voix :

– Non, ce n'est pas « Florent », c'est « Vincent » !

Le prêtre joint les mains d'un air gêné, et reprend
la phrase où il s'est trompé, en disant bien « Vincent »
cette fois-ci. Elle voit Bérengère se renfoncer dans sa
chaise.

Pendant la communion, une dame chante *Ave Maria*.
On sent qu'elle a un peu de mal avec les notes les plus
hautes, mais c'est tout de même très beau. Pauline n'a
pas le droit de prendre l'hostie, parce qu'elle n'a pas
fait sa première communion. Il faut attendre encore un
an. On fera une fête et elle aura plein de cadeaux. Elle
aime bien la communion, parce que ça veut dire que
la messe est bientôt terminée. Pendant les mariages,
c'est un moment intéressant : on voit défiler tous les
invités, et on peut vraiment observer comment ils sont
habillés. Elle est subjuguée par les chapeaux, les
écharpes, les étoles, les robes, les tailleurs, les chaussures. Tout est coloré, chatoyant, si différent des tenues
que portent les adultes d'habitude. Jamais elle n'aurait
soupçonné jusqu'à aujourd'hui qu'elle verrait un jour
toutes ses grand-tantes et sa grand-maman – des dames
gentilles, mais très sévères – habillées en bleu tur-
quoise ou rose fuchsia.

Après la communion, les gens commencent à
s'agiter dans l'église. C'est bientôt fini. Elle est excitée
à l'idée de sortir. Les heures suivantes vont être mer-
veilleuses : on va la photographier dans sa belle robe ;
elle va jouer dans un jardin immense ; il y aura des

glaces et des gâteaux. Elle dansera et se couchera très tard.

Ça y est, c'est le moment de sortir de l'église. Maman leur a tout expliqué : on doit se mettre en rang, deux par deux suivant les indications de Laurence, et marcher lentement devant les mariés, au rythme de la musique. C'est un moment très agréable car tout le monde va les regarder et les prendre en photo.

Laurence dit qu'il y a un problème : comme Hadrien ne peut pas être dans le cortège – vu qu'il a sali son costume –, il y a un enfant de trop. Laurence a l'air bien ennuyée. Pour résoudre ce problème, elle essaie de s'organiser rapidement. Vite, elle place les enfants deux par deux, par ordre de taille. À la fin, il n'y a personne pour se mettre avec la petite fille malade. C'est bien embêtant, dit Laurence. Un enfant de trop. Le cœur de Pauline se met à battre plus fort. Un instant, elle soupçonne sa tante de vouloir écarter la petite fille malade, mais elle se sent immédiatement honteuse de prêter à un adulte de mauvaises intentions. Ce serait extrêmement méchant d'empêcher la petite fille de défiler alors qu'elle est enfant d'honneur. Non, ce n'est pas possible. Laurence est toujours très gentille avec les enfants. Il y a un problème, c'est sûr, et elle ne sait pas comment le résoudre. Seulement, elle ne se rend pas compte qu'elle risque de faire de la peine à la petite fille.

Le cortège est formé, et la petite fille reste sur le côté, sans vraiment comprendre. Laurence lui tient la main. Pauline dit :

– Moi, je veux me mettre avec la petite fille. Elle sera triste, si elle est pas dans le cortège !

Laurence la regarde d'un drôle d'air ; elle chuchote :

– Non, toi tu donnes la main à ta sœur !

Pauline voit bien que Laurence essaie d'être discrète ; elle pousse les enfants à se mettre en marche, sinon tout le monde va se rendre compte qu'il y a un problème. Mais Pauline ne veut pas que ça se passe comme ça.

– Non, Clémence a qu'à se mettre devant toute seule, et moi je donne la main à la petite fille !

Elle parle assez fort, exprès pour qu'on l'entende, et pour que Laurence soit obligée de changer d'avis. Du coup, tout le monde les regarde. Laurence serre les lèvres : « D'accord. » Elle lâche la main de la petite fille qui vient prendre place dans le cortège, à côté de Pauline.

Pauline voit bien que Laurence n'est pas contente, mais elle oublie presque aussitôt l'incident. Elle avance avec application dans la grande allée, au rythme de la musique, dans la douceur de l'air. Devant elle, les portes ouvertes de l'église dessinent un rectangle de lumière intense. La petite fille marche à ses côtés. Elle s'est très bien tenue pendant la messe, même si elle a chanté et récité ses prières beaucoup trop fort, en faisant des bruits désagréables. Pauline est heureuse de lui tenir la main.

Dehors, il y a déjà plein de gens qui sont vite sortis pour pouvoir prendre des photos. On s'arrête en haut des marches. Laurence aide les enfants à se placer pour que les photos soient réussies. Elle dit à Pauline de se mettre bien sur le côté, et place la petite fille légèrement derrière elle. On lance des fleurs et du riz. C'est très beau. Les invités sortent par une petite porte sur le côté de l'église, et bientôt elle a l'impression d'être entourée d'une foule énorme. On reste un long moment en plein soleil. Le photographe leur demande de sourire et de regarder dans sa direction. Elle obéit consciencieusement. Elle a envie que les photos soient réussies, et qu'on voie combien elle trouve ce mariage merveilleux.

Après les photos, elle cherche des yeux ses parents dans la foule, sans vraiment s'inquiéter de ne pas les trouver. Elle va au bord de la fontaine, avec Clémence et la petite fille. Elles trempent leurs mains dans l'eau froide. La petite fille dépose son bouquet sur l'eau, et il se met à tourner lentement à la surface, dans sa corolle de papier.

– C'est malin ! dit Pauline. Comment tu vas le récupérer, maintenant ?

À ce moment, une main s'avance, attrape le bouquet et le secoue au-dessus de leurs têtes. Des gouttelettes tombent en pluie autour des enfants, qui crient de joie. C'est la maman de la petite fille :

– Vous avez fait un joli cortège, et vous vous êtes bien tenues à l'église. Félicitations !

Pauline se sent pleine de gratitude. Ça fait toujours plaisir de recevoir un beau compliment. La maman demande :

– Je peux prendre une photo de toi avec Lucie ?

Bien sûr que Pauline est d'accord. Elles se donnent la main, et la dame les prend en photo dans leur belle robe rose, devant la fontaine couverte de mousse.

Marie arrive en courant. Elle a un chapeau bizarre et un sac en forme d'arrosoir. Elle tient Hadrien dans les bras. Elle leur annonce qu'elle va les conduire là-bas en voiture, vu que leurs parents sont déjà partis. Les enfants aiment beaucoup Marie, parce qu'elle est vraiment marrante et qu'elle est la seule personne de la famille à dire des gros mots comme « Qu'est-ce que c'est que ce bordel ? » ou « Salut les grognasses ! » Ça énerve beaucoup grand-maman, papa, et tous les gens de la famille en général. Papa dit :

– Tu nous fais signe quand tu te seras décidée à grandir !

Maman dit :

– Fiche-lui la paix !

Maman trouve que Marie a « un cœur d'or ». Mais défense de répéter ses gros mots.

Pauline est vraiment heureuse d'aller là-bas avec Marie. En plus, ça lui évite un voyage dans la voiture puante de papa. Les enfants sont très excités à l'idée de la fête qui va commencer. Pauline sait bien que les enfants n'ont pas le droit de réclamer, mais avec Marie, c'est différent. Avec Marie, on a le droit de réclamer. Elle demande :

– Marie, est-ce que Lucie peut venir dans la voiture avec nous ?

Aussitôt Lucie et Clémence disent :

– Oh oui, oh oui, oh oui, en sautant sur place.

Marie hésite, se tourne vers la maman de Lucie :

– Moi, ça ne me dérange pas du tout, si vous êtes d'accord...

La dame a l'air un peu surprise. On voit qu'elle réfléchit. Les filles continuent à sauter en hurlant :

– Oh oui, oh oui, elle vient avec nous dans la voiture !

Marie ajoute :

– Vous savez, c'est un trajet très court, et je suis très prudente en voiture... Ce serait dommage de refuser, si ça leur fait plaisir.

Alors la dame accepte, et Marie entraîne les quatre enfants jusqu'à la voiture.

Ils adorent la voiture de Marie ; elle est vieille et un peu cabossée. À l'intérieur, ça ne sent pas le cuir comme dans la voiture de papa. Sur le tableau de bord, il y a toujours une grosse boîte de bonbons à la framboise, et les enfants s'en gavent chaque fois qu'ils voyagent avec elle. Mais aujourd'hui, c'est défendu :

– Avec tout ce que vous allez vous mettre, pas la peine d'en rajouter.

Ils supplient :

– Rien qu'un !

Et elle cède aussitôt :

– Mais par pitié, n'allez pas vous coller une framboise sur le devant de la robe, ou j'en connais une qui va m'étriper !

Normalement, Pauline devrait monter à l'avant, parce qu'elle est la plus grande, mais elle veut être derrière avec Lucie. Marie accepte, et c'est Clémence qui s'assied devant, mais il ne faudra pas le dire à maman sinon elle leur interdira pour toujours de voyager avec Marie. Marie vérifie que tout le monde a bien bouclé sa ceinture de sécurité. Puis elle crie :

– C'est parti mon kiki !

Et elle démarre. Pauline se sent merveilleusement heureuse, sur la petite route qui les conduit au moulin. Et pourtant, d'habitude, elle n'aime pas les virages.

Hadrien est triste, parce qu'il n'a pas pu aller au premier rang avec les enfants d'honneur, et faire des photos à la sortie.

– Te fais pas de bile, mon petit gars : des photos, on va encore en prendre une flopée au moulin ! Ça va être gonflant tout plein ! On va demander à Bérengère d'en faire rien qu'avec toi, seule à seul, en amoureux... Ça te dit ? Tu veux une autre framboise, minouchet ?

Hadrien renifle. Il veut bien. Les filles protestent que ça n'est pas juste. Marie réplique :

– Hadrien a droit à un bonbon supplémentaire parce qu'il a déjà sali sa tenue ! Vous les pétasses, vous patienterez jusqu'aux petits-fours.

Pendant les derniers kilomètres, on baisse toutes les vitres et on chante *Alléluia !* le plus fort possible, avec le vent dans les cheveux. Marie est vraiment super-sympa.

Au moulin, c'est magnifique. Les filles voudraient partir en courant sous les arbres et se rouler dans l'herbe. Mais il faut encore faire des photos. Pauline commence à en avoir assez. On rassemble tous les enfants dans un coin près de grands arbres et de buissons fleuris. Elle retrouve les cousins et les enfants de l'autre famille. Le photographe donne des instructions. Les enfants obéissent. Laurence s'affaire autour du groupe pour arranger le voile de Bérengère, rectifier les tenues, donner son avis sur la composition des photos.

À un moment, on fait une toute petite pause entre deux séries. Bérengère appelle Laurence. Elle a l'air très énervée. Elle lui murmure quelque chose à l'oreille, et Pauline entend, malgré elle :

– Vire-moi cette gamine !

Elle comprend tout de suite qu'on parle de Lucie. Il y a tant de violence dans ces paroles qu'elle en frissonne, de surprise et de peur.

Immédiatement, Laurence se tourne vers Lucie, et prend un air stupéfait :

– Oh là là ! mais il y a un problème avec ta robe ! Viens, ma chérie, on va arranger ça !

Elle la tire hors du groupe, et ses mains frottent sur le devant de la robe une tache invisible, défroissent, font bouillonner le jupon, défont un petit bouton en haut de la fermeture Éclair, le tripotent, puis reboutonnent. Cela prend un temps fou, car les gestes sont plusieurs fois recommencés. Lucie se laisse faire, sans comprendre. Elle voudrait retourner avec les autres enfants, continuer les photos, mais Laurence la prend fermement par la main et l'éloigne. Pauline la regarde marcher d'un pas décidé, entraînant Lucie qui ne veut pas la suivre.

Une dame s'approche. Pauline reconnaît la maman de Lucie. Elle ne peut pas entendre ce qu'elle demande à Laurence, ni ce que Laurence lui répond. Laurence a l'air de donner une longue explication. Elle montre quelque chose sur le devant de la robe. La dame regarde la robe et ne dit pas un mot. Très vite, Laurence revient vers eux. Pauline voit la dame la suivre des yeux, fixer leur groupe. Lucie veut revenir ; sa maman dit non et la retient. Lucie se débat, mais sa maman la soulève, et la tient serrée contre elle. Elle continue de les observer, en berçant sa fille dans ses bras. Pauline croise son regard, et sa tristesse la transperce.

Elle entend la voix du photographe :

– Les enfants ! Souriez !... Eh ! La petite fille au premier rang sur la gauche, regarde-moi !

Mais elle reste tournée de l'autre côté, du côté de la dame qui regarde, au loin, les enfants qu'on prend en photo pour l'album.

– Pauline ! Enfin, Pauline ! Tu veux bien te tourner pour les photos !

C'est la princesse, impérieuse, qui presse son épaule et la secoue sans douceur. Alors elle se tourne lentement, face à l'objectif, et la pression de la main sur son épaule cesse aussitôt. Le photographe répète :

– Les enfants ! Souriez !

Mais, pour la première fois de sa vie, elle se dit qu'elle en a assez d'obéir. Elle n'a plus du tout envie d'obéir. Elle se fige. Elle fixe l'œil noir de l'objectif. Et, pour toujours, elle devient la petite fille au premier rang, sur la gauche, qui ne sourit pas sur les photos.

Bertrand

D'avril à septembre, il n'a plus une minute de répit : en plus du service ordinaire des trois paroisses dont il a la charge, il assure la préparation et la célébration des mariages. Trois par week-end, parfois quatre. Avec sa magnifique architecture romane, l'église est un des joyaux de la région. Elle figure en bonne place dans tous les guides touristiques. C'est le genre de publicité qui attire les couples désireux de se marier dans un cadre exceptionnel.

L'église possède une très ancienne statue de sainte Agathe en bois polychrome. Sainte Agathe, qui mourut martyrisée pour avoir obstinément refusé le mariage, afin de se consacrer au Christ. C'est cocasse, en un sens, que cette statue voie défiler tant de gens à marier. Souriante et hiératique, la sainte porte sur un plateau ses deux seins arrachés, deux petits dômes clairs dans une mare de sang.

Il ne se fait aucune illusion. La plupart des couples viennent ici pour avoir un joli décor pour leurs photos de mariage. En général, il ne s'agit pas de paroissiens. Ce sont des gens de la région, attirés par la beauté de l'église. Ça ne veut pas dire qu'ils se marient unique-

ment « pour les photos », loin de là. Beaucoup considè-
rent leur mariage comme la plus importante décision de
leur vie. Beaucoup ont l'impression que seul un passage
par l'église peut apporter à leur engagement la solennité
convenable.

Il aime assurer la préparation au mariage. Il organise
toujours au moins quatre rencontres avec les fiancés,
dans les mois qui précèdent. Il souhaite les connaître un
peu, pour donner à la cérémonie un tour plus personnel.
Il les encourage à préciser le sens de leur engagement,
réfléchir à la façon dont ils mèneront en chrétiens leur
vie conjugale. Il les guide dans l'organisation de la cérémonie, les aide à choisir les textes et les chants. Pour lui,
c'est une occasion de rencontrer des gens de tous
milieux, plus ou moins croyants, plus ou moins intéressants, c'est vrai, mais il est là pour tous. Il est heureux
de les accueillir dans son église. Sa foi est profonde. Il
essaie de mettre la charité au centre de son existence.
Tous ces couples à marier, c'est important pour garder
l'espérance.

Dans quelques instants, il va célébrer le troisième
mariage de la journée, après ceux de dix et de quatorze
heures. Avec les fiancés, les premiers rendez-vous se
sont bien passés : des jeunes gens motivés, d'un bon
niveau intellectuel, même s'ils n'accordent pas une
place prépondérante aux choses spirituelles. Ils ont tous
les deux ce qu'il appelle « de bonnes bases » : une édu-
cation religieuse soignée, un amour sincère, le rêve d'un
foyer... De bons représentants de la cohorte des
« croyants non pratiquants ». Par les temps qui courent,
c'est déjà beaucoup.

L'organisation des rendez-vous a été assez compliquée, parce qu'ils viennent de loin et que leur vie pro-

fessionnelle leur laisse peu de liberté. Ils ont « casé » ça au moment des réunions familiales dans la propriété des parents de la jeune femme.

Ils ont annulé le dernier rendez-vous d'une façon un peu cavalière, en le prévenant le jour même. Ça l'a beaucoup agacé sur le coup, et déçu aussi, parce qu'il les avait appréciés, même s'il trouve la jeune femme un peu hautaine. Mais c'est peut-être seulement de la réserve ; il ne veut pas la juger. C'est elle qui a appelé en disant qu'ils étaient obligés de décommander en raison d'impératifs professionnels. Il a demandé : « C'est plus important que de bien préparer votre mariage ? » Elle a répondu sèchement : elle était désolée mais elle ne pouvait pas toujours faire ce qu'elle voulait. Ils se sont quittés comme ça, sur cette note un peu aigre.

Après, il s'en est voulu d'avoir réagi aussi brutalement, au lieu de se montrer compréhensif. Les gens travaillent. Ils ont des responsabilités. Ça peut arriver à tout le monde de devoir annuler un rendez-vous. De toute façon, il ne restait à régler que de menus détails d'organisation ; ils ont eu le temps d'en discuter avant le début de la cérémonie. Au fond, on pouvait très bien se passer de ce dernier rendez-vous. Mais il doit reconnaître qu'il a été déçu, et peiné, de les voir annuler. Ça lui fait tant de bien de voir des gens.

Il n'a jamais douté de sa vocation. Il est heureux, même si c'est difficile. Le service des trois paroisses est très lourd. Dans cette région frappée par l'exode rural, la moitié des habitations sont des résidences secondaires. La vie des villages s'étiole, et les paroisses meurent peu à peu. Beaucoup de vieux. De moins en moins au fil des années. Les mariages et quelques baptêmes sont pour lui pratiquement les seules occasions de voir des jeunes. Il avait rêvé d'autre chose, c'est sûr, mais jamais il n'a eu l'impression d'être inutile. Jamais.

Il assure presque seul l'entretien des églises. La petite vieille qui l'aidait depuis des années est morte l'an dernier dans son sommeil, sans crier gare. Il n'a même pas pu lui administrer l'extrême-onction. Depuis, il n'y a plus personne pour s'occuper des fleurs et du nettoyage. Les bénévoles ne courent pas les rues. Il passe plusieurs heures par semaine à manier le balai et le chiffon à poussière dans les maisons de Dieu. Il est autodidacte dans l'art de composer des bouquets, et il ne s'en sort pas si mal. Par souci d'économie, le diocèse lui a retiré la bonne qui faisait le ménage, la cuisine, et tenait son linge. Il s'en moque. Il se débrouille très bien tout seul. La cure est immense et délabrée. Il n'occupe que trois pièces au rez-de-chaussée, qu'il met un point d'honneur à tenir impeccablement : une chambre avec une petite salle de douche, un vaste bureau où il travaille et reçoit les visiteurs, et une grande cuisine qui sert aussi de salle à manger. Il aime cuisiner. De ce point de vue il ne regrette pas Mélanie, qui était lamentable. Pour le reste, il ne faut pas trop lui en demander. Il a autre chose à faire que repasser du linge. Les gens ont l'habitude de le voir avec des chemises et des pantalons froissés, et il se moque bien de savoir ce qu'ils peuvent en penser.

Au total, il a l'impression de passer une grande partie de son existence à régler des questions matérielles. C'est ça le plus dur : courir après l'argent pour maintenir les paroisses à flot, et si peu contribuer à la spiritualité des fidèles. On ne peut même pas dire qu'il y ait une vie paroissiale. On vivote. Il y a de moins en moins d'enfants au catéchisme. Il confesse deux ou trois vieilles dames par-ci par-là, dépanne de temps en temps un SDF qui vient solliciter un peu d'aide en échange d'un petit boulot. Il administre des extrêmes-onctions à tour de bras. Les mariages, c'est vraiment ce qui lui permet de maintenir la tête hors de l'eau.

Il a beau vivre dans un trou, il ne s'est jamais coupé du monde. Il se tient informé. Il suit l'actualité. Il lit beaucoup. La presse catholique, et aussi la plupart des quotidiens nationaux. Le mal s'étale, partout, avec une arrogance obscène. Les massacres, les fosses communes, les petits bébés éventrés, les femmes violées, les enfants abusés, battus à mort, les types assassinés pour une cigarette refusée... On en est encore là deux mille ans après la venue du Christ.

Il se demande parfois s'il est vraiment possible de faire reculer le mal. Pour ne plus douter, il prie Celui qui a souffert pour racheter les péchés du monde. Il essaie de vivre dignement, d'apporter lui aussi sa pierre – petite, modeste, obscure – à l'édifice. Il se répète que les hommes sont capables de choses formidables. Mais plus il y réfléchit, plus il lui semble qu'au bout du compte, c'est le mal qui triomphe. Un vent mauvais se répand sur le monde, une brume glauque, une ombre gigantesque.

Les célébrations ne lui procurent pas l'apaisement et la joie qu'elles devraient. Sans doute parce que l'assistance est de plus en plus clairsemée. Certains jours, ils sont trois à chanter... Il ne ressent un peu de paix que lorsqu'il prie seul, à Sainte-Agathe.

Il y a des endroits qui touchent au cœur. La profondeur de leur silence, l'intensité de leur lumière, la douceur de leur parfum donnent à la prière une tournure particulière. On a l'impression qu'elle va plus directement vers Dieu. C'est stupide, évidemment : Dieu est partout, jusque dans les profondeurs de l'âme, et Il entend les prières avant même qu'elles soient formulées. Il n'y a pas de raison qu'Il se montre plus accessible à celles qu'on prononce au milieu des encens, au sein des cathédrales et des palais, ou dans l'ombre d'une église romane ornée de sculptures en bois polychrome. On aimerait même croire qu'Il exauce avant tout les prières qui montent de la crasse et des taudis, des cachots où la lumière n'entre pas. On aimerait le croire.

Cette église humble et belle, et si vieille, est un havre dans son existence aride. Au cœur de la gangue de pierre, il arrive à sentir l'amour du Seigneur et à oublier le voile opaque jeté sur l'univers.

Depuis quelques mois, il est troublé : certains jours, il se sent frôlé par une présence. De plus en plus souvent, il a l'impression qu'un être ténébreux, malfaisant, rôde dans les parages.

Jusque-là, il n'y croyait pas. Autant sa foi en Dieu était ardente, autant Son amour lui était clairement perceptible, autant l'existence de l'Autre lui paraissait douteuse. Il pensait : le mal est une invention des hommes qui rejettent Dieu, se détournent de Lui, ou ne parviennent pas à Le trouver. Il refusait d'imaginer un principe transcendant qui serait le Mal, le démon, le diable, ou tout autre nom qu'on veut bien lui donner. Bien sûr, il savait que ce n'est pas ce que dit l'Église ; mais après tout, il trouvait son point de vue tout aussi valable que celui des théologiens, si savants soient-ils. Avant, il n'y croyait pas, tout simplement.

Mais quelque chose a changé. Il y a cette présence maléfique qui rôde dans l'église et lui tourne autour, certains jours. Un moment, il s'est demandé s'il n'avait pas des sortes d'hallucinations. Il a fait le point. Il a prié.

Mais ça a continué. C'est une sorte de poussière froide qui lui tombe sur les épaules, s'insinue, le déconcentre, le désespère. C'est l'impossibilité de trouver un moment de paix dans la journée, pour penser à des choses heureuses et constructives.

Ces derniers temps, il n'arrive plus à célébrer correctement la messe, s'attendant presque à voir surgir au milieu des paroissiens un être au regard glacé, qui le transpercerait jusqu'à le tuer, dont la seule présence suffirait à pétrifier l'assistance, empêchant toute prière et annihilant l'espoir.

Il se dit parfois : Je déraille ! Je suis en train de devenir fou ! Mais il sait bien que ce n'est pas ça. Il est loin d'être fou, il est juste un peu surmené. Il doit tenir. Il prie le Seigneur de lui communiquer Sa force, de lui faire sentir Son amour comme Il l'a toujours fait jusqu'ici. Il prie aussi sainte Agathe, sa petite vierge martyre, avec son doux sourire et ses seins sur un plateau.

Aujourd'hui, il se sent très fatigué, mais ce n'est pas une raison pour se laisser aller. Il a encore un mariage à célébrer. Il doit tenir. Le père de la mariée, un homme très distingué, est venu discuter un peu avec lui tout à l'heure. Il voulait savoir s'il avait une préférence pour le règlement de la cérémonie : chèque ou liquide ? Il est tenu de déclarer précisément toutes les sommes perçues. *A priori*, il n'a pas de préférence, mais c'est vrai qu'avec le liquide, on évite la paperasserie. Pour couvrir les frais et contribuer à l'entretien de l'église, il demande environ quatre-vingts euros. C'est l'usage pour une messe de mariage, mais bien sûr, chacun est libre de donner ce qu'il souhaite, en fonction de ses moyens. Le père de la mariée a proposé deux cents euros. « Pour vos œuvres », lui a-t-il dit. Ils ont bavardé un moment ; le monsieur s'est enquis poliment de ses activités, et il lui a proposé de venir boire un verre au cocktail qui sera offert après le mariage, au moulin de Ganières. Ça ne lui arrive pour ainsi dire jamais d'être convié à la fête. Avant, c'était systématique : on invitait M. le curé, et M. le curé était bien content de passer un moment en compagnie des mariés, de leurs familles et de leurs invités. Mais cela fait partie des usages qui se sont perdus, sauf dans les familles où l'on conserve un peu du savoir-vivre d'autrefois. Il a accepté l'invitation avec joie, avec gratitude même. C'est toujours vivifiant de se trouver mêlé à des existences si différentes de la sienne, de se frotter à cette vie bruyante, agitée, si pleine de diversité, si stimulante.

Quelques heures passées en compagnie de ses fidèles, d'une famille pour laquelle il a célébré un mariage, un baptême ou même un enterrement, suffisent à le réconforter d'une façon extraordinaire. Curieusement, entrevoir la richesse, les joies et les fêlures de toutes ces existences à mille lieues de la sienne l'aide à reconnaître la richesse de sa propre vie et à en relativiser les difficultés. Aujourd'hui, cette invitation impromptue a mis du baume sur sa fatigue et les pensées obscures qui rôdent autour de lui.

C'est avec joie qu'il accueille dans la maison du Seigneur cette assemblée élégante et colorée. Il se tient debout dans le chœur, les mains croisées sur le ventre, avec aux lèvres un sourire bienveillant. L'assistance prend place sans vraiment faire attention à lui, mais il a l'habitude. C'est le moment où chacun cherche la place où il se sentira le mieux pour passer le temps de la cérémonie, prendre de bonnes photos, surveiller les enfants, quitter rapidement l'église pour ne pas manquer la sortie des mariés.

Sur un côté du chœur, un jeune homme installe un caméscope sur pied. Impossible désormais d'éviter le caméscope. Des centaines et des centaines d'heures ont été tournées dans cette église. Pour lui, c'est un mystère. Est-ce que vraiment les couples se repassent le film de leur mariage le soir, à la veillée ? L'atmosphère de l'église est feutrée ; les gens chuchotent, prennent garde de ne pas faire de bruit. Ils savent se tenir. C'est déjà ça.

Il observe l'assistance avec intensité. Il fait de gros efforts pour surmonter sa fatigue. Il se concentre. Seigneur, donne-moi la force de prier pour tous ces frères que je ne reverrai jamais.

Au premier rang, parmi les enfants d'honneur, il voit une petite mongolienne. Dans les cortèges d'honneur, d'habitude, il n'y a que des petites filles et des petits garçons bien normaux et bien enrubannés. La présence de cette enfant le réconforte, d'une certaine façon. Il n'aurait pas cru ça de la mariée, qui lui a semblé très soucieuse de faire de la cérémonie une représentation parfaite et raffinée. Elle paraissait d'ailleurs beaucoup plus préoccupée par l'organisation matérielle que par la dimension spirituelle de la célébration. C'est pour ça qu'il l'a trouvée agaçante, et pour tout dire antipathique. Il l'a jugée trop vite. La présence de cette petite mongolienne dans le cortège d'honneur témoigne d'une estimable ouverture d'esprit.

Encore quelques minutes avant l'entrée des mariés. Le photographe prend des clichés des enfants d'honneur, sagement assis sur leur banc. Dans l'allée, il voit s'avancer une jeune femme. Aucun doute : c'est la sœur de la mariée. La ressemblance est flagrante. Elle se penche vers la petite mongolienne, la fait se lever en lui prenant la main, et l'oblige à échanger sa place avec un garçon plus grand assis au deuxième rang. Elle est souriante, impérieuse, efficace. En quelques secondes, la tête de la petite mongolienne disparaît derrière les épaules du plus grand. Les enfants s'agitent un peu sur leur banc, mais la jeune femme les fait taire, d'un seul regard, puis, d'un geste, elle signifie au photographe qu'il peut continuer. Et elle retourne, très élégante, prendre place à quelques rangs de là.

Ça lui monte au cœur comme un poison ; il pense : Espèce de GARCE !

À ce moment, l'Autre entre dans l'église, invisible et glacé, précédant de peu l'arrivée des mariés.

Il faut résister. Ne pas se laisser envahir par des pensées mauvaises. Ne pas se laisser influencer. Qui est-il pour juger ? Qui est-il pour condamner ? Il va célébrer ce mariage comme il se doit.

Seigneur, donne-moi la force. Dissipe l'obscurité qui m'entoure. Aide-moi à prier pour les péchés des hommes, que le Christ a rachetés par Son sacrifice.

À présent, les mariés sont devant lui, attentifs et graves ; il sent son calme revenir. Il remercie le Seigneur de l'avoir exaucé. Il peut commencer. Il entame la gestuelle, tant de fois répétée à l'identique : il avance de trois pas, ouvre les bras en signe d'accueil, et sourit avec bonté. Il prononce les phrases qu'il connaît par cœur, mais il les dit avec sincérité, avec conviction. Il leur souhaite bienvenue dans la maison du Seigneur, et ce ne sont pas de vains mots. Il parle de l'importance du sacrement qui va être célébré, de sa joie d'accueillir Bérengère et Vincent, et ce ne sont pas de vains mots.

On entonne le chant d'entrée :

> *Trouver dans ma vie ta présence,*
> *Tenir une lampe allumée.*
> *Choisir avec toi la confiance,*
> *Aimer et se savoir aimé.*

L'assistance participe. Ça va l'aider à tenir le coup.

> *Croiser ton regard dans le doute,*
> *Brûler à l'écho de ta voix.*
> *Rester pour le pain de la route,*
> *Savoir reconnaître ton pas.*

C'est incroyable à quel point ces paroles le réconfortent. Il a l'impression de les entendre pour la première fois.

> *Ouvrir quand tu frappes à ma porte,*
> *Briser les verrous de la peur.*
> *Savoir tout ce que tu m'apportes,*
> *Rester et devenir meilleur.*

Ce chant, c'est un signe de Dieu. C'est exactement ce qu'il avait besoin d'entendre pour braver la fatigue et oublier la présence de l'Autre.

La sœur de la mariée s'avance pour lire la première lettre de saint Paul, apôtre, aux Corinthiens. Un texte magnifique. Un classique. La jeune femme porte un tailleur bleu ciel parfaitement coupé, et une capeline assortie, piquée de fleurs rouges. Elle pose sur le lutrin une main très fine ; il voit scintiller à son doigt un gros solitaire en diamant. Sa voix claire s'élève dans l'église :

Frères, parmi les dons de Dieu, vous cherchez à obtenir ce qu'il y a de meilleur. Eh bien, je vais vous indiquer une voie supérieure à toutes les autres. J'aurais beau parler toutes les langues de la terre et du ciel, si je n'ai pas la charité, s'il me manque l'Amour, je ne suis qu'un cuivre qui résonne, une cymbale retentissante.

À ce moment, il entend distinctement résonner la cymbale ; son cœur se glace et bat plus sourdement. L'Autre est là, tout près, dans le chœur. L'Autre s'invite pour célébrer le mariage avec lui. Il prie Dieu de toutes ses forces pour sentir la chaleur de Son amour. Il prie Dieu que l'Autre s'en aille.

J'aurais beau être prophète, avoir toute la science des mystères et toute la connaissance de Dieu, et toute la foi jusqu'à transporter les montagnes, s'il me manque l'Amour, je ne suis rien.

Il regarde l'assistance, avec désespoir, comme pour chercher de l'aide dans un sourire, un regard, le visage d'un de ses frères humains. Mais eux ne le voient pas. Ils n'ont d'yeux que pour la jeune femme élégante, qui lit avec une diction parfaite la première lettre de saint Paul, apôtre, aux Corinthiens. Ou bien ils regardent ailleurs. De lui, personne ne se soucie. Personne n'est là pour lui. Il a froid. Il voudrait qu'on le réchauffe. Et Dieu ne répond pas à son appel.

J'aurais beau distribuer toute ma fortune aux affamés, j'aurais beau me faire brûler vif, s'il me manque l'Amour, cela ne me sert à rien.

Il voit luire la pierre au doigt de la jeune femme et pense : Toi, avant que tu distribues ta fortune aux affamés...

L'Amour prend patience...

De la patience, j'en ai, j'en ai beaucoup.

... l'Amour rend service...

Rendre service, je ne fais que ça ! Qu'est-ce que je peux faire de plus ?... Servir, c'est toute ma vie !

... l'Amour ne jalouse pas ; il ne se vante pas, ne se

*gonfle pas d'orgueil ; il ne fait rien de malhonnête ; il
ne cherche pas son intérêt ; il ne s'emporte pas...*

Il a l'impression soudain que le texte lui est adressé
comme un reproche. Ces gens ont senti ses réticences.
Ces gens ont soupçonné ses pensées les plus secrètes. Et
maintenant, devant tout le monde, ils lui reprochent de
manquer d'amour. Ils le jugent. Ils lui font la leçon.

*... il n'entretient pas de rancune ; il ne se réjouit pas
de ce qui est mal, mais il trouve sa joie dans ce qui est
vrai ; il supporte tout, il fait confiance en tout, il espère
tout, il endure tout. L'Amour ne passera jamais.*

L'amour ne passera jamais ! Tant mieux pour ceux
qui parviennent à s'en persuader ! Tant mieux pour ceux
qui se marient avec cette foi, cette certitude ! L'amour
ne passera jamais ! Cette phrase, il y croyait lui aussi au
début. À présent qu'il a de l'expérience, qu'il a découvert les déserts arides du cœur humain – il a recueilli
assez de confessions en vingt ans pour savoir de quoi il
parle –, il n'y croit plus. Mais, évidemment, il ne
l'avouera jamais qu'à lui-même.

Il se rend compte, soudain, qu'il règne dans l'église
un silence profond. La jeune femme est retournée à sa
place, et tout le monde attend, poliment, qu'il fasse son
office. Sans doute ont-ils pris son moment de distraction
pour un recueillement profond. Il se lève, marche vers
l'assemblée et entonne le psaume :

*Le Seigneur est mon berger
Rien ne saurait me manquer !*

Quelque part, derrière, tinte un rire ironique.

Après le psaume, une chanteuse professionnelle dont
les mariés ont loué les services chante l'*Ave Maria* de
Schubert. Jamais il n'a assisté à un pareil massacre.
Tandis qu'il s'avance lentement pour la deuxième lec-

ture, il entend encore une fois comme un grelot lugubre agité contre son oreille. Les deux mains posées sur le lutrin, il ferme un instant les yeux ; et là, il se rend compte que c'est en lui : le rire qui résonne dans sa tête est le sien.

Lorsque la chanteuse se tait – enfin ! –, il annonce l'évangile de Jésus-Christ selon saint Jean. Les noces de Cana. Il ne sait pas pourquoi cet évangile est si souvent choisi par les fiancés. Sans doute parce que c'est un épisode assez populaire de la vie du Christ. Sans doute parce que cela se passe à un mariage. Sans doute aussi parce que c'est un miracle que les gens, consciemment ou non, trouvent sympathique : de l'eau changée en vin, en bon vin de surcroît !

En vérité, il trouve ce texte peu approprié à un mariage, et sans grand intérêt, dans l'absolu. Personnellement, ça le dérange que le premier miracle du Christ ne soit ni plus ni moins qu'un encouragement à l'ivrognerie. Faire apparaître six cents litres de vin d'un coup, ça lui semble à la fois stupide et dérisoire... Et puis, il n'aime pas la façon dont Marie intervient dans cette histoire. Il est gêné de la voir solliciter son fils pour un problème ridicule, insister, lui forcer la main, alors qu'il estime que son heure n'est pas encore venue. Six cents litres de vin. Ils devaient être dans un bel état à la fin des noces de Cana ! Tout le monde sait qu'il ne faut pas faire de mélanges, et là, six cents litres de bon vin par-dessus des litres de mauvais vin... il n'ose pas imaginer le résultat. Ça n'empêche pas l'évangéliste d'écrire : *Il manifesta sa gloire, et ses disciples crurent en lui.*

Il a fini la lecture. Il lève bien haut le lourd volume du Nouveau Testament et chante : *Acclamons la parole de Dieu !*

Il y a des années, il a prié pour que le Seigneur l'aide à comprendre ce texte, mais aucune lumière n'est venue. Comment prétendre en dévoiler le sens profond aux fidèles, quand lui-même n'y comprend pas grand-chose ? Dieu ne l'a pas aidé. Dieu ne l'a pas inspiré. Il faut bien, pourtant, se soumettre à cet exercice, leur fournir une exégèse susceptible de les satisfaire... Il a de l'expérience. Il est rodé. Il connaît par cœur les images dont se sert l'Église pour délivrer des vérités profondes : l'eau vive, le pain et le vin, la lumière et les ténèbres, le berger et les brebis... Dans un sens, c'est tellement facile de parler par métaphores, puis d'affirmer à ceux qui n'ont rien compris qu'il ne faut pas chercher à comprendre, mais seulement ouvrir son cœur, en assénant à ceux qui froncent les sourcils : « Heureux les cœurs purs, car ils verront Dieu ! » Lorsqu'il est fatigué de chercher la vérité, lui aussi s'en remet à Dieu. Il Lui dit : « Je suis Ton enfant. » Et comme un enfant perdu, il réclame Son amour, il Lui demande Sa lumière.

À force de travail et de rhétorique, il a construit un sermon qu'il va s'efforcer de prononcer avec conviction. Au début, il passait un temps fou à préparer ses homélies, à s'imprégner des textes tant de fois lus et relus, pour y jeter un regard neuf. Un jour, il s'est rendu compte que les fidèles l'écoutaient avec une attention polie, mais finalement distraite. Ce qu'ils attendent la plupart du temps, ce sont deux ou trois vérités générales et peu dérangeantes, pour repartir la conscience tranquille, avec le sentiment du devoir accompli.

Au fil des années, il lui est apparu comme une douloureuse évidence que personne n'espérait trouver en lui une aide véritable. Au fond, les gens ne croient pas qu'un homme menant une vie comme la sienne – une

vie si différente – puisse leur être d'un grand secours.
C'est une erreur, bien sûr, mais c'est ainsi. Il a compris
que les fidèles ont surtout besoin d'une figure locale,
dont ils savent qu'elle sera toujours à sa place, une sorte
de père inoffensif dont on connaît par cœur les leçons,
même si on a besoin qu'il les répète tous les dimanches,
à l'infini... On n'a pas envie d'être bousculé. On veut
que tout soit toujours identique à soi-même, que l'année
se déroule au rythme des fêtes : le petit Jésus dans sa
crèche, l'âne, le bœuf, l'étoile, les Rois mages, les
Rameaux, la mort sur la croix, la résurrection du troisième jour, l'Ascension, l'Assomption, la Toussaint et
ses chrysanthèmes... Que tout soit à sa place, et qu'on
puisse refermer dessus les portes de l'église.

Il commence péniblement son homélie. Mais qu'est-
ce que je suis en train de raconter ? Il se concentre sur
le papier posé sur le lutrin. Il faut que je tienne bon, que
j'aie l'air un peu convaincu par ce que je raconte :
« C'est à un mariage que Jésus choisit d'accomplir son
premier miracle. Il inscrit ainsi d'emblée sa mission
dans une dynamique d'union – union du Christ avec son
Église, mais aussi union de tous les chrétiens dans la
foi... »

Il regarde l'assemblée. Il pense : Une moitié n'écoute
pas, l'autre moitié se demande quand ce sera fini. Seigneur, aide-moi ! Il se sent accablé de fatigue. « Jésus
va transformer l'eau en vin. Ce premier miracle symbolise et annonce un autre miracle : celui de la transsubs-
tantiation, c'est-à-dire le changement du pain en corps
du Christ, et du vin en sang du Christ. C'est l'eucharistie
que nous revivons chaque dimanche – que nous allons
revivre tous ensemble dans un instant, au sein de cette

église – lorsqu'on présente ce pain et ce vin, fruits du travail des hommes... »

Il continue de lire, en fixant le papier avec intensité. C'est un vieux sermon écrit à la main voilà des années. Il l'a lu bien des fois, ici même, avec toujours le même malaise, la même impression de ne pas croire à ce qu'il racontait. Quelques jours plus tôt, il y a griffonné une ou deux corrections, par acquit de conscience. Il lit son texte d'une voix monocorde, où il s'efforce d'insuffler un peu de chaleur et de conviction.

C'est fini. Il regarde l'assistance. Il ne pense pas qu'on se soit aperçu de son trouble, de son accablement. En tout cas, personne ne semble réagir. C'est une assemblée polie de gens bien comme il faut. En sortant, ils veulent pouvoir dire : « C'était très beau, très recueilli. La chanteuse était parfaite, et les musiciens, très bien. L'église est magnifique. La mariée est superbe. » Lui n'est qu'un élément du décor, un accessoire indispensable pour que la fête soit réussie.

Il a froid. C'est la fatigue. Un souffle glacé le caresse. Des cristaux de givre lacèrent ses épaules. Il en a assez d'être là, à leur servir sur un plateau une cérémonie dont personne ne retiendra rien. Seulement la beauté de l'église et ses gestes compassés de prêtre discipliné. Il ne voit pas pourquoi il ferait des efforts démesurés pour les aimer, pour appeler sur eux l'amour de Dieu, puisque au fond tout le monde s'en moque.

Alors il décide d'accélérer. Il récite mécaniquement les formules rituelles, tant de fois répétées :

– *Bérengère et Vincent, vous avez écouté la parole de Dieu qui a révélé aux hommes le sens de l'amour et du mariage. Vous allez vous engager l'un envers l'autre. Est-ce librement et sans contrainte ?*

Il laisse à peine aux fiancés le temps de répondre « Oui », et poursuit :

– *Vous allez vous promettre fidélité. Est-ce pour toute votre vie ?*

– Oui, pour toute notre vie

Il poursuit comme une machine lancée à vive allure :

– *Dans ce foyer que vous allez fonder, acceptez-vous la responsabilité d'époux et de parents ?*

– Oui, nous l'acceptons.

– *Puisque vous êtes décidés à vous engager dans les liens du mariage, en présence de Dieu et de son Église, veuillez joindre vos mains et échanger vos consentements.*

Ils s'exécutent, lisant avec application les formules inscrites sur leur petit papier. C'est toujours un moment émouvant pour les fiancés et leur famille. Mais il se sent en l'occurrence hermétique à toute émotion. Il veut se débarrasser d'eux :

– *Ce consentement que vous venez d'exprimer en présence de l'Église, que le Seigneur le confirme, et qu'Il vous comble de sa bénédiction.*

Pendant le chant d'acclamation, il les regarde fixement. Ils ont l'air un peu abasourdis, mais ça ne leur fait pas de mal d'être remis à leur place. Ils ont l'air de jeunes gens à qui la vie a toujours souri. Ils connaissent le succès, le pouvoir de l'argent. Ils ont l'arrogance de ceux qui disent : j'ai réussi, et j'ai réussi par moi-même... Ça leur fera du bien d'être un peu secoués. Ça forge le caractère...

Les alliances attendent sa bénédiction, posées sur un petit plateau argenté. Celle de la mariée est incrustée de diamants minuscules. Impossible d'oublier que l'on a affaire à une personne très raffinée !

– Seigneur, bénis Bérengère et Vincent, sanctifie-les dans leur amour ; et, puisque ces alliances sont le signe de leur fidélité, qu'elles soient aussi le rappel de leur amour. Par Jésus, le Christ, notre Seigneur. Amen.

Sa main vole au-dessus du plateau en un large signe de croix, mais il doute en cet instant que la bénédiction du Seigneur tombe sur ces alliances, comme une invisible poussière bénéfique et vivifiante. Il sourit avec amertume. Le bon Dieu a autre chose à faire que de bénir les alliances en diamants de bourgeoises arrogantes. Seigneur, daigne ne pas m'entendre. Ne Te dérange surtout pas pour ça !

Mon Dieu, comme c'est touchant ! Ils échangent leurs anneaux, signe de leur amour et de leur fidélité. Allons-y pour la jolie formule :

– Bérengère et Vincent, aimez-vous l'un l'autre, à l'exemple du Christ et de son Église.

Les mariés se lèvent ensuite, et se tournent vers l'assistance pour prononcer la prière des époux. La jeune femme arrange autour d'elle les plis de sa robe avec des gestes méthodiques et gracieux, découvrant un peu son jupon de tulle.

– Seigneur, merci de nous avoir permis de nous rencontrer...

Ah ! La prière des époux ! Il leur avait demandé de prendre un peu de temps pour la rédiger ensemble... et ils sont arrivés avec un texte trouvé sur Internet, ou repiqué d'un autre mariage.

– Nous nous unissons pour nous aimer et ensemble former un foyer. Que ce foyer soit un lieu de rencontres, ouvert sur l'extérieur. Aide-nous à nous respecter et permets-nous de vivre libres et unis.

C'est évident qu'ils n'ont pas cherché une demi-seconde à écrire quoi que ce soit de personnel.

– *Guide-nous sur le chemin de la vie, et fais que nous gardions toujours confiance, fidélité et foi en l'autre.*

Lorsque les gens n'ont pas fait d'études, il comprend que ce soit compliqué : ils ne sont pas à l'aise avec l'écriture ; ils ont peur de ne pas trouver les mots qui conviennent. Lui les invite à choisir, parmi des textes déjà rédigés, celui qui leur correspond le mieux, ou alors il propose de les aider à mettre en forme les idées qu'ils ont à cœur d'exprimer. Il est toujours ému de les voir arriver avec leur petite liste griffonnée de deux ou trois phrases maladroites. Il travaille avec les fiancés ; il les aide à choisir les mots justes, et c'est gratifiant de voir combien ils sont heureux d'être parvenus à écrire avec lui un texte véritablement personnel.

Mais lorsque les fiancés ont fait des études, il estime qu'il peut leur demander cet effort : rédiger ensemble quelques phrases qu'ils prononceront devant l'assemblée le jour de leur mariage. Il ne dit pas que c'est facile, mais c'est possible. Eh bien, ces deux-là n'ont pas eu le temps.

– *Fais que notre amour rayonne sur nos proches, nos amis et nos enfants. Qu'il les réjouisse.*

Les mariés se rasseyent. Elle ramène délicatement sa robe sur le côté. Elle veille à ce que le tissu tombe avec élégance. Il entrevoit ses escarpins de soie grège. C'est bien pomponné, bien élégant dans sa robe à trois mille euros. Ça chante *Ô Seigneur, je viens vers toi* d'un air concentré, en ayant soin de présenter son joli profil au caméscope, mais ça n'est pas capable d'écrire dix lignes personnelles à prononcer le jour de son mariage.

« Comment peux-tu accepter de te prêter à cette mascarade ? » murmure une voix dans son dos.

Non, pas dans son dos : au plus profond, au plus intime de son être.

Il expédie la prière universelle, sans même avoir conscience de ce qu'il raconte. Pendant la quête, on joue l'*Adagio* d'Albinoni, et la voix ne cesse de répéter :

« Mais qu'est-ce que tu fais ici ? Pourquoi te prêtes-tu à cette mascarade ? »

Il n'essaie pas de la faire taire. Il sait bien que la voix a raison. Les mots coulent de sa bouche, comme si un autre les prononçait. Qu'importe ! À cette heure, Dieu ne l'entend pas.

Il élève l'hostie et le calice vers le ciel vide et froid. Pendant le Notre-Père, il se sent près de tomber, transi, face contre terre. Il a hâte de se retrouver seul. Il débite d'un ton monocorde, aussi rapidement que possible :

– *Prions le Seigneur pour ces nouveaux époux qui s'approchent de l'autel au jour de leur mariage : que leur communion au corps et au sang du Christ les garde unis dans un mutuel amour.*

Pendant le bref temps de recueillement qui s'ensuit, des tentacules glacés s'enroulent autour de ses épaules. L'Autre se serre contre lui, rend plus aigu son désespoir. Il l'étreint de ses longs doigts insidieux. Il lui souffle :

« Ces gens n'ont rien à faire dans ton église... débarrasse-t'en. »

C'est le moment de la bénédiction nuptiale. Il est pressé d'en finir :

– *Père Saint, Tu as créé l'homme et la femme pour qu'ils forment ensemble Ton image dans l'unité de la chair et du cœur, et accomplissent ainsi leur mission dans le monde. Nous Te prions de bénir Bérengère et*

Vincent et de les prendre sous Ta protection. Fais que tout au long de leur vie commune sanctifiée par ce sacrement, ils se donnent la grâce de Ton amour, et qu'en étant l'un pour l'autre un signe de Ta présence, ils deviennent un seul cœur et un seul esprit.

Les phrases s'enchaînent avec fluidité. Il n'essaie pas de percevoir la réaction de l'assistance. De toute façon, la moitié des gens n'écoutent pas et n'ont probablement rien remarqué d'anormal.

– Accorde à Bérengère et Florent de pouvoir assurer par leur travail la vie de leur foyer, et d'élever leurs enfants selon l'Évangile pour qu'ils fassent partie de ta famille éternellement.

Il a dit « Florent » à la place de « Vincent ». L'Autre lui a soufflé ce nom-là, et il l'a répété, sans réfléchir, sans que le lapsus soit vraiment volontaire. Il y a des remous dans l'assistance, quelques rires gênés. Sur son siège, la mariée est blême. Elle semble paralysée, incapable de réagir. Elle serre nerveusement la main du jeune homme. L'un et l'autre paraissent totalement hébétés. Lui, se sent férocement joyeux. Il a l'impression que toute chaleur humaine s'est retirée de lui.

– Accorde à Bérengère la plénitude de Ta bénédiction : qu'elle réponde à sa vocation d'épouse et de mère, qu'elle soit par sa tendresse et sa pureté la joie de sa maison.

Des brumes noires déferlent sur lui, l'enveloppent et l'engourdissent.

– Accorde aussi Ta bénédiction à Florent...

La mariée intervient alors, d'une voix qu'étrangle l'émotion :

– Ce n'est pas « Florent », c'est « Vincent » !

Elle paraît totalement bouleversée. Il prend un air

contrit, joint les mains comme pour s'excuser, fait une pause, et rectifie d'une voix onctueuse :

– *Accorde aussi Ta bénédiction à Vincent, pour qu'il se dévoue à toutes ses tâches d'époux fidèle et de père attentif.*

Satisfait, et comme apaisé, il conclut, triomphant :

– *Et puisqu'ils vont maintenant partager le repas de Ton Eucharistie, Père très Saint, donne-leur à tous deux la joie d'être un jour Tes convives au festin de Ton royaume, par Jésus, le Christ, notre Seigneur.*

C'est fini. Les voilà bénis. Dans la douleur, certes, mais ça se mérite, une bénédiction du bon Dieu, par les temps qui courent ! Il sent dans l'assistance comme un soulagement général. Un rire sans timbre grelotte au fond de lui.

À partir de là, il rentre en lui-même et ne se soucie plus d'eux. Il est tellement pressé de les voir partir. Il prononce, aussi vite qu'il le peut, les formules rituelles. Une onde glacée le lamine, le pousse à parler de plus en plus vite, à débiter les phrases comme un automate frappé de folie. Il a conscience de commettre un péché énorme, terrible, et il prie Dieu de lui pardonner, cette fois-ci, mais il n'a plus la force, il ne peut plus.

Agneau de Dieu, qui enlèves le péché du monde,
Prends pitié de nous.

Sa voix monte comme un cri dans la lumière du chœur.

Agneau de Dieu, qui enlèves le péché du monde,
Donne-nous la paix.

Il réclame, désespérément, la pitié et la paix du Seigneur.

Il veut en finir. Il a besoin de se retrouver seul, loin de cette assemblée de gens aussi indifférents envers lui qu'il peut l'être envers eux. Qu'ils s'en aillent ! Que partent cette pimbêche et son mari ! Qu'ils évacuent leurs caméscopes et leurs appareils photo ! Qu'elle vide les lieux, la méchante sœur si soucieuse de faire disparaître au deuxième rang la petite fille mongolienne !

Il distribue la communion sans voir un seul visage. Il fixe seulement les bouches qui s'entrouvrent, les langues qui se tendent pour recevoir l'hostie. Il ne cherche pas à croiser leur regard, où il ne pourrait lire qu'hostilité et incompréhension. De toute façon, ça l'indiffère. Il sait qu'il ne reverra jamais ces gens-là.

Après la communion, il y a un bref moment de recueillement. C'est là, en général, que tout le monde commence à s'agiter, parce que c'est bientôt fini. Beaucoup se précipitent vers la sortie, pour prendre les meilleures photos des mariés sous leur pluie de riz. Il n'y en a plus pour très longtemps.

Il présente le registre aux nouveaux époux et à leurs témoins, pour la signature. La mariée est gauchère. Sa main tremble un peu et laisse sur le papier une longue trace d'encre bleue. Quand ils ont tous signé, il referme le registre d'un coup sec et le pose sur le lutrin, par-dessus l'évangile, pour éviter de perdre du temps en allant le ranger dans la sacristie.

Voilà. Il n'y a plus qu'à prononcer les quelques phrases de conclusion. Il s'avance d'un air recueilli, lentement, vers les mariés. Le couple se lève. Dans leurs yeux, il voit une émotion certaine, un reproche muet, une tristesse qui le trouble. Tant pis pour eux, il ira jusqu'au bout. Il les regarde dans les yeux, et récite, mécaniquement :

– *Que Dieu votre Père vous garde unis et fasse grandir votre amour ; que des enfants soient la joie de votre foyer et qu'en toute occasion de vrais amis vous entourent ; que votre travail à tous deux soit béni et que la paix demeure en votre maison. Bérengère et Vincent, et vous tous ici présents, que Dieu tout-puissant vous bénisse, le Père, le Fils et le Saint-Esprit.*

Sa main dessine une large croix entre lui et l'assemblée. Ils répondent tous d'une seule voix :

– Amen.

Il prononce la formule consacrée :

– *Allez dans la paix du Christ.*

L'assemblée répond : *Nous rendons grâce à Dieu* et la chanteuse entonne l'*Exsultate Jubilate* de Mozart. C'est fini.

Les gens lui tournent déjà le dos pour suivre les mariés qui remontent l'allée, précédés du cortège rose et bleu des enfants d'honneur. Il surprend quelques regards méfiants dans sa direction, de la colère, et aussi du mépris.

Et puis d'un coup, en voyant s'éloigner le couple qui marche vers la lumière, la colère le quitte. Il mesure la gravité de ce qui vient de se produire. Il se demande comment il a pu, comment il a été capable de leur faire ça, à eux qui n'étaient pas pires que les autres, à eux qui étaient venus le trouver avec confiance, pour préparer leur mariage. Il reste debout dans le chœur, transi, frissonnant. Il les regarde s'éloigner, quitter l'église où ils ne reviendront pas. Il voit la foule sortir par la petite porte sur le côté, comme si elle fuyait, évacuant un lieu désagréable ou dangereux. C'est un moment terrible.

L'église est presque vide à présent. Il voit le père de la mariée s'avancer, sans un mot, le regarder droit dans les yeux. Sur une petite table basse, il y a les deux corbeilles contenant le produit de la quête. L'homme se penche et dépose une enveloppe dans l'une d'elles. Deux cents euros en liquide, comme promis. L'homme fait un petit salut sec de la tête, et il se détourne. Il va rejoindre la noce, pour les photos, sur le parvis inondé de lumière.

Et lui reste là, à regarder fixement la statue de sainte Agathe, dans son long manteau rouge et bleu. Sa petite martyre portant ses seins blancs sur un plateau doré lui sourit doucement. Il reste longtemps debout dans le chœur, pour leur laisser le temps de se photographier les uns les autres, à leur aise. Puis il voit disparaître du porche les froufrous de la mariée, les beaux costumes sombres, les chapeaux colorés. Les rires et les exclamations s'estompent. Les voitures démarrent.

Ils l'ont laissé tout seul. Évidemment, après ça, il n'était plus question de le convier à prendre un verre. En le regardant droit dans les yeux, sans desserrer les lèvres, le père de la mariée a tacitement retiré son invitation.

Il est seul, comme d'habitude. Il est seul pour toujours. Lentement, il remonte l'allée, jusqu'à la lumière. Les dernières voitures du cortège s'éloignent dans un concert de klaxons. Il regarde la poussière s'élever au-dessus de la route, dans la chaleur de l'après-midi, et derrière lui, il entend résonner un rire froid.

Madeleine

Après la séance photos, elle se sent épuisée. Elle essaie tant bien que mal de dissimuler sa fatigue. Elle sait qu'elle est en liberté surveillée. Ils sont tous là, autour d'elle, à guetter. Ses gardiens serviles et vigilants, ses enfants.

Depuis un quart d'heure, Marie-Claire ne cesse de répéter :

– Maman, je vous avais bien dit que ça n'était pas prudent d'assister à la messe ! Ça vous a énormément fatiguée. Vous n'êtes plus en état !

Marie-Claire parle comme si la fatigue de sa mère pesait douloureusement sur sa propre chair, comme si, en voulant absolument assister à la cérémonie, sa mère avait commis une erreur considérable, et peut-être fatale.

Si cette pauvre Marie-Claire avait une voix moins aiguë, peut-être que Madeleine arriverait à la supporter. À la fin, n'y tenant plus, elle déclare, assez fort pour que tout le monde puisse l'entendre :

– Ma chérie, si tu voulais bien te taire, je serais sans doute beaucoup moins fatiguée !

Le menton de Marie-Claire se met à trembler ;

l'émotion voile ses grands yeux bleus, et fait monter
sa voix dans les aigus :

– Mais maman ! Comment pouvez-vous !... Moi qui
ne pense qu'à votre bien !

La voilà qui tourne les talons et s'éloigne en courant
pour essuyer discrètement quelques larmes.

Madeleine soupire, satisfaite. Ma pauvre chérie.
Vas-y, mouche-toi, prends bien le temps de te remettre.
C'est toujours ça de gagné.

Catherine intervient :

– Maman, vous êtes fatiguée. Il faut que vous alliez
reprendre des forces avant le dîner... Je vous accompagne dans votre chambre.

– Mais qu'est-ce que vous avez tous à me répéter
que je suis fatiguée ? !

Elle a beau protester, elle cède, cette fois-ci : elle
accepte le bras de sa fille, et remonte avec elle la belle
allée bordée de rosiers éclatants. Catherine murmure :

– Maintenant que vous avez fait pleurer Marie-
Claire, j'imagine que vous arriverez plus facilement à
trouver le sommeil.

Madeleine esquisse un sourire, et se laisse guider
sans un mot vers sa chambre.

Ses enfants ne veulent plus qu'elle conduise. Ils
disent, d'un air scandalisé :

– Maman, vous allez finir par vous tuer, ou par tuer
quelqu'un !

Ils lui ont confisqué les clés de sa vieille Clio. Toujours leur insupportable manie de tout monter en
épingle, sa dégénérescence maculaire et le reste. Il ne
faut pas exagérer. Sa vision périphérique reste très cor-
recte, et elle est parfaitement capable de conduire sur

de petites routes à faible trafic. La vérité, c'est que ça leur fait plaisir de la réduire à l'état d'assistée. Ils se sont ligués contre elle pour la torturer.

Elle en a assez d'être traitée comme une petite vieille et transportée comme un paquet. D'ailleurs, elle n'a pas confiance lorsque c'est un autre qui tient le volant. C'est pour ça qu'elle a voulu rester ici cette nuit. Personne n'aura à la reconduire au beau milieu de la soirée. Et puis, elle sera bien plus tranquille. Elle pourra monter se coucher quand elle voudra et rentrera demain matin, avec Hélène et Alexandre.

Elle a exigé une chambre avec vue sur le parc. Isabelle et Marie-Claire ont protesté :

– Mais maman, vous n'y pensez pas ! Vous allez être dérangée par le bruit de la fête.

Mais elle n'a pas voulu en démordre. Cette fête, c'est peut-être bien la dernière. Tant mieux si elle entend les rires et la musique. Ce sera presque comme si elle était restée au milieu d'eux, et avait assisté jusqu'au bout au mariage de sa petite Bérengère.

Une fois dans la chambre, elle s'assied sur le lit. Son cœur bat plus vite qu'elle ne voudrait ; elle fait de gros efforts pour respirer le plus doucement possible. Catherine demande :

– Voulez-vous que je tire les volets ?

– Non, la lumière ne me dérange pas.

– Je vais laisser la fenêtre ouverte, pour que vous n'ayez pas trop chaud.

– C'est ça...

– Marie-Claire a défait votre valise.

– Mais de quoi se mêle-t-elle ? lance-t-elle d'un ton

agacé. Est-ce que je lui ai demandé de fouiller dans mes bagages ?

Catherine poursuit, imperturbable :

– Elle a mis vos affaires de toilette dans la salle de bains, et posé votre chemise de nuit sur le dossier du fauteuil.

– Comme si je n'étais pas capable de me débrouiller toute seule ! Le jour où cette pauvre chérie se décidera à s'occuper de ses affaires, elle nous rendra à tous un grand service.

Catherine demeure impassible :

– Maman, vous pourrez dire toutes les horreurs que vous voudrez, vous n'arriverez pas à me faire sortir de mes gonds le jour du mariage de ma fille.

Catherine va et vient dans la chambre, change de place un bouquet de fleurs, pour que Madeleine puisse le voir depuis son lit. Elle pose un verre d'eau fraîche sur la table de nuit, et s'agenouille devant sa mère pour lui retirer ses chaussures. Puis, tout en lui soutenant les épaules, elle lui soulève les jambes, la fait lentement basculer sur le lit. Ses gestes sont précis, doux et fermes à la fois.

– Voulez-vous que je rajoute un oreiller ?

– Non, ça ira... J'aimerais bien avoir mon livre à portée de main, au cas où...

Catherine fouille dans la valise, en sort un gros volume qu'elle dépose sur le coin de la table de nuit. Elle sourit en lisant le titre :

– *Le Banquet* de Platon... Je vois que vous avez des lectures très philosophiques, maman.

– Tu te moques de moi, en plus !

– Pas du tout. Je vous encourage, au contraire.

Catherine lui touche la joue et lui sourit.

– Vous êtes très courageuse, maman. Ne vous fatiguez pas trop les yeux, c'est tout.

Dans le tiroir de la table de nuit, elle dépose la grosse loupe dont s'aide Madeleine pour ses lectures.

– Reposez-vous, maintenant. Je reviendrai d'ici une heure, voir si vous allez bien.

– Je suis assez grande pour descendre toute seule quand j'en aurai envie ! Quand allez-vous cesser de me traiter comme une impotente, tous autant que vous êtes ?

Catherine a un petit rire. Elle se penche sur sa mère et murmure :

– Maman, ne vous faites pas plus méchante que vous n'êtes.

Puis elle lui serre brièvement la main avant de la quitter.

Madeleine sourit en entendant la porte se fermer doucement. De tous ses enfants, Catherine est de loin la plus intelligente. Elle est la seule à ne pas se laisser impressionner par ses remarques acerbes et provocatrices. Les autres s'offusquent, protestent, larmoient ; ils montent sur leurs grands chevaux. Catherine, elle, demeure impassible ; elle se contente d'un sourire ironique et tendre. Elle est la seule à savoir lui résister.

Allongée sur son lit, Madeleine fixe le mur tendu de toile de Jouy. Au centre de l'image vacille une tache noire. Des petits bergers roses dansent autour de la tache comme autour d'un puits sombre. Désormais, sa vie est un défilé de photographies brûlées en leur centre. Tout est clair, tout est net, sauf cette tache noire, atroce, inamovible, au milieu de l'image. C'est incurable. Elle ne parvient pas à s'y habituer.

Elle découvre la pièce en promenant longuement les

yeux sur chaque détail. Autour du cercle obscur, les images lui parviennent, distinctes mais incomplètes, comme dévorées par l'obscurité qui prolifère au centre. Il lui faut du temps pour reconstituer, à partir de fragments, une vision globale. Mais elle a tout le temps. Elle est vieille. Elle n'a rien d'autre à faire.

Elle entend la rumeur qui monte du parc, les rires des invités, les cris des enfants, le tintement des verres, un bourdonnement indistinct ponctué de coups d'éclats. Parfois, elle croit reconnaître une voix familière. Elle se sent rassurée, comme enveloppée par la chaleur vitale que lui portent ces bruits arrachés à la fête.

Elle n'est pas triste, au contraire. Aujourd'hui, elle est même particulièrement heureuse. Ce n'est pas tous les jours qu'on marie sa petite-fille préférée. Elle est soulagée d'être là. Ces derniers mois ont été difficiles ; elle s'est demandé un moment si elle tiendrait jusqu'au mariage.

La petite est magnifique. On ne peut rêver plus jolie mariée. Une robe splendide. Pas une faute de goût. Ce garçon est très bien. Intelligent, drôle, amoureux. La petite a de la chance, et elle la mérite bien.

Dans le livre posé sur sa table de nuit, elle a lu une légende étrange : à l'origine, les êtres humains étaient doubles. Deux corps soudés dans une parfaite harmonie. Mais les dieux les ont un jour séparés. Depuis, chaque être passe sa vie à la recherche de son double exact, sa moitié perdue, et lorsqu'il la retrouve, ils s'unissent d'un amour parfait et inaltérable. Mais la plupart des êtres humains errent par toute la terre sans jamais découvrir la moitié dont ils ont été séparés. Ou alors, ils se trompent en croyant la trouver, et l'on voit se former des attelages bancals et douloureux.

Cette légende a touché Madeleine au cœur, comme si elle lui racontait sa propre histoire. Elle lui explique sa douleur, sa solitude affreuse, sa certitude d'être in-complète, amputée d'une part de soi. Toute sa vie, Madeleine n'a cessé de mesurer combien il est difficile de survivre en n'étant qu'une moitié d'être humain, un bout d'homme ou de femme, combien il est mons-trueux d'être seul, ou mal apparié.

Aujourd'hui, elle est heureuse : elle a l'impression que la petite a retrouvé la moitié d'elle-même qui s'était perdue, et c'est comme un miracle.

Il fait chaud. Elle entend bourdonner un insecte, quelque part dans la chambre. Le battant de la fenêtre grince, agité par un souffle d'air. Elle ferme les yeux. La tache sombre se fond dans l'ombre derrière ses paupières.

Combien de temps vais-je tenir encore ? Assez pour voir leur premier bébé ? Le deuxième ?

Elle sait qu'elle va devoir les abandonner en cours de route. Peut-être que le temps les abîmera. Peut-être qu'un jour ils se sépareront. Mais elle ne sera plus là ; elle ne le saura jamais. Pour elle ils resteront un jeune couple parfait, figé dans un bonheur inaltérable.

Le ciel est clair et bleu, comme un ciel de paradis. Des cloches résonnent à ses oreilles. Elle entre dans une église de verre, immense et lumineuse. Elle porte une robe de mariée pareille à celle de Bérengère. Elle n'a jamais été aussi heureuse. Lentement elle avance, souriante et légère. Les regards se tournent vers elle. Ils sont tous là. Ses parents, ses amis d'enfance et de jeunesse, ses enfants, ses petits-enfants. Il l'attend devant l'autel. Il lui tourne le dos, mais c'est lui, elle le sait.

Elle aussi a rencontré très jeune l'autre partie d'elle-même, la moitié perdue au tout début du monde. Elle a eu cette chance. Sur son visage s'épanouit un sourire qu'elle ne peut ni ne veut réprimer. Elle sourit comme jamais. Elle continue de remonter l'allée. Elle est presque arrivée. Il se retourne. Il n'a pas changé. Il est aussi jeune et beau qu'autrefois.

– C'est bien toi ?

– Oui, c'est moi. Qui veux-tu que ce soit ?

– Mais... je te croyais mort.

– C'est ce que tout le monde a essayé de te faire croire !

– Tu n'as pas changé.

– Je t'ai attendue... Tu es toujours d'accord ?

Elle va dire oui, mais s'aperçoit soudain que la robe de mariée flotte autour d'elle, comme un linceul de dentelle. Elle a honte de son visage ravagé, de son corps amaigri. Sa joie disparaît d'un coup, et l'affolement gagne son cœur.

– Regarde ce que je suis devenue ! Tu voudrais m'épouser dans l'état où je suis ?

Il sourit, imperturbable :

– Je l'ai toujours voulu. Rappelle-toi ce qu'on disait : nous sommes faits l'un pour l'autre... Est-ce que les rides sur ton visage, est-ce qu'un peu plus ou un peu moins de chair sur ta poitrine peuvent y changer quelque chose ?... Je t'ai attendue si longtemps.

– Moi, je n'ai pas pu t'attendre, tu sais... Je n'ai pas eu le choix.

– Je sais... Mais ça ne compte pas.

– Non, ça n'a jamais compté.

– L'important, c'est que nous nous soyons retrouvés.

Les yeux du jeune homme parcourent lentement le premier rang, où sont assis les enfants de Madeleine. Il demande tout bas :

– Lequel est-ce ?

Elle murmure :

– Troisième en partant de la droite.

Il sourit, lui prend la main, et la serre. Puis ils se tournent vers l'autel, tandis que s'avance vers eux un prêtre sans visage.

Alors les cloches se mettent à carillonner de plus belle. Leur vacarme devient insupportable. Catherine se précipite. Elle tire sur la robe de mariée, s'agrippe à sa mère en criant :

– Je veux maman ! Je veux maman ! Je veux maman !

La voûte transparente s'effondre dans un bruit de cristal brisé.

– Maman ! Maman, réveillez-vous !

Catherine est là. Elle lui secoue doucement l'épaule en murmurant près de son oreille :

– Maman, je suis venue vous chercher. Il est huit heures. On s'apprête à passer à table... J'ai hésité à vous réveiller, mais j'ai pensé que vous seriez contente de ne pas manquer le dîner.

Madeleine garde les yeux fermés, quelques instants encore, avant de lui répondre.

– Tu as bien fait.

Catherine l'aide à se redresser, puis elle s'assied à ses côtés, au bord du lit, pour lui donner le temps de reprendre ses esprits.

– Je suis montée vous voir vers sept heures, mais vous dormiez si bien... Vous deviez être épuisée, maman...

Madeleine ne répond pas. La lumière a changé depuis tout à l'heure. Elle est plus douce, plus dorée, et comme chargée de mélancolie. Madeleine reste silencieuse. Elle fixe la tache noire devant ses yeux, ce mal qui ne partira plus, comme la douleur qui depuis soixante ans s'attache à son existence. Elle sent la main de sa fille qui lui presse l'épaule.

– Je vais vous recoiffer un peu, maman. Vous serez belle pour le dîner.

Elle ne répond rien. Elle se laisse faire, docilement. Catherine la coiffe, passe les doigts dans sa chevelure pour en arranger les plis. Au bout d'un long moment, elle demande :

– Maman, est-ce que vous vous sentez bien ?

– Oui, ça va. Ça va bien. C'est juste que j'ai fait un rêve... S'il te plaît, ne fais pas attention.

Catherine ne dit rien. Elle continue de la coiffer. Madeleine ferme les yeux, pense à la douceur des doigts de sa fille dans ses cheveux, et murmure :

– Juste un rêve...

Hélène

Comme toujours, il roule un peu trop vite. Elle ne dit rien, parce que ça le mettrait de mauvaise humeur. Et de toute façon, ce n'est pas une remarque qui le ferait ralentir. Il appuie la main sur le cuir du volant, et elle devine son plaisir à le sentir glisser sous sa paume. Elle essaie de ne pas penser au risque d'accident, aux trois enfants à l'arrière. Elle s'abandonne aux sensations immédiates. Elle se tasse au fond du siège, se tourne vers la vitre et ferme les yeux. À l'intérieur du monospace, on ne sent pas la vitesse. On est comme dans une bulle moelleuse et confortable, qui amortit la violence de la route.

Quand elle était petite, elle était toujours malade en voiture, mais c'est passé depuis qu'elle voyage à l'avant. Ses enfants ne sont jamais malades, même quand Alexandre roule à toute allure sur les petites routes de campagne. C'est déjà ça.

Il est fier de sa nouvelle voiture de fonction. Une luxueuse 806, intérieur cuir. Elle déteste l'odeur du cuir, mais elle ne la sent que pendant le premier quart d'heure. Après, elle s'habitue. Tout est réglable à l'intérieur : les stores, les appuie-tête, l'inclinaison et jusqu'à la forme des sièges. Tout est prévu pour qu'on voyage le plus confortablement possible.

Lorsqu'ils ont appris qu'on pouvait faire pivoter les sièges et pique-niquer à l'intérieur de la voiture, les enfants étaient tout excités. Mais Alexandre a immédiatement coupé court à leur joie : pas question de manger dans la voiture. Rien qu'à l'idée d'une miette de BN au chocolat sur la moquette, il est au bord de l'apoplexie :

– Merde, tu te rends pas compte ! C'est moi qui accueille les Allemands de Düsseldorf à l'aéroport mardi ! Tu crois que j'aurai le temps de la faire nettoyer d'ici là ?

Évidemment, mon chéri, c'est une raison parfaitement valable pour n'utiliser ni les sièges pivotants, ni les tablettes et leur petit réceptacle à gobelet si amusant ! Que pourraient penser les Allemands de Düsseldorf ? Ces gens-là ont horreur du laisser-aller, c'est bien connu. Comment ai-je pu être assez bête pour oublier qu'une miette de biscuit sur la moquette à l'arrière pourrait compromettre la signature du contrat ! Pardon, mon chéri, d'avoir été aussi bête.

Finalement, ils se sont arrêtés sur l'autoroute, dans un *Courtepaille*, et les enfants ont trouvé tout aussi drôle de déjeuner dans une fausse chaumière qui ressemble à la maison d'Astérix.

Elle se souvient d'une publicité qui passait il y a quelques années à la télévision. Une jeune femme en maillot de bain allongée dans un hamac, mince, superbe, serrant contre elle un petit enfant. Elle est de dos ; on ne voit pas son visage, seulement ses cheveux tirés en chignon découvrant une nuque gracieuse. Elle domine une piscine immense où plongent en riant des enfants bronzés. Une voix masculine dit : « Elle vous a donné tout son amour... et quatre beaux enfants. » Puis le chiffre 806 apparaît au bas de l'écran.

Connaissant Alexandre, elle est sûre qu'il a pensé à cette publicité lorsqu'il a choisi le modèle de sa voiture de fonction. Une belle femme, quatre beaux enfants, une piscine, une 806. La plus belle image de la réussite.

Il peut être content. Il a la piscine et la 806. Trois enfants, au lieu des quatre, ce n'est déjà pas si mal. Les leurs ne sont sans doute pas aussi beaux que ceux de la publicité. Ils ont tous hérité du grand front caractéristique de la famille Clouet, totalement disproportionné sur un visage d'enfant.

Ça lui rappelle un souvenir pénible. La première fois que sa mère a vu Pauline. Elle, elle était fière de son premier bébé. Le front, ça ne la choquait pas ; c'était celui d'Alexandre, voilà tout. Mais sa mère a eu l'air bouleversée :

– C'est incroyable, le front qu'elle a ! C'est normal, tu crois ?

Après, c'était parti, on ne pouvait plus l'arrêter. Sa mère a palpé la tête, examiné le profil, comme si elle voulait sur-le-champ établir une fiche anthropométrique de la petite. Plus rien d'autre ne comptait que ce front bombé, anormalement proéminent.

– Maman, elle a été vue par le pédiatre à la sortie de la maternité. Tout est parfaitement normal. Tu vois bien que c'est un bébé en bonne santé !

Mais sa mère a persisté dans ses doutes, soupçonnant toutes sortes de défaillances chez le pédiatre, chez l'échographiste – « c'est bien connu, un tas de choses leur échappent » –, chez sa propre fille aussi :

– On les aime tant qu'on ne voit plus la réalité en

face ; il faut un regard extérieur pour signaler l'évidence !

Comme elle résistait, sa mère l'a pressée de consulter un pédiatre en ville.

– Ils sont plus sûrs qu'à l'hôpital où ils travaillent à la chaîne pour le tout-venant... Si seulement tu avais accepté d'accoucher à La Pergola, comme ta cousine ! Hélène, je t'en prie, va voir un spécialiste sans tarder. Si tu ne le fais pas pour la petite, fais-le pour moi !

Elle l'a laissée continuer un moment, si fatiguée, soudain. Puis, les larmes au bord des paupières, elle a fini par demander :

– Tu le trouves si laid que ça, ce bébé ? !

– Mais pas du tout ! Qu'est-ce que tu vas t'imaginer ? a répliqué sa mère, indignée. Ma chérie, il ne faut pas tout prendre de travers ! C'est normal que je m'inquiète, que je me préoccupe. Si je ne peux plus rien dire... Elle est très belle, cette petite ! C'est le portrait de son père ! C'est vrai, hein... Elle est très « Clouet » ; c'est une « Clouet tout craché » !

Elle regarde les trois enfants à l'arrière, dans la petite glace de son pare-soleil qu'elle oriente pour mieux les voir. C'est vrai, Pauline est une « Clouet tout craché » : yeux bleus, cheveux blonds, presque blancs, et grand front proéminent. Et Clémence aussi, est une « Clouet tout craché ». Et Hadrien. En fait, elle a beau scruter le visage de ses enfants, elle ne voit rien de son propre visage. Les oreilles peut-être, petites, jolies, bien plaquées sur le côté de la tête. Mais qui regarde les oreilles ? Elle a mis au monde des « Clouet tout crachés ». C'est comme s'ils n'avaient rien pris d'elle, et tout hérité de leur père, comme si elle n'avait été qu'un ventre, le réceptacle d'un précieux dépôt auquel elle n'aurait apporté que chaleur et nourriture.

Ça lui rappelle les théories d'Aristote sur la génération des animaux : la femelle fournit l'habitacle – son ventre –, et la matière – son sang. Le mâle donne la forme, l'étincelle de vie façonnant la matière – son noble sperme. Peut-être que les choses se passent parfois comme ça, après tout. Oui, c'est bien ça : elle est une bonne petite femelle aristotélicienne, qui a fait des petits « Clouet tout crachés ».

– À quoi tu penses ? demande Alexandre.

– À Aristote.

– Ah...

Il ne lui demande pratiquement jamais à quoi elle pense. C'est étrange qu'il ait posé la question juste au moment où elle pensait à Aristote. C'est étrange, mais ça n'a pas l'air de le perturber. Ils sont dans la voiture avec les enfants, ils vont au mariage de Bérengère, et elle pense à Aristote. Alexandre trouve ça normal. Alexandre est doté d'une ouverture d'esprit exceptionnelle. Rien ne le surprend. Ou alors, il n'a pas écouté sa réponse.

D'ailleurs, pour signifier clairement que la discussion est close, il monte un peu le son qui jaillit des enceintes dissimulées partout dans la voiture. Depuis le début du trajet, les Pink Floyd, Fleetwood Mac, Genesis, et Alexandre qui chante en se tortillant sur son siège de cuir. Depuis quelque temps, il écoute à nouveau les tubes de son adolescence, pour oublier qu'il est devenu un trentenaire content de soi après avoir été un adolescent conformiste. Il roule dans une luxueuse voiture de fonction. Il porte des Weston et des costumes à deux mille euros. Mais il a su rester jeune. La preuve : il aime mettre des jeans et des tee-shirts usés, le week-end. Pas de chemise vichy ou de polo Lacoste. Il trouve que c'est trop conventionnel.

Sur *Money*, il monte le son, et chante encore plus fort, en pianotant sur le volant gainé de cuir : « *Money ! Get away, take a good job with more pay, and you're O.K.* »

Elle résiste à l'envie de lui hurler qu'elle a mal à la tête, qu'elle voudrait un peu de silence. Elle n'en peut plus.

Essaie de te calmer. Ça n'est pas si grave. Tout n'est pas si noir. Il n'y a pas de raison de mettre en cause les Pink Floyd, après tout. S'il écoutait de la musique classique, ça t'agacerait sans doute encore plus.

Elle tourne la tête, regarde la forêt, si dense, si verte, qui défile à toute allure, puis ferme les yeux. Nous avons tout, pense-t-elle. C'est une phrase de sa mère. Chaque fois qu'au téléphone, elle lui laisse soupçonner que ça ne va pas très bien, cette phrase revient immanquablement :

– Mais enfin, je ne te comprends pas, Hélène : tu as TOUT ! Une maison, une piscine. Une piscine en région parisienne, Hélène ! Des enfants en bonne santé ! (Elle ne dit pas « de beaux enfants » ; elle n'a jamais pu s'habituer à la tête Clouet-tout-craché, mais ça ne l'empêche pas d'aimer ses petits-enfants.) Un mari qui t'aime, qui gagne bien, TRÈS BIEN sa vie. Je ne te parle même pas de la maison de Bretagne, des voyages... Un travail pas trop fatigant ! (On dira ce qu'on voudra, mais vous avez tout de même trois mois de vacances dans l'année...) Vraiment Hélène, est-ce que tu te rends compte de la chance que tu as ?

Que peut-on répondre à cela ? C'est incontestable :

elle a TOUT. Et puis, c'est tellement pratique de voir les choses comme ça. Elle a TOUT. Où est le problème ? De toute façon, elle n'a pas particulièrement envie d'en parler à sa mère. D'ailleurs, il n'y a rien à dire.

Lorsqu'elle ouvre les yeux, elle est frappée par l'éclat de sa bague de fiançailles. Un gros saphir serti clos, entouré de brillants de belle taille. Le tout constituant un ensemble imposant. Comment a-t-elle pu choisir un modèle pareil ? C'est incroyable ce que les goûts évoluent au cours d'une vie. En à peine plus de dix ans.

Elle se souvient parfaitement du prix : trente mille francs à l'époque. Elle était fière de posséder un bijou aussi coûteux. Elle regardait sa bague à longueur de journée, faisait jouer la lumière dans les pierres, donnait à sa main des poses gracieuses. Une petite fiancée amoureuse avec une grosse bague-marguerite à trente mille francs. Aujourd'hui, elle a du mal à en supporter la vue. Elle ne la met pour ainsi dire jamais, seulement pour les fêtes de famille, parce que c'est le seul bijou de prix qu'elle possède et que, de toute façon, sa belle-mère remarquerait immédiatement son absence. Et ça ferait toute une histoire. Ça la fatigue tellement par avance qu'elle préfère la porter. Du reste, la bague n'a rien d'incongru dans une fête de famille : tout le monde a la même, à peu de choses près. Il n'y a que la couleur de la pierre qui change. Elle regarde sa bague, dont les bords dentelés lui font irrésistiblement penser aux contours d'un moule à tarte. Je porte au doigt un moule à tarte à trente mille balles. Elle referme les yeux, essaie de se concentrer sur autre chose.

La publicité pour la 806 lui revient à l'esprit. Cette jeune femme superbe allongée dans le hamac, il y a encore quelques années, ça aurait presque pu être elle. Après ses deux premières grossesses, elle a gardé une jolie silhouette. Mais elle ne s'est pas aussi bien remise de la naissance d'Hadrien. Elle a peut-être été un peu moins rigoureuse que pour Pauline et Clémence... Elle n'a pas réussi à perdre les cinq kilos qui s'accrochent à ses hanches, ses cuisses et son ventre. Elle est moins jolie qu'autrefois. Un peu plus ronde, un peu moins fraîche. Elle en a parfaitement conscience ; elle en souffre, mais elle a décidé, sans trop savoir pourquoi, qu'elle n'avait pas envie de se forcer. Les efforts pour tout, elle en a assez. Alexandre n'a fait aucune remarque, absolument aucune. Rien n'a changé dans leur vie. Elle a simplement cinq kilos de trop.

D'ailleurs, lui aussi s'est épaissi depuis qu'il multiplie les repas d'affaires, et qu'il n'a plus le temps pour ses soirées de squash au Country Club. Il a pris du ventre, une petite brioche, bien installée autour du nombril. Elle sait que ça ne partira plus. Il n'y a pas de raison : le nombre de repas d'affaires sera proportionnel à la réussite professionnelle de son mari, et Alexandre est bien parti pour réussir. Alors voilà : ils grossiront et vieilliront ensemble, côte à côte ; ils rouleront dans la 806 de fonction sur les routes radieuses de l'existence.

Les petits ont fini par s'endormir. Leur tête s'incline un peu dans les virages, révèle leur profil. Après le déjeuner, sur l'aire d'autoroute, elle leur a fait enfiler leurs costumes d'enfants d'honneur : robes à smocks roses brodés main pour les filles, bermuda bleu marine et chemise rose pour Hadrien. Cette fois-ci, on a échappé au nœud papillon ou à la lavallière.

Elle n'aime pas les robes à smocks, sauf pour les

bébés. Sur les bébés, c'est délicieusement suranné,
comme échappé d'un daguerréotype. Mais sur des
gamines de six et huit ans, c'est carrément tarte. De toute
façon, elle se rend compte qu'elle ne supporte plus la
vue d'un cortège d'honneur. Elle essaie de se remémorer
tous ceux des mariages auxquels elle a assisté. Ce défilé
de couleurs pastel – rose, jaune, bleu, vert –, taffetas
marron glacé, piqué de coton rouge vif, satin mauve, lin
blanc, petits nœuds, socquettes festonnées, dentelles,
rubans, couronnes de fleurs, chapeaux de paille, cein-
tures et petites cravates ridicules, parfois un panier
rempli de dragées, ou une bourse en tulle fermée d'un
cordon de soie... C'est tout simplement grotesque. Elle
n'en peut vraiment plus de ces cortèges décoratifs, de
ces déguisements rituels.

Alexandre s'énerve : ils vont être en retard. Cela
serait sans importance s'ils n'étaient que des invités
anonymes, mais c'est le mariage de Bérengère, tout de
même, et les enfants font partie du cortège d'honneur.

Le plan sur les genoux, elle guide Alexandre à travers les petites routes de campagne. Il s'énerve, parce
que Bérengère n'a pas voulu se marier à Saint-André-
du-Chêne, *comme tout le monde*. Elle a préféré une
chapelle romane *adorable* perdue dans la cambrousse.
Il faut être vraiment tordue pour aller se marier dans
un trou !

– Chéri, Saint-André-du-Chêne aussi, c'est un trou !
Bérengère est tombée *amoureuse* de cette chapelle, tu
sais bien. Ta sœur a tout de même le droit de se marier
ailleurs qu'à Saint-André, qui – soit dit en passant –
n'a aucun intérêt... Sulpicienne à crever !

Elle revoit le christ en plâtre, l'air serein, un peu
bête, montrant du doigt son cœur embrasé entouré

d'une couronne d'épines. Ses joues roses, ses lèvres rouges, ses yeux bleus, et son cœur qui lance des rayons dorés. Et cette litanie de saints trop colorés, aux yeux révulsés : sainte Thérèse, saint Georges combattant le dragon, la Vierge écrasant le serpent de son pied fleuri d'une rose... On ne peut vraiment pas en vouloir à Bérengère d'avoir souhaité changer de décor ! Alexandre ne répond rien ; il se contente d'émettre quelques grommellements inaudibles. C'est parce que j'ai raison, pense-t-elle.

Ils traversent plusieurs villages à toute allure. Elle reste crispée sur son siège. Elle a l'impression qu'un drame pourrait survenir à tout moment, lorsque Alexandre roule à cette vitesse. Il peste : les explications du plan ne sont pas claires, d'après lui.

– Si tu n'avais pas traversé le village comme un fou, on n'aurait pas raté le panneau !

Il est obligé de faire demi-tour, et croit bon de manifester sa mauvaise humeur en critiquant les explications fournies par ce « plan à la con ».

– Tu en parleras à Vincent : c'est lui qui l'a rédigé !

Ils traversent le village dans l'autre sens. Le panneau est bien là, juste avant la mairie, comme indiqué sur le plan. C'est vrai qu'il est en retrait sur le carrefour. Il passe facilement inaperçu si on roule un peu vite.

On y est presque. Les enfants se sont réveillés quand Alexandre s'est mis à s'énerver contre le « plan à la con ». Du coup, ils n'arrêtent pas de répéter « plan à la con », « plan à la con », ce qui ne fait qu'accroître l'agacement d'Alexandre. Elle se retourne :

– Les enfants, on ne dit pas « plan à la con » ; on dit : « plan de la conne ».

Les enfants hurlent de rire, même s'ils n'ont pas

vraiment compris. Ils se mettent à répéter « plan de la conne » à tue-tête.

– C'est malin, grogne Alexandre. Tu les encourages, avec ton humour à la con !

– Et toi, tu les encourages, mais sans humour du tout...

– Bon, concède-t-il, on va pas se disputer pour une histoire à la con.

Elle sourit.

– Bien sûr que non, on ne va pas se disputer.

L'église est en vue. Ça va aller. Tout va bien se passer. C'est à ce moment que survient l'accident. Deux, trois spasmes, totalement inattendus : Hadrien vomit sans crier gare. Les filles hurlent. Alexandre rugit. Une odeur insupportable envahit l'habitacle. Le petit éclate en sanglots.

– C'est pas vrai ! C'est pas vrai ! Je le crois pas ! hurle Alexandre.

Elle s'agace :

– Bon, ça suffit, Alexandre ! Tu sais bien qu'il ne l'a pas fait exprès !

Ils se garent le long de la route, à petite distance de l'église ; il y a des voitures partout. Au loin, une foule élégante se presse autour du parvis.

– On est à la bourre ! C'est pas vrai !

Elle ne pense qu'à une chose : se débarrasser de lui et de ses récriminations.

– Écoute, la plupart des invités ne sont pas encore entrés dans l'église. Tout va bien. Pars devant avec les filles. Je vais m'occuper d'Hadrien.

– Et la bagnole ? On va pas laisser la bagnole dans cet état !

– Écoute, Alexandre, d'abord, on ne va pas laisser HADRIEN dans cet état ! On s'occupera de la voiture après, si tu veux bien.

Il est hors de lui, furieux. Elle sent en lui comme une panique, une angoisse.

– Bon, dit-il, j'emmène les filles, et après je reviens. Tu t'occupes d'Hadrien. Je m'occupe de la voiture.

– C'est ça ! Bonne idée !

Chacun son rôle, pense-t-elle. Chacun ses priorités !

Elle sait bien, au fond d'elle-même, qu'elle est complètement injuste. Bien sûr, il pense à sa voiture d'abord, et c'est agaçant. Mais d'un autre côté, impensable de remonter dans cet engin si on ne le nettoie pas immédiatement. Ou alors, toute la famille vomit en chœur au bout de cinq minutes... D'ailleurs, ça ne va pas être une partie de plaisir de nettoyer le tapis de sol.

Le petit est complètement sonné, consterné d'avoir sali son costume d'enfant d'honneur. Il la regarde, lamentable, et dit :

– Je te demande pardon, maman ! Je te demande pardon !

Un gros ballon de morve se forme au bout de son nez, éclate, dégouline sur ses joues ruisselantes de larmes. Elle se sent incroyablement émue :

– Mon petit chéri, mon petit chéri. Ça n'est pas grave du tout ! On va te laver, on va te changer, et après tu iras dans l'église pour voir Bérengère en mariée.

Le petit acquiesce, rassuré. Elle leur a tant répété de faire bien attention à ne pas se salir avant la cérémonie, à ne pas se froisser, que son fils de cinq ans a cru qu'il allait être grondé d'avoir vomi. Que c'était *grave*, impardonnable, d'avoir vomi sur sa belle tenue d'enfant modèle. Elle s'en veut. Elle voudrait le serrer dans ses bras, mais cet élan de tendresse est stoppé net. Impossible de faire un câlin à un enfant couvert de vomi.

– Bon, ne bouge pas, on va nettoyer tout ça.

Elle ouvre le coffre, prend le sac avec les affaires de rechange qu'on ne devait mettre que le lendemain, referme le hayon, violemment, comme si ça devait faire mal à la voiture.

Sur la place, il y a une fontaine, glacée. Mais il fait tellement chaud qu'Hadrien supportera ce nettoyage spartiate. Elle le déshabille entièrement. Son fils est désespéré d'abandonner cette tenue de cérémonie qui n'a pas servi, et elle enrage d'avoir donné tant d'importance au fait qu'il était enfant d'honneur pour la première fois.

– Mon bébé, je t'assure, ça n'est pas grave du tout. En plus, il y a un autre mariage dans quinze jours. Tu auras une tenue encore plus belle, et il n'y aura pas de long voyage avant. Ne t'en fais pas.

Ils recommencent dans quinze jours. Le cousin d'Alexandre épouse une jeune personne de la haute bourgeoisie parisienne, très sympathique d'après Laurence et Bérengère. La famille a beaucoup, beaucoup d'argent.

– Ça ne m'étonne pas de Thibault, qu'il ait dégoté une héritière, a commenté Alexandre, qui n'a jamais aimé son cousin.

En tout cas, le mariage promet : six cents invités, des ministres et des anciens ministres, des journalistes de télévision, des noms à particule... du beau linge, comme on dit. Ça sera plus drôle que d'habitude, au moins. Tante Isabelle est hystérique, parce que la famille de la mariée considère ce mariage comme une mésalliance, paraît-il. C'est ce que certaines réflexions lui auraient laissé entendre. Alexandre est persuadé qu'elle en rajoute. Quoi qu'il en soit, tante Isabelle appréhende beaucoup la cérémonie. C'est la première fois de sa vie qu'elle éprouve un complexe d'infériorité. Évidemment, ça surprend toujours un peu, au début.

Ça lui fait les pieds, à cette vieille peau ! Voilà à quoi elle pense en rinçant son fils à l'eau de la fontaine. Ça va aller. Elle lave les mains d'Hadrien, le bas de ses jambes. Tout va très bien se passer. Elle le sèche, le rhabille. Il est beaucoup plus élégant avec son tee-shirt à rayures et sa salopette courte en jean. Elle lui remet ses sandales, sans les chaussettes. Elle voit bien qu'il est encore un peu malheureux. Une vague odeur de vomi flotte autour de lui.

– Tu veux un peu du parfum de maman ?

Il dit oui. Elle fouille dans son sac, sort le petit vaporisateur en argent qu'Alexandre lui a offert pour leurs dix ans de mariage.

– Tu veux un bonbon à la menthe ?

Il dit oui. Ça ne sera pas du luxe. Quelques giclées d'eau de toilette dans le cou, et le voilà parti. Il semble soudain avoir tout oublié. Il court sous les platanes qui jettent une ombre verte sur sa petite silhouette bondissante.

C'est ça qu'elle aime chez les enfants. Leur capacité de passer en cinq minutes de la pire catastrophe à la plus complète insouciance. J'ai un enfant qui est malade en voiture. Une autre chose héritée de moi, avec les oreilles... Voilà Alexandre qui revient :

– Tu peux emmener Hadrien dans l'église ? lui crie-t-elle.

Il ne répond pas. Il s'exécute.

Elle fourre la tenue salie d'Hadrien dans un sac en plastique, avec une certaine satisfaction. Elle n'a pas envie d'essayer de tout nettoyer pour l'instant. Double nœud, triple nœud. Enfermer l'odeur, et qu'on n'en parle plus pour aujourd'hui. Elle trempe les bras jusqu'aux coudes dans l'eau glacée de la fontaine. Le froid la saisit. Elle aime ce contact brutal dans la douceur sucrée de l'été. Sa bague lance des reflets qui transpercent l'eau.

Elle revient vers la voiture. Il va falloir s'attaquer au nettoyage. Elle décide de rester pour aider Alexandre. De toute façon, elle n'a pas particulièrement envie d'assister à la cérémonie. Et en plus, elle a le cœur un peu chaviré. Elle préfère rester au grand air. Elle voit revenir son mari, le front tout plissé de contrariété :

– J'ai confié Hadrien à Marie. Mission accomplie.

– Eh bien, votre nouvelle mission monsieur Clouet, si vous l'acceptez, sera de nettoyer le vomi laissé par votre fils Hadrien dans votre 806 toute neuve.

– Tu m'énerves, Hélène ! Tu fais de l'humour là-dessus ; tu te fous complètement des conséquences.

Elle se tait, se renfrogne, et se tient un peu en retrait tandis qu'il ouvre en grand les portes arrière. Elle contemple l'étendue des dégâts, essaie d'en évaluer les conséquences sur le psychisme rigide de la délégation allemande qui arrivera mardi de Düsseldorf. Vu l'énervement d'Alexandre, ça ne peut manquer d'être très grave, et même irrémédiable.

En fait, il n'y a pas grand-chose sur les sièges, et

comme ils sont en cuir, on pourra tout enlever facilement. Pour le tapis de sol, c'est une autre histoire.
Hadrien s'est penché autant que le lui permettait la
ceinture de sécurité, et l'essentiel du désastre s'est
déversé par terre. On distingue très nettement les petits
bouts de frites et de steak, mêlés à la crème glacée
vanille-fraise. Elle tient sa vengeance :

– Il faut dire que les menus enfant du *Courtepaille*,
c'est pas ce qu'il y a de plus léger.

Un petit pique-nique dans la voiture ou sur une aire
d'autoroute, avec un sandwich et un abricot, serait sans
doute mieux passé. Alexandre a parfaitement reçu le
message :

– Non mais regarde-moi ça ! Ce gosse n'a pas appris
à MÂCHER sa nourriture ?

– Je ne sais pas. Tu as déjà particulièrement attiré
son attention sur ce point, toi ?

– Hélène, si tu restes là rien que pour m'emmerder,
je préfère que tu ailles dans l'église avec les autres.
J'ai pas envie de me laisser emmerder aujourd'hui ! Je
veux nettoyer cette bagnole, pour qu'on rentre dans
une atmosphère vivable, et pour éviter que l'odeur
s'installe ! Je te rappelle que...

– ... tu conduis les Allemands de Düsseldorf mardi,
je sais ! Laisse-moi t'aider. Ça ne sera pas long.

Il est excédé, presque au bord des larmes. Elle a
pitié de son chagrin d'enfant à qui on a cassé son jouet,
très cher, qui devait rester beau très longtemps. Et en
même temps elle est satisfaite qu'il soit contrarié ; sa
vanité en prend un coup, et c'est bien fait pour lui.

Il a sorti les tapis de sol et s'apprête à les rincer
dans la fontaine.

– Attends, Alexandre, tu ne peux pas faire ça ! C'est

dégoûtant ! Tu vas complètement dégueulasser la fontaine !

– Qu'est-ce que tu veux qu'on fasse ? On va pas les remettre comme ça dans la voiture !

Elle réfléchit un moment. Elle regarde son mari. Elle se dit : c'est un cauchemar, mais vraiment pas grave. C'est infect, mais vraiment pas grave. Il y a forcément une solution.

– Pourquoi on n'irait pas directement au moulin ? C'est à dix kilomètres ! On trouvera facilement de quoi nettoyer là-bas. Tu n'as qu'à demander à Marie de récupérer les enfants !

– Mais on va rater la sortie de l'église ! C'est pas possible, déjà qu'on n'assiste pas au mariage !

Elle se détourne, excédée. Démerde-toi, espèce de couillon ! Tu me fatigues. J'en ai assez d'essayer de tout arranger, de te faire une petite vie bien lisse, bien propre, bien comme tu veux. J'en ai assez de chercher des solutions à tes petits problèmes. Fais comme tu veux. Connard.

Elle n'en peut plus. Elle voudrait partir loin, s'allonger, quelque part, dans une chambre fraîche, dans une maison où il n'y aurait personne. Pas de mari, pas d'enfants, pas de famille. Personne, seule au monde, tranquille. Si seulement ce bruit de fond permanent pouvait s'arrêter un instant dans sa vie.

– Fais pas la tête, Hélène ! T'as raison ! On va faire comme ça.

Il claque une à une les portières et s'éloigne en courant. Il va prévenir Marie dans l'église. Elle remonte dans la voiture. L'odeur s'est un peu dissipée, mais reste tenace. Alexandre est de retour. Il boucle sa ceinture, démarre, appuie sur le bouton commandant les vitres électriques ; elles s'abaissent toutes en même temps.

– Ahhhhhhh, ça fait du bien.

Il semble presque de bonne humeur.

– C'est pas plus mal, après tout. Ça nous permettra de récupérer un peu du voyage. J'ai l'impression que ça va être les grandes manœuvres. Maman veut faire les photos au moulin : une série avec la famille « adverse », une série rien qu'avec la nôtre, une avec les enfants d'honneur, une avec les grands-parents, une avec les cousins. Tu vois le tableau ! Il y en a au moins pour une heure !

Ça oui, elle voit le tableau : ils y ont eu droit il y a dix ans, pour leur propre mariage. Ce n'est pas un très bon souvenir, surtout que le temps n'était pas radieux comme aujourd'hui. Les photos en extérieur n'ont rien donné du tout. La lumière est toute plate. Les clichés sont ternes. Elle se retrouve avec quinze albums de son mariage qu'elle n'ouvre jamais.

Alexandre a raison : c'est finalement très bien qu'ils ne puissent pas assister à la cérémonie. Comparé à l'interminable séance de pose qui se profile, le nettoyage des tapis de sol semble presque une partie de plaisir. En fait, ils sont contents tous les deux. Les choses s'organisent très bien : ils ont retenu deux chambres au moulin. Malgré le prix exorbitant, elle se félicite qu'ils aient choisi de dormir là-bas. Elle n'avait pas envie de loger à La Croix-Pilate. Ils pourront dormir autant qu'ils voudront, et rejoindre tout le monde tranquillement, en fin de matinée.

Ils arrivent au moulin de Ganières. C'est un bel endroit, très chic, très cher. Le manoir du XVII⁰ siècle a été construit non loin d'un ancien moulin, dont la roue à aubes fonctionne toujours. La rivière longe la propriété et complète ce cadre idyllique. Elle était inquiète pour les enfants, à cause de la rivière ; mais sa belle-mère s'est empressée de la rassurer : « Vous pensez bien que je m'en suis inquiétée, Hélène ! C'est même la première chose que j'ai demandée ! » Aucune crainte à avoir : les abords de la rivière ont été sécurisés. Ici, la nature est parfaitement domestiquée.

Ils se garent sous les arbres. Ce n'est certainement pas le moment de se laisser aller. Alexandre est déjà dehors, à la recherche d'un employé qui puisse lui indiquer un endroit où nettoyer les tapis de sol et les mettre à sécher. Elle sort les sacs du coffre, frissonne un peu. Il fait chaud, pourtant. Elle calcule approximativement le nombre d'heures qui restent avant le moment où elle pourra se mettre au lit et fermer les yeux. Il est seize heures et des poussières. La cérémonie s'achèvera à dix-sept heures. Le temps de sortir, de faire quelques photos devant l'église... À dix-sept heures trente, tout le monde arrivera. Cocktail jusqu'à dix-neuf heures, dix-neuf heures trente. Transition. Moment difficile, moment stratégique où l'on doit amener ceux qui n'ont pas été invités au dîner à prendre congé, sans donner l'impression de les mettre dehors. Vingt heures, début du repas. Si les choses se passent bien, ce sera fini à onze heures. Mais ça dépend des discours, et de la qualité du service (*irréprochable*, a dit sa belle-mère. On est au moulin de Ganières, ne l'oublions pas !). Ça peut tout de même traîner jusqu'à minuit. Ensuite, ouverture du bal. Ils danseront un peu, pour dire qu'ils ont dansé. De toute façon, ils ne peuvent pas partir avant deux heures du matin. Avant, ça fait « vieux ». Ou alors, il faut avoir une excuse valable.

Mais là, rien. Encore dix heures à tirer, et après elle pourra dormir.

Elle aimait bien les mariages autrefois, et Alexandre aimait ça aussi. Il multipliait les gestes tendres à son égard, prenait plaisir à danser avec elle devant tout le monde. Ils offraient l'image d'un couple radieux et très amoureux. Elle sentait bien que c'était un peu forcé. Mais, malgré tout, c'était agréable. Cette image d'eux lui plaisait et la réconfortait.

Depuis la naissance d'Hadrien, Alexandre a abandonné l'option « couple radieux » dans les mariages. Maintenant, c'est « cadre supérieur bourré de responsabilités » et, évidemment, pour elle, c'est moins valorisant. À présent, on dit d'eux qu'ils forment un couple « solide », « harmonieux », « qui s'entend bien », pas qu'ils sont un couple « très amoureux ». Et cette image n'est ni plus juste ni plus fausse que la précédente. Elle est différente, voilà tout.

Alexandre est de retour.

– Écoute, Hélène, c'est pas la peine qu'on soit deux à se saloper. Je vais monter me changer, faire ça aussi vite que possible, prendre une douche et me rhabiller avant que tout le monde débarque. On va monter les affaires dans la chambre. J'ai demandé au responsable : comme on dort ici, il nous autorise à garer la voiture dans une grange à l'écart du parking. Ça permettra de laisser les vitres ouvertes jusqu'à demain matin. Tu n'as qu'à monter une partie des affaires. Le temps de garer la voiture, et je te rejoins.

Ça y est, Alexandre a repris du poil de la bête : en quelques minutes, il a tout organisé. Efficace, pragmatique, comme d'habitude. Il lui tourne le dos, sans même attendre sa réponse. Il est tellement pressé d'en

finir. Il a déjà démarré pour aller garer la voiture derrière le bâtiment. Elle est à nouveau seule, avec les
sacs. Courage. Rien n'est grave. Seulement dix heures
à passer.

La chambre est agréable, et elle a l'avantage d'être
située du côté du bâtiment opposé à la réception. Ils
n'entendront presque rien de la fête.

Elle se déshabille. La jupe de son tailleur est toute
froissée. Normal, pour du taffetas. Mais elle a repéré
une buanderie au bout du couloir, avec un fer à repasser
à la disposition des clients.

Elle va dans la salle de bains et se regarde dans la
glace. Les dix kilomètres parcourus toutes fenêtres
ouvertes – et trop vite, comme d'habitude – l'ont
complètement décoiffée. Ma pauvre fille, tu as une de
ces têtes !

Elle entend revenir Alexandre. Quelques instants
plus tard, la porte claque à nouveau. Il est reparti vers
sa corvée, après s'être changé. Il n'a pas dit un mot.

Elle se douche, se recoiffe. Elle remet du rouge à
lèvres. Sa bouche et ses dents, c'est ce qu'elle a de
mieux. Quand elle sourit, on dirait qu'elle n'est plus la
même femme. Elle sait qu'elle devrait se forcer à sourire
plus souvent.

En revenant de la buanderie, sa jupe repassée sur le
bras, elle retrouve Alexandre à la porte de leur
chambre :

– Je suis dégueu. Je suis crevé. Je vais prendre une
douche et je vais m'allonger un moment.

Quatre « je » en deux secondes. Le record du monde
des « je » vient d'être pulvérisé à l'instant par
M. Alexandre Clouet.

– Moi aussi, ça va aller, répond-elle.

Il lève les yeux au ciel et gémit :

– Hélène, par pitié ! Je pue le vomi et j'ai l'estomac à l'envers ! Tu veux bien essayer de me comprendre, un tout petit peu ? Tu veux bien essayer d'être *un peu* de bonne humeur, pour une fois ?

Elle pousse la porte sans répondre et le suit dans la chambre. Il file directement à la salle de bains. Elle enlève son jean, remet sa jupe et sort.

Dehors, elle regarde sa montre : encore une demi-heure avant les invasions barbares. Le temps de faire quelques pas dans le parc immense. Pour le dîner, on a dressé une grande tente blanche et verte. Sur la pelouse, des employés s'affairent autour d'une longue table où sera servi le cocktail. Le buffet a l'air somptueux. Elle s'enfonce sous les frondaisons. Au loin, elle entend gronder le moulin, la violence sourde de l'eau. Elle avance sur le chemin, dans sa direction.

Pourquoi se sent-elle si malheureuse ? Pourquoi est-ce que tout cela la submerge aujourd'hui, aujourd'hui où il faudrait qu'elle soit particulièrement joyeuse ? Aujourd'hui où elle n'a *pas le droit* d'être malheureuse.

En fait, elle connaît la réponse. C'est à cause d'aujourd'hui, précisément, à cause du mariage de Bérengère, la « petite dernière », qui lui jette la vérité au visage : le temps a passé, sans rien dire ; dix ans depuis son propre mariage. Dix ans d'une vie facile, où elle s'est coulée dans un moule si confortable qu'elle a longtemps cru l'avoir choisi. Mais qu'a-t-elle choisi en réalité ? Elle se répète en secouant la tête, comme pour chasser des pensées malsaines : j'ai la vie que j'ai voulue. Elle peut être fière de tout ce qu'elle a accompli. Les enfants, le travail, la maison... Pourtant, aujourd'hui, la conscience du temps passé lui pèse sur le cœur.

On vit sans réfléchir, et puis, un beau jour, un jour où la petite dernière se marie, on se réveille, et on s'aperçoit qu'une fine couche de plomb s'est déposée sur les rêves d'autrefois.

Elle s'engage sur le sentier qui conduit au moulin. Le bâtiment est magnifique, austère, sombre, impressionnant. La roue à aubes tourne, gigantesque, soulève des masses d'eau qui retombent puissamment. Un instant, elle a peur de s'en approcher. Mais elle veut voir l'eau de plus près, l'endroit où la roue s'enfonce dans la rivière, où le courant se brouille. Elle avance tout près du bord, se penche, les deux mains contre la barrière. Elle se laisse envelopper par le vacarme de l'eau, son bouillonnement sourd entre les aubes noires.

Comment en est-elle arrivée là ? Qu'est-ce qu'il faudrait changer ? Elle n'a pas de réponse. Elle ne sait pas. Elle aime encore son mari. Et pourtant, c'est comme si quelque chose était mort, très profondément, dans son cœur, comme s'il n'éveillait plus en elle aucune émotion. Seulement l'attachement à ce qu'ils ont fait et vécu en commun. Une sorte de fidélité à leur mariage, qui n'a pas été malheureux.

Oui, elle aime son mari. Il est intelligent. Il travaille comme un fou, et elle est fière de sa réussite. Il ne s'occupe pas assez des enfants, mais comment le lui reprocher, avec tout le travail qu'il a ? Il fait aussi moins d'efforts pour être de bonne humeur. Il n'en fait même plus du tout. Autrefois, il avait de l'humour. Aujourd'hui, elle est seule à risquer quelques mots d'esprit, de temps en temps. Une sorte de réflexe de survie. Mais Alexandre n'aime pas ça, en fait. Elle voit bien que ça l'énerve. Parce que ça lui rappelle sans doute que lui n'a plus de temps pour l'humour.

Elle ne sait pas ce qu'elle va faire, mais elle va prendre une décision, dans les mois à venir, peut-être même dans quelques semaines, quand la saison des mariages sera terminée. Les mariages où il faut être un couple « qui s'entend bien », après avoir été un couple « très amoureux ».

Elle se rend compte qu'elle a envie de quitter son mari, de commencer autre chose. Quelque chose dont elle pourrait être fière, et qu'elle aurait fait toute seule. Reprendre sa thèse, peut-être. Oui, elle va quitter son mari. Il lui faut encore un peu de temps pour s'habituer à l'idée, mais elle va le faire.

Les enfants, ça ne la retient pas. De toute façon, Alexandre est tellement peu à la maison que ça ne fera pas beaucoup de différence dans leur vie. À la limite, un week-end sur deux rien qu'avec leur père, ils le verraient plus que maintenant. Et avec son goût des défis, Alexandre s'investirait sûrement davantage dans un rôle de père divorcé...

Est-ce que ça lui fera de la peine qu'elle le quitte ? Elle ne sait pas. Elle pense qu'il l'aime à sa manière. Une sorte d'affection constante, sur fond d'indifférence. Il ne comprendra sans doute rien lorsqu'elle lui annoncera qu'elle veut le quitter. De toute façon, il ne comprend pas grand-chose à ses sentiments, en général.

Elle n'entend pas le cortège arriver. Ou plutôt, elle entend les voitures, les portières qu'on claque, la rumeur des invités ; mais elle reste là, très loin d'eux, au bord de l'eau. Elle veut échapper à la fête, quelques instants encore. Elle ne peut pas dire précisément pourquoi elle veut quitter son mari. Mais elle va le quitter. Quand la saison des mariages sera passée. Elle ne pense plus à rien. La roue du moulin tourne, emporte le temps avec l'eau, l'anéantit de son vacarme.

Elle ne l'a pas entendu arriver. C'est juste quand il a crié son prénom qu'elle s'est retournée.

– Hélène, bon sang, qu'est-ce que tu fous ? Ça fait un quart d'heure qu'on t'appelle, pour les photos !

Il est essoufflé. Il l'a cherchée partout. Quand il a vu la barrière ouverte, il a tout de suite compris qu'elle était allée du côté du moulin. Il sait qu'elle aime regarder l'eau.

Elle ne lui répond pas.

– Mais qu'est-ce que tu as ? Ça ne va pas ?

Il se tait, surpris de son silence.

Il regarde sa femme. Elle semble fragile, appuyée contre la rambarde, prête à basculer dans l'eau noire. Elle est là, devant lui, dans son tailleur clair, silencieuse, l'air perdu. L'eau a éclaboussé ses chaussures.

Elle frissonne, toute petite, devant la roue énorme et menaçante, la roue qui va la broyer.

Il est soudain ému, violemment, sans savoir exactement pourquoi.

Il s'avance vers elle. Il lui dit à voix basse :

– Ma chérie, que tu es belle !

Il se rend compte, d'un seul coup, que cela fait longtemps qu'il aurait dû le lui dire à nouveau. Dans sa bouche ces mots, depuis longtemps absents, lui semblent à la fois étranges et justes. Il la prend dans ses bras. Elle se laisse aller contre lui, comme si elle s'évanouissait.

Il la serre plus fort :

– Que tu es belle, ma chérie...

Et ils restent là, sans bouger, près de la roue immense, tandis qu'au loin retentissent les appels et les cris.

Marie

Au téléphone, sa mère lui a dit :

– Je t'en prie, Marie, cette fois-ci, trouve une tenue
convenable !

Pas besoin d'être devin pour comprendre : tu t'es
habillée n'importe comment au mariage de Laurence.
Par pitié, ne récidive pas à celui de Bérengère !

C'est difficile d'être la brebis galeuse de la famille.
Ses deux sœurs ont hérité de leur mère un sens inné
de l'élégance. Elle est la seule à n'avoir pas été touchée par la grâce. « Ma chérie, comment fais-tu pour
dénicher des tenues pareilles ? Je t'ai pourtant élevée
comme tes sœurs ! »

Marie ne sait pas s'arranger. Marie est toujours mal
fagotée. Marie s'habille comme l'as de pique. C'est ce
qu'ils disent tous. Dans la famille, l'élégance vesti-
mentaire est un devoir moral.

Mais cette fois-ci, elle s'est promis d'être irréprochable. Sa tenue est prête depuis des semaines : petite
robe noire, escarpins assortis, joli sac à main rose en
forme d'arrosoir, original, charmant, plein d'humour.
Elle a cédé sans broncher aux injonctions de sa mère :
elle portera pour l'occasion le collier de perles de ses

dix-huit ans qui n'est jamais sorti de son écrin. Elle aura la tenue idéale pour jouer à Miss Chochotte le jour du mariage de sa petite sœur.

Elle pensait en avoir fini, mais non. Sa mère au téléphone, encore et toujours :

– Tu as pensé au chapeau ?

Le chapeau... Elle comptait échapper au chapeau. Mais tout le monde aura un chapeau, dit Mme Clouet. Il faut faire comme tout le monde.

– Tu veux que je vienne un de ces jours à Paris et qu'on aille ensemble t'en choisir un ?...

Elle sait bien ce que pense sa mère : Marie ne sait pas... n'a aucun goût pour ça. Elle est blessée. Elle dit non, qu'elle se débrouillera toute seule. Mme Clouet n'insiste pas.

Toute la semaine, Marie pense à la voix de sa mère, lointaine, inquisitrice, à l'autre bout du fil. Tu veux que je vienne un des ces jours à Paris ? Non, maman, je ne veux pas. Je vais m'appliquer. Je ne vais pas me tromper. Tu seras contente, tu verras.

Cette belle assurance l'abandonne lorsque le samedi suivant, elle se retrouve seule à l'espace chapeaux des Galeries parisiennes. Marie est démunie, paralysée. Partout, des femmes chapeautées prennent la pose en scrutant leur reflet dans de hautes psychés. Ces femmes savent ce qu'il leur faut. Marie, elle, ne sait pas. Des centaines de chapeaux. Comment choisir ? Elle voudrait tant bien faire ; elle a si peur de se tromper. Elle n'a qu'une envie : fuir cet endroit où elle n'est pas à sa place.

L'absurdité de la situation lui donne soudain envie de rire. Mais qu'est-ce qui te prend, ma fille ? Il paraît que tu es intelligente, et voilà que tu te mets la rate au

court-bouillon pour une stupide histoire de chapeau !
Tu n'as rien de mieux à faire de ton temps ? Finis-
sons-en. Passons à autre chose.

Alors elle prend une décision : elle va s'en remettre
au hasard, en espérant que le hasard fera bien les
choses. Le procédé est certes incongru, mais pas moins
rationnel que se fier à son propre choix. Cela augmente
même ses chances de bien tomber, compte tenu du fait
– unanimement reconnu – qu'elle n'a personnellement
aucun goût ! C'est si simple de choisir au hasard, et
tellement plus drôle ! Riant de son audace, elle marche
d'un pas léger vers le centre du grand salon.

Elle inspire profondément, ferme les yeux, tourne
sur elle-même jusqu'à perdre le sens de l'espace. Elle
pense : si quelqu'un me regarde, il va me prendre pour
une folle. Elle s'en fiche. Ça ne sera pas la première
fois. Elle s'arrête, attend que se dissipe la sensation de
vertige, ouvre les yeux en prenant soin de ne pas
relever la tête. Elle fixe ses chaussures, en marchant
droit devant elle. Elle parvient à un présentoir, attend
quelques secondes, puis s'autorise enfin à lever les
yeux.

Elle en a le souffle coupé. Elle rêvait d'originalité,
elle est servie ! Elle n'arrive même pas à définir ce
qu'elle a sous les yeux. Une sorte d'origami de paille
rose piqueté de plumes multicolores. Le croisement
d'un perroquet et d'une sculpture cubiste. C'est un
chapeau extrêmement sophistiqué, et vraiment peu
ordinaire. Ça ira très bien. Elle sera dans le ton et sa
mère sera contente. Elle se sent heureuse et soulagée.
Elle aime ce chapeau dont le prix exorbitant ne parvient
même pas à atténuer sa joie.

Depuis l'annonce du mariage, Marie a l'impression que toute la famille la regarde avec un air de pitié, comme si la nouvelle l'avait particulièrement affectée. Elle, ça ne lui fait ni chaud ni froid, que sa petite sœur de vingt-six ans se marie. Elle est heureuse pour elle. Elle trouve son futur beau-frère tout à fait charmant. Très bien. Parfait. Laurence s'est mariée à vingt-cinq ans ; Bérengère se marie à vingt-six, Marie en a vingt-huit... Où est le problème ? Quelqu'un a dit qu'on faisait la course ? C'est le jeu de « celle des trois sœurs qui se marie la plus jeune a gagné » ? On doit obligatoirement passer par la case « mariage », sinon on est éliminée ?

Même si elle s'en moque, elle devine ce qu'ils pensent. Ils la scrutent, essaient d'interpréter la moindre de ses réflexions comme une marque de frustration. Ils lui trouvent mauvaise mine. Elle a beau répondre que oui, elle est un peu fatiguée, c'est normal avec tout le travail qu'elle a au labo, et les soucis depuis qu'on a diminué leurs crédits... Elle n'entre pas dans les détails, mais bon, elle les prie de croire sur parole qu'en ce moment, la recherche, c'est sinistrose et compagnie. Ils l'écoutent d'un air compréhensif ; ils hochent la tête en faisant oui oui, avec un petit sourire qui signifie : on sait bien qu'il y a autre chose, ma pauvre chérie...

Depuis des mois, chaque fois qu'elle revient passer quelques jours dans sa famille, il n'est question que du mariage de Bérengère. Tout le monde semble passionné par le sujet. Laurence prodigue force conseils. Maman participe activement à l'organisation de la réception. Ce n'est pas possible, je rêve... Tout ce qui se passe dans le monde... et on peut rester des heures, des jours, à parler de ÇA ! Mais elle n'a guère le choix, en l'occurrence : si elle n'accorde pas un minimum d'attention à *l'affaire*, tout le monde va considérer qu'elle laisse éclater sa frustration et une forme d'hostilité à l'égard de sa cadette. Pas question de donner prise à de tels soupçons. Alors, elle se force ; elle fait mine de s'intéresser à la tenue des enfants d'honneur, au débat sur le caractère indispensable ou non des assiettes de présentation... et elle découvre l'existence des cuillères à consommé.

Elle n'a personne dans sa vie. Ça n'a jamais été sa priorité. De toute façon, entre les États-Unis, l'Australie et Paris, ça aurait été plutôt compliqué d'entretenir une relation stable. Jusqu'ici, elle a privilégié le travail. Ce n'est pas qu'elle soit carriériste mais, dans un domaine où règne une telle compétition, il faut s'investir à fond si on veut avoir une chance de se retrouver sur des projets intéressants. Alors, c'est vrai, ces dernières années, elle a beaucoup travaillé. Ses recherches la passionnent. Elle se rend compte qu'elle n'a pas vu le temps passer.

Elle aime les enfants. Elle espère en avoir, un jour. Mais elle n'arrive pas à s'imaginer en robe de mariée. Est-ce qu'on est obligé de se marier, ou même de vivre en couple ? Est-ce que vraiment personne dans sa famille ne peut envisager qu'à vingt-huit ans, elle a autre chose en tête que se marier à tout prix ? Le mariage ne la tente pas. Elle n'y pense pas, tout simplement. Elle a essayé de le leur faire comprendre, mais ils n'ont rien voulu entendre :

« Ces raisins sont trop verts ! » (Laurence, naturellement portée à la perfidie) ; « Attends d'avoir trente ans, on en reparlera ! » (son père, naturellement porté au pragmatisme) ; « C'est sans doute une question de maturité » (Alexandre, naturellement porté à la prendre pour une débile de treize ans d'âge mental).

Ça lui pèse vraiment d'être considérée comme une pauvre célibataire qui-prend-sur-elle-au-mariage-de-sa-petite-sœur-mais-on-voit-bien-tout-de-même-que-c'est-difficile. Malgré tout, elle se dit que c'est important de participer à cette fête. Même si elle a parfois l'impression d'être une étrangère parmi les siens, même si elle a du mal à les supporter, elle a besoin de les retrouver, de temps en temps, et de passer des moments en famille. Et puis, elle doit avouer qu'elle n'est pas peu fière de sa tenue. Sur la banquette arrière, elle pose la robe bien à plat, dans une housse, et par-dessus, le carton à chapeau. Elle sourit en tournant la clé de contact de sa Twingo verte passablement cabossée.

À la pause déjeuner sur l'autoroute, elle se change dans les toilettes du restaurant, et se maquille dans la voiture en se regardant dans le rétroviseur. Elle est un peu contrariée de constater qu'elle ne peut pas conduire avec le chapeau : les plumes risquent de s'écraser contre le toit de l'habitacle. Ce serait dommage de massacrer une telle œuvre d'art.

Elle arrive juste à l'heure, se gare un peu à l'écart pour mettre son chapeau sans être dérangée. Il y a foule devant l'église. Elle avance, un peu émue, serrant l'anse de son petit sac-arrosoir. Elle aperçoit sa mère, se fraie lentement un chemin pour aller l'embrasser :

– Marie, c'est bien toi ! Quand j'ai vu cette forêt de plumes arriver vers moi à travers la foule, je l'aurais parié ! Tu as fait bonne route, ma chérie ?

Marie se sent tout à coup comme une enfant prise en faute :

– Tu... tu veux dire que tu n'aimes pas mon chapeau ?

Sa mère, très élégante dans son tailleur rose et crème, la dévisage de la tête aux pieds, lui sourit, soupire, et livre sa sentence :

– Ma chérie, je t'adore, mais on peut dire que plus tu fais d'efforts, moins c'est réussi... Ce chapeau, c'est... c'est... (Nouveau soupir.) Enfin, maintenant qu'il est sur ta tête, on ne va pas en faire une histoire !

Voilà, tout est dit. Son chapeau est affreux. Pas besoin d'expliquer ce qui ne va pas : il est affreux, affreux dans l'absolu. C'est tout, et c'est comme une banderille plantée dans son cœur.

Ce n'est ni la première ni la dernière fois qu'elle subit ce genre de déconvenue, elle le sait. Chaque fois, il lui faut une journée pour s'en remettre. Elle se trouve véritablement stupide de tenir à ce point à l'avis de sa mère, et pourtant, c'est ainsi. La petite fille va pleurer parce qu'elle était fière de son chapeau et que son chapeau ne plaît pas à sa maman.

Laurence les rejoint, serre Marie dans ses bras avec précaution, autant que le lui permet le large bord de sa capeline. C'est le moment d'avoir du cran :

– Bonjour Laurence.

– Bonjour ma biche... Tu as fait bonne route ?

– Ouais ouais... Maman vient de me dire tout le mal qu'elle pense de mon chapeau...

– Marie, je n'ai rien dit de pareil. Arrête de jouer les victimes !

– Maman a dit que mon chapeau est affreux. Tu en penses quoi, toi ?

Sa mère pince les lèvres et secoue la tête en faisant : tss, tss...

Laurence la regarde, gentiment, l'examine en plissant ses magnifiques yeux bleus. Au bout de quelques secondes d'intense concentration, elle laisse tomber :

– Ça te correspond parfaitement... C'est tout à fait ton style !

Un bref instant, Marie croit à un compliment. Son cœur vibre de gratitude. Elle voudrait sauter au cou de sa sœur, lui dire merci. Mais Laurence et sa mère se regardent, et elles ont, en même temps, un bref sourire de connivence. Ce qu'elle a osé prendre pour un compliment n'était qu'un sarcasme, perfide et élégant, comme sa sœur impeccable qui se tient devant elle, aux côtés de son impeccable mère. Son cœur bat des coups douloureux. Je suis trop conne aussi. « C'est tout à fait ton style ! » Tout le monde sait que je n'ai pas de style, que j'ai des goûts de chiottes. C'est congénital, c'est incurable ! Qu'est-ce qui me prend de me traîner devant elles à quémander leur approbation ! Pas de compliment pour le vilain petit canard de la famille. Inutile d'encourager la brebis galeuse dans son vice. Elle nous fait assez honte... Pas de fausse joie. Pas de compliment, même les jours de fête !

Ça y est, elle a les larmes aux yeux. Quelle catastrophe ! Des larmes au mariage de sa petite sœur, alors que tous les membres de la famille se doivent d'afficher une joie rayonnante ! Laurence intervient :

– Écoute, Marie, je ne me moque pas du tout de toi : il est excentrique, ce chapeau... disons... décalé. C'est tout à fait ton style... Il ne faut pas mal le prendre ! Je n'ai pas dit ça pour me moquer de toi !

Elle reste immobile, les yeux baissés.

– Marie, je t'en prie, arrête de jouer la *mater dolorosa* ! ajoute Mme Clouet avec une pointe d'agacement. Ce n'est vraiment pas la peine de te mettre dans tous tes états à cause d'une remarque sur ton chapeau ! Tu l'as sur la tête, n'en parlons plus !

Marie se détourne, s'éloigne pour maîtriser son émotion. Elle entend sa mère dire à Laurence :

– C'est incroyable d'avoir à ce point les nerfs à fleur de peau... Si elle acceptait quelques conseils de temps en temps, on n'en arriverait pas là.

Elle court s'enfermer dans sa voiture un moment. Cette fois-ci, elle ne fait pas attention aux plumes qui s'écrasent contre l'habitacle tandis qu'elle cherche, dans le fouillis de la boîte à gants, un paquet de mouchoirs en papier. Il lui faut dix minutes pour retrouver son calme.

De toute façon, elle s'y attendait. Ça l'aurait bien surprise que le chapeau leur plaise ! Et pourtant, elle doit l'avouer, une part d'elle-même espérait un petit compliment. Cette fois-ci, elle pensait être parvenue à se fondre dans le moule, dans le clan. Ma pauvre fille ! Tu es allée aux Galeries parisiennes dans la cohue d'un samedi après-midi. Tu as dépensé trois cent vingt-six euros – une véritable folie compte tenu de ton salaire – pour acheter ce chapeau, que tu trouvais original et véritablement élégant. Tout ça pour rien. C'était bien essayé, mais tu vas encore faire tache, comme d'habitude !

Elle se dit : Reprends-toi, idiote ! en vérifiant dans le rétroviseur que son Rimmel n'a pas coulé. Tu es chercheur en biologie cellulaire ! Tu collabores avec des scientifiques du monde entier ! Tu ne vas pas te laisser démonter parce qu'on te dit que ton chapeau est moche ! Elle parvient à retrouver son calme peu à peu, tandis que monte en elle une hostilité faite de tristesse refoulée, d'affection déçue, de mépris aussi : ils ne l'ont jamais comprise. Ils ne se sont jamais intéressés à son travail. Ils ne l'ont jamais encouragée. Ils sont médiocres. Ils sont mesquins. Ils ne s'intéressent qu'au fric. Ils pensent avoir le monopole du bon goût. Elle a réussi à réprimer ses larmes, mais là, dans la voiture, elle laisse la rancœur la submerger.

Un moment, elle est tentée de reprendre la route pour rentrer directement à Paris. Elle n'a plus aucune envie d'assister à ce mariage. Elle en a tellement entendu parler qu'il lui sort par les yeux, ce mariage. Elle a déjà la main sur la clé de contact, lorsqu'elle se ravise. Ce sera un scandale ; ça va contrarier tout le monde et elle aura droit à quinze jours de harcèlement téléphonique (« Mais comment tu as pu... faire ça à ta sœur... un jour pareil... un jour de joie ! »), et surtout, elle est sûre qu'ils interpréteront sa fuite comme le signe d'une incoercible jalousie :

– Ça lui fait trop mal que sa petite sœur fasse un beau mariage alors qu'elle est encore vieille fille !...

– Je l'ai aperçue juste avant la cérémonie : elle était dé-com-po-sée !...

– De toute façon, elle a toujours aimé se faire remarquer.

Elle ne veut pas qu'on parle d'elle de cette façon, qu'on se trompe à ce point sur la raison de sa défection... Et puis, elle pense à ses neveux. Elle se fait une joie de les voir. Elle n'a pas envie de se priver de ce moment parce qu'on a refusé de lui faire un compliment sur son chapeau. Ce serait trop stupide. Alors elle décide de rester. Elle sort de la voiture et marche vers l'église, portant sa rancœur comme une charge à laquelle elle s'est résignée.

Les mariés sont déjà devant l'autel. La messe va commencer. Elle entend quelqu'un approcher, se retourne et tombe nez à nez avec Alexandre, traînant par la main un Hadrien aux yeux rouges, sans son costume d'honneur. Alexandre la regarde d'un air ébahi :

– C'est quoi, la chose posée sur ta tête ? Un paon sorti d'une centrifugeuse ?

Elle pense : Et toi, Ducon, c'est quoi le truc que tu as, enfoncé là-derrière ? Un balai ou un parapluie ?

Mais ce n'est ni le moment ni le lieu pour une pareille réponse. Elle s'en voudrait de se battre avec son frère sur ce terrain-là. Elle feint d'ignorer la remarque, et chuchote :

– Pourquoi Hadrien n'est pas en tenue ?

– Il a vomi ! Je te parle pas de l'odeur ! Il faut que je reste avec Hélène pour tout nettoyer, sinon... cinq morts par asphyxie un jour de mariage, ça ferait désordre ! Je suis vraiment ennuyé, par rapport à Bérengère...

– Tu parles ! Du moment que vous êtes là pour les photos...

Ça n'a pas l'air d'atténuer la contrariété de son frère :

– Écoute, j'ai un problème avec Hadrien, là. Est-ce que tu pourrais le garder avec toi le temps de la cérémonie ?

– Il ne va pas devant, avec les enfants d'honneur ?

Alexandre se racle légèrement la gorge et répond à voix basse :

– J'en ai touché deux mots à Bérengère, mais elle a préféré qu'il ne se joigne pas au cortège...

– Il n'a pas la tenue réglementaire, c'est ça ?

– Ben oui, c'est ça. Mon petit père est privé de cortège d'honneur parce qu'il n'a pas l'uniforme.

Elle regarde Hadrien qui lève vers elle de grands yeux malheureux, et elle se dit : Quelle conne, tout de même ! Elle sait qu'Alexandre pense exactement la même chose, mais qu'il ne le dira pas. Elle non plus ne dira rien. N'empêche : c'est vraiment odieux d'avoir refusé que le petit aille s'asseoir devant, pour défiler avec les autres enfants à la sortie. Elle répond à son frère :

– Pas de problème pour Hadrien.

Puis, se tournant vers l'enfant :

– Tu viens avec Marie, boubounet ? Te tracasse pas, mon petit cœur ! On va se trouver une place pépère pour passer le temps !

Alexandre la remercie, l'embrasse, et file à sa corvée. Quelques minutes plus tard, il revient lui annoncer qu'Hélène et lui vont finalement aller nettoyer la voiture au moulin.

– Ça t'ennuierait de récupérer les filles après la cérémonie et de prendre les trois enfants dans ta voiture, puisque tu as de la place ?...

C'est l'avantage d'avoir une vieille fille dans la famille : il y a toujours de la place dans sa voiture. De toute façon, elle est ravie.

Elle n'est pas très attentive à la célébration. Elle est la seule des cinq enfants Clouet à avoir officiellement abandonné la religion catholique, au grand dam de ses parents, qui se sont toujours évertués à dissimuler la chose à certains membres de la famille et à leurs proches amis, comme s'il s'agissait d'une tare entachant leur réputation. La messe l'a toujours ennuyée à mourir, et aujourd'hui, elle a mieux à faire : consoler une petite âme en peine. Elle berce Hadrien et lui dit tous les mots doux qui lui viennent à l'esprit : mon petit lapin, mon canaillou, mon chéri, mon crapaud. Ces mots la rassurent et la réconfortent autant qu'ils réconfortent Hadrien. Le petit finit par s'endormir contre elle, et elle se dit que c'est bon de serrer un enfant dans ses bras.

Elle pensait s'ennuyer à l'église, mais contre toute attente, la cérémonie ne manque pas de piquant. C'est la première fois qu'elle voit un curé bâcler une messe de mariage. Ce serait assez drôle, s'il n'émanait de cet homme un profond sentiment d'angoisse. Visiblement, M. le curé est très, très fatigué. Si M. le curé ne prend pas rapidement un peu de repos, il aura droit à une petite chemise avec les manches attachées dans le dos !

Elle éprouve une joie mauvaise en pensant au désarroi dans lequel doit se trouver Bérengère à l'instant même. La cérémonie à l'église, c'est un des temps forts du spectacle – la présence du caméscope dans le chœur l'atteste –, mais voilà que ce sublime instant est complètement gâché par un prêtre étrange dont l'équilibre nerveux et la santé mentale laissent sans doute à désirer. Elle imagine aisément la tempête intérieure qui secoue Bérengère, stoïque, immobile et divine dans sa belle robe de mariée. C'est bien fait ! Tu n'as pas voulu d'Hadrien dans ton cortège d'honneur. C'est le petit Jésus qui t'a punie !

L'enfant se réveille à la communion. Elle a du mal à lui faire comprendre que non, elle ne va pas aller prendre l'hostie. Il commence à s'agiter ; il a besoin d'aller se dégourdir les jambes. Elle décide de lui épargner la fin de la messe, et l'emmène courir un peu sur le parvis.

Dix minutes plus tard, elle entend le chant de sortie et voit se précipiter hors de l'église des dizaines d'invités brandissant leur appareil photo. *The show must go on :* Bérengère va sourire exagérément, prendre les poses qui mettent en valeur son long cou gracieux, « racé », comme dit sa mère. Elle en veut à sa sœur pour tout ce cinéma autour de son mariage, pour Hadrien... Elle se dit qu'elle déteste Bérengère. Elle en éprouve un certain malaise, comme si cet accès d'hostilité était en soi suspect et disproportionné. Je ne suis pas jalouse. Objectivement, je ne suis pas jalouse. Ce serait vraiment un comble !

Avant de partir avec les enfants, elle va féliciter Bérengère et Vincent. Elle dit : « Tous mes vœux de bonheur », avec le plus de chaleur et de conviction possible. Bérengère garde un moment les yeux fixés sur son chapeau, mais s'abstient de tout commentaire. Elle l'embrasse et lui souffle à l'oreille :

– Tu vas voir : je t'ai mise à une super-table !

Une « super-table », en Bérengère, ça signifie : une table avec-tout-plein-de-célibataires-bien-sous-tous-rapports-avec-qui-tu-pourrais-te-caser. Pourquoi ils ne veulent pas la laisser tranquille avec ça ? Elle va y avoir droit jusqu'à la fin de ses jours ? C'est terrible. C'est comme le coup de grâce après l'affaire du cha-peau. Elle voudrait tant repartir. Mais elle a promis pour Hadrien et les filles... Comment faire, à présent ? Elle est prise au piège.

Heureusement, le voyage en voiture avec ses neveux est un vrai moment de bonheur. Elle est contente que Pauline ait demandé que la petite Lucie les accompagne. Ça la détend de chanter avec les enfants. Elle aime les voir heureux, insouciants, ivres du vent qui s'engouffre dans la voiture par les vitres baissées. Ces petits-là sont des trésors. Elle les aime à les dévorer. Rien que pour ce trajet – quelques kilomètres sur une route de campagne, entre l'église et le moulin –, ça valait le coup de venir.

La réception a lieu dans un endroit très chic. C'est ce qu'il y a de mieux dans la région, en dehors des propriétés de famille, bien entendu. Avant de descendre de voiture, elle s'entraîne à sourire, en exécutant une série de rictus forcés : dire trois fois « *cheese* » en découvrant toutes ses dents. Elle libère les enfants, puis prend soin de remettre correctement son chapeau, en vérifiant son reflet dans la vitre de la voiture. Elle va être un bon petit soldat mal fagoté mais courageux, pour affronter la réception et la belle table-de-célibataires-qu'on-lui-sert-sur-un-plateau-de-quoi-se-plaint-elle.

En se mêlant à la foule, elle échappera peut-être à l'interminable séance photos... mais non, il ne faut pas rêver. Sa sœur la repère tout de suite au milieu des invités. Il faut dire qu'avec ce chapeau, il est difficile de circuler incognito, même au sein de la foule la plus dense. Bérengère l'appelle à grands cris. Elle a beau être une brebis galeuse, on ne peut pas se passer d'elle sur les photos de famille...

Trois quarts d'heure plus tard, c'est la fin de la séance de pose. Marie a eu tout le temps de repérer les principaux membres de la famille Le Clair : les parents de Vincent, ses trois frères, sa sœur – une jolie brune à l'air peu commode –, et la fameuse Nathalie, son ex-« fiancée ». Les enfants d'honneur ont été très sages. La petite Lucie a disparu.

Hadrien ne se console pas d'avoir été privé de photos ; il pleurniche dans les bras de sa mère. Marie décide de dire deux mots à Bérengère : elle devrait inviter son neveu à se faire photographier avec elle. Un joli souvenir pour un petit garçon privé de cortège d'honneur, parce qu'il a eu le malheur d'être malade en voiture...

Bérengère répond « oui oui », et en profite pour souffler à Marie :

– Tu sais pour ce que je t'ai dit... la table... il y a juste un type dont il faudra te méfier, c'est le cousin de Vincent... complètement névrosé. Je te le montrerai tout à l'heure. À éviter. Givré de chez givré.

– C'est vraiment gentil de me prévenir ! Le mieux aurait peut-être été de ne pas me mettre à ta merveilleuse « table de célibataires » !

– Tu es vraiment ingrate, je t'assure ! Il y aura aussi la sœur de Vincent, tu sais, la fille brune. Un peu atypique mais très intéressante.

« Atypique », dans la bouche de Bérengère, c'est tout ce qui ne ressemble pas à Bérengère. En l'occurrence, c'est un bon point, pense Marie avec rage.

– Et à part ça ?... Tu as d'autres spécimens en réserve ?

Bérengère poursuit, indifférente au sarcasme :

– Il y aura aussi une cousine de Vincent, toujours pas casée à trente-cinq ans, mais il faut dire aussi que la pauvre n'a rien, mais RIEN pour elle. Hystérique au dernier degré. Ce n'est pas très sympa de l'avoir mise avec vous, mais vraiment on ne pouvait pas faire autrement, tu comprends...

– Tu veux dire que pour elle, c'est la tablée de la dernière chance... alors que pour moi, il y a encore un peu de marge... c'est juste celle de l'avant-dernière chance !

– Tu es bête, tu sais ! Tu vas voir : il y a des garçons très bien...

– ... Bérengère, lâche-moi, s'il te plaît. J'en ai rien à faire de tes garçons très bien. Pour qui tu me prends ? Crois-moi, si j'avais absolument envie de trouver quelqu'un, je saurais me débrouiller toute seule !

– Bon, bon, pas la peine de te mettre en colère !

– Je ne me mets pas en colère. Je t'explique seulement que je suis une grande fille : je n'ai pas besoin d'aide, si tu vois ce que je veux dire...

– Oh, et puis, tu me fatigues ! Tiens ! Viens que je te présente la sœur de Vincent.

La jolie jeune femme brune est là. Marie ne l'a pas entendue arriver. Elle est grande, mince, et porte un élégant tailleur-pantalon couleur crème avec des tongs dorées.

– Agnès, je te présente ma grande sœur Marie... Marie, je te présente Agnès, la sœur de Vincent, que tu aurais déjà le plaisir de connaître si tu n'avais pas boycotté mes fiançailles !

Marie écarquille les yeux et s'apprête à protester, mais sa sœur ajoute, à l'intention d'Agnès :

– Là, Marie va nous dire que ce n'est pas sa faute : elle était soi-disant à un congrès aux États-Unis.

– Mais j'étais VRAIMENT à un congrès aux États-Unis !

Bérengère poursuit, imperturbable :

– Marie prétexte toujours un colloque international pour échapper aux réunions familiales assommantes.

– Tu exagères, vraiment.

– Pas la peine de nier, Marie ! Je vois clair dans ton jeu... D'ailleurs, je ferais exactement la même chose si j'avais la chance d'être invitée à donner des conférences aux quatre coins de la planète.

– Bérengère, arrête tes bêtises ! proteste Marie en rougissant.

Sa confusion fait sourire Agnès. Bérengère conclut :

– En tout cas, vous voilà enfin présentées.

Hadrien arrive en courant et se met à tirer Bérengère par la main en réclamant une photo à cor et à cri.

– Mesdemoiselles, je vous quitte. Le devoir m'appelle ! dit Bérengère en riant.

La voilà qui s'éloigne en faisant froufrouter ses jupes, comme une princesse courant vers le bal. Marie se retrouve seule avec la sœur de Vincent.

La jeune femme la dévisage avec intensité. Elle a de longs yeux verts en amande, surmontés d'épais sourcils qui lui donnent un air farouche. Sa bouche charnue, aux commissures retroussées, semble figée dans un sourire ironique.

– J'aime beaucoup votre chapeau, dit-elle.

– J'aime beaucoup votre tailleur, répond Marie.

– Figurez-vous qu'il m'a valu une réprimande... J'ignorais qu'il est très déplacé de porter du blanc ou du crème à un mariage. Il paraît qu'on pourrait me soupçonner de vouloir voler la vedette à la mariée.

Elles regardent toutes deux Bérengère qui prend la pose avec Hadrien, sous un saule pleureur : elle fait la ronde avec le petit garçon, en riant aux éclats. C'est un tableau parfait. Ce sera bien dans l'album du mariage.

– Je crois qu'il faudrait plus qu'un tailleur crème

pour voler la vedette à Bérengère, aujourd'hui. Si vous l'aviez assorti d'un long voile de tulle, à la rigueur...

Elles rient toutes les deux. Marie poursuit :

– Je dois vous dire merci : vous êtes la première personne à me faire un compliment sur mon chapeau. Figurez-vous que moi aussi, j'ai eu droit à des réprimandes. J'ai le chic pour n'être jamais assez chic. Une sorte de fatalité...

– Je vous trouve très bien... Ne changez rien !

Marie se sent un peu confuse. La sœur de Vincent la regarde en souriant, visiblement disposée à prolonger la conversation. Elles décident d'aller chercher ensemble une flûte de champagne. Elles s'installent un peu à l'écart pour discuter tranquillement.

Agnès demande :

– Vous êtes venue toute seule ?

Marie est surprise de cette question si directe :

– Eh bien... oui !

– Pardon de vous demander cela aussi abruptement... C'est un peu indiscret... mais pour tout vous dire, je viens d'apprendre qu'on m'a traîtreusement placée à une table composée exclusivement de célibataires. Quelques bonnes âmes ne rêvant que de me « caser » ont cru bon d'essayer de donner un coup de pouce au destin... Je nage en plein cauchemar... ça aurait été un tel soulagement si, par hasard, par chance, nous avions pu être des compagnes d'infortune...

Marie n'en revient pas :

– Ils m'ont fait le coup, à moi aussi ! Bérengère vient de m'annoncer que nous serions ensemble !

Elles éclatent de rire, un peu nerveuses, et vont vérifier, pour en être bien sûres, le plan de table affiché sous l'immense tente blanche et verte.

Marie se sent d'un seul coup d'humeur joyeuse : la présence de cette jeune femme qu'elle ne connaissait pas un quart d'heure plus tôt la soulage du poids qu'elle porte dans le cœur depuis son arrivée. C'est comme rencontrer par hasard, à l'autre bout du monde, dans un village perdu, une vague connaissance pour qui on n'éprouve aucune sympathie particulière : la coïncidence paraît tellement extraordinaire qu'elle inspire un sentiment de connivence immédiate, une intimité qui n'aurait jamais existé dans le cadre de la vie quotidienne. Marie n'est plus seule : il y a dans l'autre famille une grande sœur à qui on a infligé le supplice de la « table pour célibataires ». D'un seul coup, tout lui semble plus simple. Elle adresse à Agnès un regard plein de gratitude. La jeune femme l'examine avec un sourire énigmatique, plissant ses yeux vert d'eau ; elle est très bronzée ; sur sa joue gauche, des grains de beauté forment un dessin étrange, comme une étoile irrégulière :

– Vincent m'a beaucoup parlé de vous, vous savez...

– Ah bon ?

– Oui, il vous apprécie beaucoup.

– Ah bon ?

Marie va de surprise en surprise. Elle n'a jamais eu l'impression que Vincent faisait vraiment attention à elle, encore moins qu'il éprouvait à son égard une particulière sympathie.

– Oui, poursuit Agnès, et il m'a dit que vous étiez considérée comme la rebelle de la famille. Il était sûr que nous nous entendrions bien... entre « rebelles » !

– Il vous a dit ça ?

– Ça vous étonne ?

– Pas vraiment... Enfin, ça ne m'étonne pas qu'il

m'ait présentée comme une « rebelle ». On ne se connaît quasiment pas, mais c'est ce qu'on n'a pas manqué de lui répéter sur mon compte, j'imagine... Je suis surprise qu'il vous ait parlé de moi, tout simplement.

– Pour tout vous dire, c'est moi qui l'ai interrogé sur votre compte... Je me suis renseignée, histoire de ne pas être tout à fait idiote le jour du mariage !

– Eh bien, vous voyez, moi je n'ai pas pris ces précautions ! Je savais que Vincent avait une sœur et trois frères... Bérengère m'a surtout parlé de Benoît, et de cette histoire avec Nathalie...

– Très romantique, n'est-ce pas ? dit Agnès avec une pointe d'ironie dans la voix.

Après quelques instants de silence, elle poursuit :

– Je vous avoue que Vincent a éveillé ma curiosité. J'ai hâte d'apprendre ce qui fait de vous la « rebelle de la famille ».

– Oh ! Ça n'a rien de très passionnant, je vous assure...

– Je suis tout ouïe...

– Eh bien... *primo*, je suis ronde et je ne sais pas m'habiller, alors que maman et mes sœurs sont minces et élégantes ; *deusio*, j'ai refusé de participer aux rallyes dans lesquels mes sœurs ont toujours été à l'aise comme des poissons dans l'eau et ont remporté un succès fou ; *tertio*, je suis agnostique dans une famille où le catholicisme se transmet génétiquement, semble-t-il... Vous voulez que je continue ?

– Faites ! Faites ! dit Agnès en souriant.

– Cerise sur le gâteau, j'ai un métier auquel personne ne comprend rien.

– Vous êtes chercheur, c'est ça ?

– ... en biologie cellulaire. Pour ma famille, cela signifie que je suis une sorte d'extraterrestre venu d'une planète lointaine. Quand on demande à papa ce que je fais, il répond : « Marie dépiaute des batraciens pour trouver un vaccin contre le cancer. »

Agnès sourit, en faisant tourner sa flûte de champagne entre ses mains.

– Bon, assez parlé de moi. Vous aussi, vous êtes une « rebelle », si j'ai bien compris... Quels sont vos titres de gloire ?

– C'est très simple : je n'ai jamais voulu avoir les cheveux longs ; j'ai un goût prononcé pour les vêtements excentriques – j'ai fait aujourd'hui un retour au classicisme très exceptionnel, avec le succès que vous savez – et, accessoirement, j'ai laissé tomber une formation d'avocat pour m'engager dans un organisme humanitaire... Autrement dit, j'ai désespéré ma famille et gâché ma vie sur un coup de tête.

– Vous n'êtes pas sérieuse !

– Non. Enfin, si : j'ai vraiment désespéré ma famille ! Je crois d'ailleurs qu'ils ne me l'ont toujours pas pardonné...

Leur conversation est interrompue par le retour de Bérengère, qui tient absolument à leur présenter Damien, un jeune et brillant avocat célibataire. Bérengère s'éclipse presque aussitôt, les laissant seuls tous les trois, passablement gênés. Agnès et Marie affichent juste ce qu'il faut d'indifférence pour se débarrasser en moins de deux minutes de leur fiancé potentiel, sans paraître impolies.

Un fâcheux ne survenant jamais seul, Agnès est abordée par une exubérante cousine, qui l'appelle « ma chérie » et l'accapare sans se soucier de Marie. Alors qu'Agnès lui lance une brève œillade pour s'excuser, Marie lui fait signe que ça n'est pas grave. Elle aurait bien aimé poursuivre la conversation, mais elle sait qu'elles se retrouveront pour le dîner.

En attendant, elle bavarde avec des membres de la famille qu'elle n'a pas vus depuis longtemps, essuie encore deux ou trois réflexions :

– Dis donc, toi, tu n'aurais pas un peu grossi ?

– Ce chapeau, c'est vraiment très spécial, très très spécial... c'est toi qui as rajouté les plumes ?...

– Alors Marie, la prochaine fête, c'est pour toi ?

À d'autres, on n'oserait pas dire ce genre de choses. À elle, si. Elle n'a jamais compris pourquoi. Ils ne se rendent pas compte. Ils ne sentent pas combien elle est vulnérable. Ou peut-être le sentent-ils très bien, au contraire... Mais cet après-midi, sous les beaux arbres, au milieu des bouquets et des ballons roses, elle décide que ça ne l'atteindra pas. Elle prend toutes ces remarques avec indifférence, avec hauteur même, tant elle est heureuse d'avoir rencontré ici une personne qui, d'un certain point de vue, lui ressemble.

Elles se retrouvent au moment du dîner, et Agnès se place d'autorité à côté de Marie, expliquant aux autres convives qu'elles ne se sont pas vues depuis longtemps et ont beaucoup de choses à se dire. Son cousin Philippe la regarde d'un œil torve ; les quatre autres garçons, surpris par son ton impérieux, ne font aucune remarque et prennent place autour de la table. Une chaise reste inoccupée. Une jeune femme ingrate au regard un peu fou arrive en courant. Ça doit être la cousine hystérique dont parlait Bérengère. Agnès se penche et chuchote :

– J'avais envie de pouvoir bavarder avec vous durant le dîner... Ça ne vous dérange pas, j'espère, que j'aie refusé de céder la place à l'un de ces charmants jeunes gens ?

– Vous plaisantez... Je suis ravie, au contraire...

– Je ne voudrais pas vous monopoliser, évidemment...

– Mais je n'ai pas l'impression de l'être, rassurez-vous !

Agnès se penche un peu plus vers elle et murmure :

– Je ne sais pas si l'un de ces « beaux partis » vous intéresse, mais je vous avertis tout de suite d'éviter absolument mon cousin : il est complètement névrosé.

– Je dois vous avouer qu'on m'a déjà prévenue, chuchote Marie.

Elle regarde ces visages, ces jeunes gens que sa sœur a rassemblés là pour elle, et se sent lasse. C'est si ridicule, si humiliant. Elle a du mal à retenir les prénoms. Philippe, Stéphane, Damien, Olivier, Thierry. Ils se ressemblent tous. Elle sait que dans quelques heures, elle les aura tous oubliés.

Dans un coin de la tente, on a tendu de grands fils où les dames ont accroché leur chapeau avec de petites pinces à linge de bois laqué : c'est une très jolie succession de capelines et de bibis multicolores, foisonnant de plumes, de rubans, de gaze, de plumetis. Mais Marie fait de la résistance. Elle a décidé qu'elle dînerait avec son chapeau sur la tête.

Autour de la table, chacun reste un peu sur ses gardes, et les efforts déployés pour sembler naturel et joyeux sont si palpables qu'ils en éprouvent tous une sorte de malaise. Parfois, l'un d'eux fait un mot d'esprit, et l'on se force à rire. La cousine hystérique s'appelle Bénédicte ; elle parle avec une volubilité forcée, comme si elle cherchait à prouver que sa laideur ne l'empêche pas d'avoir de la conversation. Seul Thierry, assis à ses côtés, semble fasciné par ce qu'elle raconte.

Peu à peu, Marie cesse de faire semblant de s'intéresser. Elle ne pense qu'à poursuivre avec Agnès la conversation interrompue tout à l'heure par l'arrivée de l'inopportune cousine. Elles parlent de tout et de rien, à bâtons rompus. Agnès pose sur les choses un regard juste et précis, non dénué d'humour. Elle abandonne parfois son air farouche pour rire franchement, découvrant des dents éblouissantes et carnassières.

Elles ne se ressemblent pas. Leurs parcours et leurs existences sont très différents. Et pourtant, elles ressentent une bienfaisante impression de totale connivence. « On ne s'est pas vues depuis longtemps, et on a beaucoup de choses à se dire. » Elle a souri en entendant Agnès proférer ce mensonge éhonté. À cette heure de la soirée, elle se dit que, finalement, ce n'était peut-être pas un mensonge.

Entre la « salade Belle Époque » et le « fondant de champignons des bois », elles décident de se tutoyer. Elles sont heureuses d'être ensemble, après avoir longtemps pensé qu'elles seraient seules, et comme perdues au milieu de la fête.

Au dessert, elles ont l'impression de se connaître depuis toujours. Marie trouve la pièce montée délicieuse ; Agnès rit de sa gourmandise.

Bérengère et son père ouvrent le bal en dansant une valse harmonieuse ; à la seconde valse, le père cède la place à l'époux, et les nouveaux mariés tournoient ensemble sous les regards attendris de l'assistance.

Tout cela semble parfaitement chorégraphié, réglé au millimètre. Bérengère a vraiment le sens de la fête.

– Tu aimes danser ? demande Agnès.

– Ça dépend avec qui ! répond Marie. (Elle se penche et poursuit en chuchotant.) Tu vois, si un des garçons de cette table m'invitait, par exemple, eh bien je crois que je n'aimerais pas aller danser...

– Et tu as repéré quelqu'un dans cette soirée avec qui tu aimerais ?

– Pour tout te dire, je crois que je n'ai pas vraiment cherché, mais... non, je ne crois pas.

On a baissé les lumières. Les tables ne sont plus éclairées que par de petits photophores qui répandent une clarté douce et orangée. Marie se dit qu'elle a sans doute un peu trop bu, et accepte la cigarette que lui tend Agnès. Elles se sourient dans la pénombre.

Après le café, Marie ôte son chapeau et le pose avec précaution sur la table, où elles se trouvent seules à présent. Thierry a entraîné Bénédicte dans un rock endiablé. Ils ont l'air heureux d'être ensemble ; une joie presque enfantine éclate sur leurs visages ingrats. Les autres célibataires se sont évanouis dans la nature.

Elles poursuivent leur conversation, sans quitter leur place. Depuis un moment déjà, l'exubérance qui les avait animées lors du dîner est tombée. Parfois, le silence s'installe. Elles ne se disent rien, mais restent assises là, côte à côte. De temps en temps, elles allument une cigarette, échangent quelques phrases, quelques rires, puis redeviennent silencieuses. Elles regardent les danseurs sur la piste brillante. Une sorte de torpeur bienfaisante a mis du baume sur les rancœurs de Marie. Elle passe une soirée merveilleuse. Elle a le sentiment qu'en compagnie d'Agnès, rien ne peut la blesser, l'affaiblir, gâcher sa joie.

Vers deux heures du matin commence une série de slows. Les danseurs fatigués quittent la piste. C'est à ce moment qu'Agnès lui demande :

– Est-ce que je peux t'inviter à danser ?

Marie la regarde, pétrifiée. Agnès fixe sur elle ses longs yeux verts, dont la lumière accentue l'éclat farouche. Calme, immobile, un bras sur le dossier de sa chaise, elle attend la réponse. Elle est douce et dangereuse. Elle a un sourire de louve.

Marie sent dans sa poitrine un petit cheval fou qui bondit à droite, à gauche, se cogne et tressaute. Une chaleur se répand dans son cou, sur ses joues, et monte jusqu'à son front. Elle a peur un instant de n'avoir pas compris. C'est très clair, pourtant, comme le regard posé sur elle. Elle ne s'attendait pas à ça. Ça ne l'a même pas effleurée qu'Agnès pouvait... et pourtant, depuis le début de la soirée, Agnès n'a fait aucun mystère de son attirance. Sans se l'avouer, Marie l'avait parfaitement senti ; elle n'espérait que ça, en réalité, depuis qu'elle a croisé son regard : la séduire, la toucher. Elle n'a pas permis à ce désir de s'exprimer, parce qu'elle est au mariage de sa petite sœur et qu'on ne se laisse pas aller de cette façon dans une fête de famille.

Il est deux heures du matin. Beaucoup de gens sont déjà partis. Les petits enfants sont couchés. Elle se dit que, peut-être, c'est le moment de cesser de tricher. C'est le moment de dire oui, d'accepter de danser avec cette femme qui lui plaît, comme elle l'a souvent fait avec d'autres femmes, en Australie, en Amérique, à Paris...

Ça les ferait taire, tous autant qu'ils sont. Ils arrê-

teraient de la considérer comme une pauvre fille incapable de plaire aux garçons, et secrètement rongée de
n'être pas aimée. Ils arrêteraient de lui parler mariage.

Elle pense à tout cela très vite, en fixant le regard
vert dont l'éclat la trouble et la captive. Elle veut dire
oui... mais ses yeux se tournent vers la piste : ses
parents dansent un dernier slow avant de rentrer à La
Croix-Pilate. Ses parents irréprochables aux yeux du
monde, qui ont eu cinq enfants et qui s'aiment toujours
après plus de trente-cinq ans de mariage. Elle se rend
compte que beaucoup d'invités regardent avec admiration ce couple élégant, cet homme et cette femme
dont l'âge n'a pas modifié la silhouette, qui affichent
leur harmonie dans un dernier tour de piste, avant de
s'en retourner dormir côte à côte dans leur belle maison
de famille.

Alors elle se dit qu'elle ne peut pas accepter de
danser avec Agnès. Elle a beau être un peu saoule, elle
reste lucide. Elle sait qu'elle n'a pas le droit de faire
ça, devant tout le monde. Le petit cheval fou bondit en
tous sens, et cogne à l'intérieur à la faire hurler, de
tristesse et de déception : elle ne le fera pas, parce
qu'elle n'ose pas. Elle n'a pas le courage. Elle a peur
de leur réaction. Elle devine la violence dont ils seront
capables, après un tel scandale. Elle a peur, tout simplement, de ne pas arriver à la supporter. Elle va dire
non, parce qu'elle n'a pas la force d'Agnès et sa tranquille audace.

Tandis qu'elle prend appui sur le bord de la table
pour se donner contenance, ses doigts effleurent le bord
de son chapeau. Il est là sur la table, entre les bouquets,
les verres à moitié vides et les restes de dessert dans

les assiettes sales. Son merveilleux chapeau dont les plumes dansent souplement dans la pénombre.

La pulpe de ses doigts presse la bordure de paille, et toutes les rancœurs, toutes les déceptions de la journée lui montent dans la gorge, au bord des lèvres, comme une nausée longtemps réprimée. L'examen hautain de sa mère. Le rire condescendant de Laurence. Les sarcasmes d'Alexandre. Sa déception. Sa solitude. L'envie de rentrer sur-le-champ à Paris. Les petites larmes séchées en douce, dans la voiture. « Décidément, ma chérie, plus tu fais d'efforts, moins c'est réussi ! » Rien que d'y penser, elle redevient une petite fille au bord des larmes.

Alors, soudain, sa décision est prise. Elle saisit le chapeau et s'en coiffe ; elle se lève et dit oui. Un « oui » ferme et déterminé, qui balaie à lui seul tous les démons de la tristesse. Un « oui » qui la rend à elle-même.

Agnès se lève à son tour, sans un mot, la prend par la main, la conduit sur la piste. Elles savent qu'elles se souviendront toute leur vie de ce qu'elles s'apprêtent à faire. Dans quelques instants, l'ambiance feutrée de cette soirée de fête va changer ; pour elles, cela risque d'être pénible.

Elles se font face, se regardent avec gravité. Elles s'enlacent et se mettent à danser. Marie ferme les yeux, pour oublier le regard des autres et ne penser qu'au plaisir de se fondre dans la douceur du slow.

Elle pose ses lèvres sur celles d'Agnès, et sent sa bouche, vivante et chaude, qui répond au baiser.

Jean-Philippe

Il n'avait pas envie de venir. Il était prêt à trouver un prétexte – un voyage à l'étranger, n'importe quoi – pour y échapper. Mais elle a insisté :

– C'est la fille de ton frère, tout de même !

– Qu'est-ce que tu veux que ça me fasse ?

– Jean-Philippe, on ne peut pas continuer à se couper de tout le monde comme ça...

– Tu sais bien qu'on ne va pas se sentir à l'aise.

– Parle pour toi !

– Eh ben, on peut dire que tu n'es pas rancunière, après tout ce que tu as entendu !

Elle a eu un petit geste d'agacement :

– Je ne vois pas pourquoi tu dis ça, en l'occurrence : Catherine et Pierre ont toujours été très gentils avec moi.

Il a marmonné quelques phrases incompréhensibles, comme chaque fois qu'il ne trouve rien à répondre. De toute façon, qu'est-ce qu'il pouvait lui dire ? Il l'a prise dans ses bras et l'a embrassée. Elle est meilleure que lui, sa jolie femme blonde au cœur d'or. Elle lui a souri et a murmuré :

– En fait, depuis la mort de ta mère, ça me fait plaisir de voir ta famille.

Aujourd'hui, il est de mauvais poil. Il lui en veut d'avoir insisté pour venir, et il s'en veut d'avoir cédé. Il a commencé par lui reprocher le temps qu'elle passait à se préparer. Il lui a même fait une remarque désobligeante sur la profondeur de son décolleté.

– Dis donc ! Je te rappelle qu'on était ensemble pour choisir la robe ! Ça n'avait pas l'air de te déranger, le jour où on l'a achetée !

C'est vrai, ça ne le dérangeait pas, et même, ça lui plaisait. Mais aujourd'hui, c'est différent : il est agacé de la voir porter cette tenue, et se maquiller comme si elle s'apprêtait à séduire tous les hommes de la soirée. Il se sent nerveux ; il n'y peut rien. Il la regarde mettre son rouge à lèvres, précise et concentrée. Il suit le tracé du bâton de rouge contre sa bouche.

Pour qui tu te fais belle comme ça, hein ?

Comme si elle répondait à la question qu'il n'a pas posée, elle lui jette dans le miroir un regard de reproche.

À présent, les voici à cette table, en compagnie d'Isabelle, la sœur de Catherine, flanquée de son mari cardiologue, et de deux autres couples qu'ils ne connaissent pas. Jean-Philippe regarde ces dames. Elles ont toutes entre cinquante et soixante ans. Elles portent des tailleurs chics, coordonnés à leurs chaussures ou à leur sac à main. Pas un cheveu ne dépasse. Elles sont parfaites. Elles ont même eu le temps de se repoudrer avant de passer à table. Elles sont souriantes, prêtes pour les amabilités, mais il y a en elles une sorte de sécheresse et de lassitude. Ces femmes ne sont plus amoureuses de leur mari, c'est une évidence.

Au milieu d'elles, il est frappé par l'éclat de Sylvie. Sa robe lui va divinement. Le décolleté met ses seins en valeur. Ils n'ont pas bougé depuis qu'elle les a fait refaire, il y a dix ans. Elle ne fait pas ses cinquante-cinq ans. Elle est magnifique. Il est fier de sa femme. Il est aussi vaguement inquiet de la voir si blonde et rayonnante, au milieu de ces dames à l'élégance convenue. Il est parfois jaloux au point d'en être odieux. Aujourd'hui, il n'a fait aucun effort pour lui être agréable ; il lui a fait payer d'être si belle, et de l'avoir traîné à ce fichu mariage.

Se retrouver à cette table n'améliore pas son humeur. Il devine ce que ces gens pensent de son épouse : Mon Dieu, comme cette femme est vulgaire ! Dire qu'il va falloir passer toute une soirée avec une femme aussi vulgaire ! Isabelle et son cardiologue se demandent : Mais pourquoi Catherine nous a-t-elle placés avec Jean-Philippe et sa femme ? Qu'est-ce qu'on peut bien avoir à dire à ces gens-là ? Il le sait. Il le sent. De l'autre côté de la table, Sylvie le regarde avec une intensité presque menaçante. Elle aussi, il devine ce qu'elle pense : Chéri, reste calme. Fais-moi plaisir : sois charmant durant tout le dîner.

Isabelle a pris un sacré coup de vieux depuis la dernière fois. Il s'en réjouit intérieurement. Il lui dit :

– Isabelle, vous avez une mine superbe !

– Ah bon ! répond-elle, l'air surpris. Ça me fait plaisir de l'entendre, parce que je suis assez fatiguée en ce moment, avec la préparation du mariage de Thibault.

– Oui, Pierre m'a dit ça... que Thibault faisait un « grand mariage ».

Il essaie de prononcer la phrase sans sourire, tandis que Sylvie, de l'autre côté, lui lance un regard noir. Mais Isabelle n'a pas perçu l'ironie du propos. Elle répond « Oui », d'une voix un peu étranglée, presque comme s'il s'agissait d'un secret honteux.

Son mari intervient :

– La vérité, c'est qu'Isabelle s'impose un régime drastique qui la met sur les rotules, claironne-t-il.

Isabelle rougit. Des yeux, elle supplie son mari de ne pas en dire davantage. Il poursuit en la fixant, goguenard :

– Un régime protéiné ! Deux kilos perdus en deux mois ! Du blanc de dinde le matin au petit déjeuner. Je vous laisse imaginer combien c'est agréable lorsque vous êtes assis juste en face.

Sylvie intervient :

– Vous devriez être content que votre femme fasse des efforts pour être belle, au lieu de la taquiner avec son régime !

Il lève un sourcil, la dévisage en homme qui n'a pas l'habitude d'être contredit, et lance :

– Je n'y suis pour rien, croyez-moi ! En fait, Isabelle se prépare pour le mariage, dans quinze jours.

Il n'est visiblement pas peu fier d'évoquer l'événement : son fils épouse une jeune fille de très bonne famille, le produit d'une alliance réussie entre grande bourgeoisie parisienne et vieille aristocratie bretonne. C'est ce qu'on appelle un « grand mariage ».

Le mari d'Isabelle ajoute en souriant :

– La future belle-mère de notre fils est une femme absolument superbe. N'est-ce pas, chérie ?

Pétrifiée, Isabelle répète :

– Oui, c'est une femme absolument superbe.

Jean-Philippe voit de fines gouttes de sueur perler à ses tempes. Elle encaisse. Elle résiste tant bien que mal à l'humiliation que son mari vient de lui infliger. Il regarde le cardiologue :

– Mais votre épouse est superbe, elle aussi !

L'autre répond en souriant :

– Mais bien sûr. Tout le monde ici en convient...

Isabelle tourne vers Jean-Philippe un regard plein de reconnaissance. S'il avait su qu'un jour il dirait à cette conne qu'elle est une femme superbe !

Après cet incident, chacun prend soin de maintenir la conversation sur des sujets généraux et inoffensifs. Ils ont tous beaucoup voyagé. Le récit de leurs différents périples parvient à occuper pratiquement toute la durée du dîner. Isabelle se risque de temps en temps à raconter une anecdote. Son mari la reprend sans cesse et n'hésite pas à lui adresser des réflexions cinglantes, pour un détail erroné, une date oubliée. Docile, Isabelle prend acte de chaque remarque. Elle semble ragaillardie chaque fois que son mari lui fait l'aumône d'un sourire condescendant, ou s'abstient de la reprendre. Jean-Philippe regarde sa montre. Il pense : Au dessert, je me le fais, cet abruti.

Une demi-heure plus tard, la pièce montée est servie. Isabelle a encore vieilli depuis le début du dîner. Elle est ratatinée sur son siège, comme si elle voulait disparaître sous terre. Elle murmure :

– Jean-Philippe, vous voulez ma part de pièce montée ?

Il sait qu'il ne devrait pas accepter. Sylvie le lui dit assez souvent : il doit se surveiller... Il accepte, malgré tout, par gourmandise, parce qu'il ne veut pas laisser Isabelle en tête-à-tête avec ses choux à la crème... et aussi pour contrarier sa femme qui lui lance un regard courroucé. Mais elle n'osera pas lui faire une remarque devant les autres convives pour un péché aussi véniel.

Au café, tout le monde se détend. C'est presque fini. À eux huit, ils ont fait trois ou quatre fois le tour du monde ; avec la conversation de ce soir, on pourrait rédiger un guide touristique truffé d'anecdotes piquantes et de fines observations ethnologiques.

Depuis un moment, Jean-Philippe guette sa proie. Il attend le moment propice. Il devine que l'occasion ne va pas tarder à se présenter. C'est la dame assise à la droite du cardiologue qui la lui fournit sans le vouloir. Désireuse de relancer la conversation qui s'étiole depuis quelques minutes, elle aborde LE sujet par excellence, celui par lequel on aurait dû commencer, en vérité. Elle demande à son voisin :

– Et que faites-vous dans la vie, cher monsieur ?

L'autre se rengorge, et répond d'un air suffisant :

– Je gagne l'argent que ma femme et mes filles dépensent avec constance.

Tout le monde rit poliment. Satisfait de son bon mot, le mari d'Isabelle ajoute sur le ton de la confidence, en se penchant un peu vers la dame :

– Je suis cardiologue.

Et la dame fait :

– Oh ! en le regardant avec de grands yeux admiratifs. Comme c'est intéressant !

C'est alors qu'intervient Jean-Philippe :

– Vous avez raison, madame : c'est intéressant, et en plus on se fait un max de blé.

Tous les regards se tournent vers lui, interloqués.

– Je vous demande pardon ?

– J'explique à madame que vous gagnez un tas de pognon. C'est bien ça, n'est-ce pas ? C'est bien ce que vous lui avez répondu, avant de lui préciser que vous étiez cardiologue... Vous avez éveillé ma curiosité ! Ça se monte à combien, précisément ?

Tout le monde en a le souffle coupé. Isabelle est comme paralysée, la tasse à café au bord des lèvres. La voisine du cardiologue est toute congestionnée. Le cardiologue le toise : une question de si mauvais goût lui donne le droit d'afficher son mépris pour celui qui la pose. Il hésite d'autant moins qu'il sait le peu de considération dont jouissent Jean-Philippe et sa femme au sein de la famille Clouet. Il répond d'une voix qui s'efforce de rester calme :

– J'ai des revenus en rapport avec mes qualifications, mes années d'expérience, les énormes investissements nécessaires à la marche du cabinet, et le coût exorbitant des assurances.

– Des revenus « énormes » et « exorbitants », donc...

Un silence de mort règne autour de la table. Tous les convives sont figés, comme en plein cauchemar. Sylvie a l'air furieuse :

– Isabelle, j'espère que vous excuserez Jean-Philippe. Vous connaissez sa muflerie naturelle...

Isabelle fait « oui, oui », abasourdie ; le cardiologue a comme un haut-le-corps. Jean-Philippe regarde sa femme : elle s'est bien gardée, la fine mouche, de l'excuser auprès de M. Con. C'est à Isabelle qu'elle s'est adressée. Il lui sourit pour la féliciter ; mais elle le foudroie du regard.

C'est alors que s'ouvre le bal, heureuse diversion. Chacun est soulagé de pouvoir regarder ailleurs. Isabelle en profite pour se lever, en s'excusant de les abandonner quelques instants. Vas-y ma cocotte. Prends le temps de te remettre. Jean-Philippe déplace sa chaise, et tourne ostensiblement le dos aux autres convives. Pour ce soir, il a usé sa réserve de politesse.

Son frère valse avec Bérengère. Il est si svelte qu'on pourrait presque le prendre pour le marié. Ils étaient assez proches, autrefois. C'est bizarre, comme la vie peut mettre de la distance entre les êtres. Depuis son mariage, Jean-Philippe a laissé les liens se défaire peu à peu. D'un certain côté, il le regrette, mais il n'a pas l'impression d'avoir eu le choix. Il sait que sa famille n'a jamais accepté Sylvie. Peut-être à cause de ce qu'ils appellent sa « vulgarité ». Chez les Clouet, c'est une faute qu'on ne pardonne pas. Peut-être en réalité parce qu'elle est trop belle pour eux. De toute façon, ce qui est fait est fait. Peu importe à présent pourquoi les choses se sont passées ainsi, et pas autrement.

Malgré tout, il doit le reconnaître, Pierre et Catherine se sont toujours montrés courtois envers Sylvie. C'est pour cela qu'elle les aime bien. Mais lui n'est pas dupe. Il connaît Catherine : élégante, toujours élégante, jusque dans son mépris.

Il regarde danser son frère et sa très jolie nièce, et se dit qu'il aurait eu une tout autre vie, si, comme Pierre, il s'était marié avec une jeune fille de son milieu. Il se souvient du jour où il a annoncé à ses parents sa décision d'épouser Sylvie, la fille d'un ouvrier et d'une femme de ménage. Sa mère criant qu'il n'était pas question qu'il se marie avec une fille « qui sort du ruisseau ». Son père le priant, plus sobrement, de bien vouloir reconsidérer sa décision concernant « cette personne ». Ils parlaient d'une jeune femme qu'ils n'avaient même pas rencontrée... En pensant à tout ça, il ne peut réprimer un sourire amer.

Il fixe, sur les tables, les petits bouquets ronds de roses et de feuillage. C'est avec des roses rouges qu'il l'a séduite. À l'époque, il était l'enfant terrible de la famille et faisait le désespoir de ses parents. Il avait abandonné le lycée avant le bac, logeait dans un studio sans chauffage appartenant à sa famille, et vivait de petits boulots en attendant de conquérir le monde. Il se levait à quatre heures du matin pour aller acheter, chez un grossiste, des brassées de roses qu'il vendait le soir dans les restaurants.

Quand il a poussé la porte, il a d'abord cru qu'elle était une cliente. Elle portait une robe noire sans manches, au-dessus du genou, et un chignon énorme, comme c'était la mode à l'époque. De grands yeux bleus, un sourire éclatant. Elle ressemblait à une actrice de cinéma. Sa gorge s'est serrée. Ses mains sont devenues moites. Il s'est senti minable avec ses brassées de roses enveloppées de papier transparent. Et puis il a vu la jeune femme passer derrière le comptoir et se mettre à feuilleter une liasse d'additions, et son cœur a bondi : ce n'était pas une cliente ; elle travaillait ici. Elle était hôtesse dans ce restaurant. Il a marché vers elle pour la saluer, lui parler de son arrangement avec le patron pour la vente des roses. Elle a répondu dans un sourire :

– Oui, oui, je suis au courant.

Il a avalé péniblement sa salive, puis lui a tendu une rose. Elle a souri :

– C'est très gentil, merci.

– Si vous me dites quand vous acceptez de dîner avec moi, je promets de vous en offrir une chaque jour.

Il l'a vue se rembrunir, esquisser un petit sourire las, plonger le nez dans son registre. Elle a répondu sans le regarder :

– Je ne suis pas le genre de fille que vous croyez.

Clair, net, sans appel. Il a senti son cœur se tordre.

– Je vous demande pardon. Je ne voulais pas vous blesser.

Il a baissé les yeux, et il a aperçu quatre ou cinq cartes de visite chiffonnées, au fond d'une corbeille à papier, à côté du comptoir. Il est parti, sans même faire le tour des tables pour vendre ses roses.

Quand il a poussé la porte du restaurant, le jour suivant, elle a fait mine d'être très occupée derrière son comptoir, pour ne pas avoir à le saluer. Pendant qu'il vendait ses roses, elle ne l'a pas regardé. En partant, il en a déposé une pour elle sur le comptoir, et elle n'a pas levé les yeux.

Le lendemain, tout s'est passé de la même façon, mais lorsqu'il a déposé la rose sur le comptoir, elle a dit « Merci », sans le regarder.

Le surlendemain, elle a dit « Merci », en le regardant.

Le jour d'après, lorsqu'elle lui a dit « Merci », il lui a tendu une carte de visite en précisant :

– C'est juste pour que vous sachiez mon nom. Vous pourrez la jeter à la corbeille après, si vous voulez.

Elle a souri.

Les autres jours, ils ont échangé quelques phrases banales, au moment où il lui offrait la rose. Il n'a pas osé lui demander si, finalement, elle avait jeté sa carte.

Au bout de trois semaines, il a pris le risque de lui dire, en prenant un air détaché malgré l'angoisse qui l'étreignait, que son invitation à dîner tenait toujours. Elle a souri, mais n'a rien répondu.

Il ne sait pas combien de temps ce petit jeu aurait duré, si le destin ne s'en était mêlé. Le destin, qui lui a donné un solide coup de pouce, ou plutôt une grande tape dans le dos, un matin d'hiver où il arpentait le trottoir verglacé, chargé d'une énorme brassée de roses. Il n'a jamais compris comment il s'était retrouvé par terre, à se tordre de douleur au milieu de ses roses éparpillées : entorse de la cheville, plâtre pendant un mois, et retour au bercail du fils prodigue pour sa convalescence. Assez de temps pour confirmer ce qu'il savait déjà : il ne supportait pas sa famille ; il était fou amoureux de la jeune femme du restaurant. Lorsque, au bout d'un mois, il s'est retrouvé sur pied, il ne pensait qu'à une chose : la convaincre de sortir avec lui.

Le soir suivant, il s'est présenté au restaurant, avec dans la tête des phrases apprises par cœur et longtemps répétées. Lorsqu'elle l'a aperçu, elle s'est figée, toute pâle, derrière son comptoir. Il a fait le tour des tables en prenant bien son temps, appréhendant le moment où il faudrait lui parler. Et puis, en passant devant elle, il a été pris de panique. Il a senti qu'il n'y arriverait pas. Il est sorti très vite, sans déposer de rose sur le comptoir, après avoir bredouillé un « Bonsoir » inaudible.

Sur le trottoir, à l'air libre, il est resté un moment immobile, enrageant de n'avoir pas trouvé le courage de lui parler. Il a entendu la porte s'ouvrir derrière lui. C'était elle, avec sa petite robe sans manches, dans le froid de la nuit :

– Qu'est-il arrivé ? Où étiez-vous passé ?

Il a dit :

– Qu'est-ce que ça peut bien vous faire, de toute façon ?

avant d'ajouter :

– J'ai eu un accident...

– Un accident, a-t-elle répété d'une toute petite voix. C'était un accident.

– Oui... c'est pour ça que je ne suis pas venu ces dernières semaines.

– Ah... C'est pour ça.

Elle s'est efforcée de sourire, sans oser lui en demander plus. Elle tremblait de froid. Il lui a dit d'un ton assez brusque :

– Vous devriez rentrer, habillée comme vous l'êtes !

Elle l'a regardé, et a bredouillé, un peu confuse et un peu triste :

– Oui, oui, vous avez raison.

Et puis, au moment où elle se détournait pour partir, il ne sait pas ce qui lui a pris : il a jeté toutes ses roses sur le trottoir ; il l'a retenue par le bras, et il l'a attirée contre lui. Elle n'a pas résisté. Elle a pris son visage entre ses mains glacées, et elle l'a embrassé. Et il s'est dit que pour un tel baiser, ça ne faisait rien d'avoir attendu si longtemps.

Bien des nuits plus tard, elle lui a avoué qu'elle l'avait tout de suite trouvé séduisant, et qu'en le revoyant chaque soir, elle était vraiment tombée amoureuse.

– Pourquoi tu m'as fait attendre deux mois, dans ce cas ?

– Le mois où tu n'es pas venu, ça ne compte pas !

– Bon, bon... Parlons des trois semaines avant mon

accident, alors. Pourquoi tu as laissé s'écouler cette
éternité sans même un petit signe d'encouragement ?

Elle a ri :

– Une éternité, trois semaines !

– Si tu dis que je t'ai plu tout de suite, trois semaines
c'est déjà trop... Sérieusement, pourquoi tu étais si
froide, alors que je te plaisais ?

– Je ne voulais pas que tu penses que j'étais une fille
facile... D'ailleurs, trois semaines, ce n'est rien. J'aurais voulu te faire attendre plus longtemps... Mais,
quand j'ai vu que tu ne venais plus, j'ai cru que tu
t'étais lassé, que je t'avais découragé... Comme une
idiote, j'avais jeté ta carte... Tu ne peux pas savoir à
quel point je m'en suis voulu. J'ai passé un mois à me
maudire en pensant que je ne te reverrais plus. Lorsque
tu es revenu, j'ai cru que j'allais m'évanouir. Et lorsque
tu es sorti sans m'adresser la parole, et sans m'offrir
de rose, j'ai su qu'il fallait absolument que j'aille te
parler. Je ne voulais pas prendre le risque de te laisser
partir à nouveau.

Elle lui a dit ça très gravement. Elle lui a dit ça,
toute nue, très belle, ses cheveux blonds défaits étalés
sur ses seins. Pendant qu'elle parlait, il la regardait
dans les yeux, dans ses beaux yeux bleus, et il la cares-
sait. C'est là, en la regardant, qu'il a compris qu'elle
était la femme de sa vie.

De son passé, de sa famille, il sait peu de chose. Sylvie
n'a jamais aimé en parler. Un moment, il a cru qu'elle
avait honte de ses parents, de son milieu modeste. Mais,
non, ce n'est pas ça. Il a l'impression que ce passé
éveille en elle une souffrance qu'elle essaie d'oublier.

La première fois que Sylvie a parlé de lui à ses

parents, son père l'a giflée et l'a mise à la porte, en la traitant de « pute à bourgeois ». Pendant qu'elle dévalait l'escalier, il hurlait penché sur la rampe :

– Tu les as vues, les mains de ta mère ? À quatorze ans, elle faisait la bonniche chez des gens comme ça ! T'es plus ma fille, t'entends ? Remets plus les pieds chez moi !

Elle a continué de descendre aussi vite qu'elle pouvait, tête baissée, tandis que tout là-haut la voix de son père se brisait dans un sanglot :

– Tu les as vues, les mains de ta mère ?

Le soir, elle a tout raconté à Jean-Philippe. Et puis, comme pour excuser son père, elle a parlé des mains de sa mère, si rêches, si crevassées qu'elles ne se risquaient plus à donner de caresses. Elle pleurait sans pouvoir s'arrêter. Alors il lui a demandé, comme si c'était la seule chose qui puisse véritablement la réconforter, si elle voulait bien être sa femme.

Plus tard, elle lui a avoué que son père avait un problème avec l'alcool. Il a eu une vie difficile, si difficile, disait-elle, il faut comprendre ; on ne peut pas lui jeter la pierre. Lorsqu'il avait bu, il devenait violent. Il frappait, alors que d'habitude il n'était pas méchant. Ça a duré pendant toute son enfance et son adolescence, jusqu'à ce qu'elle s'en aille. C'est à cause de ça qu'elle a dû arrêter l'école et travailler si jeune. À la voir si belle, on n'imaginerait pas tout ce qu'elle a souffert. Il s'est promis de la rendre heureuse.

Sylvie a voulu une cérémonie à l'église. Elle est catholique. Sa mère l'a élevée comme ça, malgré son père, qui bouffait du curé avec autant de hargne qu'il honnissait les bourgeois. Il a refusé d'assister au mariage de sa fille. Vu la différence de milieu et l'hostilité des parents, cela s'est fait dans l'intimité. Ce jour-là, Sylvie n'avait à ses côtés que sa mère, maigre et craintive, qui cachait ses bleus sous un grand manteau gris, et une vieille tante veuve de guerre, tout en noir. Sur les photographies, elles se tiennent serrées l'une contre l'autre à la sortie de l'église, comme pour se tenir chaud.

Personne n'a pris la peine de leur adresser la parole. On ne voyait pas ce qu'on avait à leur dire. Elles ne sont pas restées pour le déjeuner. Elles sont rentrées retrouver le père de Sylvie. De toute façon, on ne les retenait pas. C'est la famille de Jean-Philippe qui a tout organisé et tout payé. Sur le parvis, Mme Clouet, née Hennebont de Kistinic, a eu un geste sublime : elle s'est approchée, a tendu vers la mère de Sylvie une main gantée de chevreau clair, et lui a dit en souriant avec bonté :

– Tout nous sépare, mais la prière nous a réunies.

La pauvre femme n'a su murmurer qu'un « merci » d'une voix mourante, serrant brièvement la main de la grande dame qui déjà se détournait et s'éloignait, altière, pour aller rejoindre sa famille. Il a senti Sylvie frissonner à ses côtés, et une vague de tristesse mêlée de fureur froide l'a transi jusqu'aux os. « Tout nous sépare... » C'est ce jour-là qu'il a divorcé de sa famille.

Quand il a monté sa boîte, dans les années soixante-dix, il n'était pas question de demander de l'aide à ses parents. Pour réunir les fonds, il est allé trouver les banques. Il avait quelque chose à prouver : il voulait leur montrer qu'il pouvait réussir dans la vie, lui le cancre, la honte de sa famille. Il voulait absolument y arriver, et que sa femme ait une vie de princesse.

Ça valait la peine de prendre des risques et d'emprunter autant. La boîte a tout de suite très bien marché, et il a pu rembourser ses emprunts en deux ans. Il n'a été apaisé que lorsqu'il a commencé à gagner beaucoup d'argent. Une petite fortune, en réalité.

Noël soixante-dix-sept. Il se souvient de son arrivée à la propriété des Clouet, dans sa grosse Mercedes flambant neuve. Il a pris plaisir à débouler en trombe et à freiner brutalement devant le perron, en faisant crisser les pneus sur les graviers. Sylvie portait un somptueux manteau de vison, et au doigt, un diamant de trois carats. Le matin, il lui avait dit :

– Chérie, vas-y, maquille-toi comme une voiture volée. On va leur montrer qu'on a du pognon, à ces cons !

Après les valses commence une série de rocks. Sylvie s'approche et se penche vers lui en murmurant :

– Tu es gonflé, tout de même, d'avoir tourné ta chaise en me laissant presque en tête-à-tête avec mon ami le cardiologue !

Elle ajoute d'une voix presque menaçante :

– Tu me fais danser, pour te faire pardonner ?

Il grommelle. Il est complètement ridicule quand il danse. Plus il s'applique, plus il est grotesque. Il n'a aucun sens du rythme, alors qu'elle, bouge comme une déesse. L'idée d'aller se donner en spectacle est pour lui une véritable torture. Elle répète :

– Tu me fais danser ?

Elle sait bien qu'il déteste ça, alors pourquoi elle insiste ? D'ailleurs, il n'a pas envie de se remuer. Il s'essouffle assez facilement, et ça ne s'est pas arrangé ces derniers temps. Il la regarde sans répondre. Il n'a pas l'intention de céder : ça lui apprendra à mettre des décolletés plongeants. Il allume une cigarette.

– Jean-Philippe, c'est ton deuxième paquet aujourd'hui...

Il hausse imperceptiblement les épaules, en aspirant une grande bouffée. Elle se penche, lui arrache la cigarette des lèvres et la jette sur le sol :

– D'abord, tu vas arrêter de te foutre cette merde dans les poumons !

Elle ne fait ça que lorsqu'elle est furieuse contre lui. Ils se regardent, se défient l'espace d'un instant. Elle murmure, la voix tremblante de colère :

– Tu te comportes vraiment comme un pauvre con aujourd'hui ! J'avais envie de passer une bonne soirée, et toi, tu as tout fait pour te mettre les gens à dos ! Tu es grossier, tu es arrogant, et tu te fiches bien de ce que j'en pense !

Elle a presque les larmes aux yeux. Elle est encore plus jolie quand elle est en colère. Il soupire, en regardant la cigarette à peine entamée écrasée sur le parquet. Il est sur le point de se lever pour l'emmener danser, lorsqu'il la voit tourner les talons. Il est tenté de l'appeler, mais se ravise. Après tout, qu'elle y aille toute seule, si elle y tient tant que ça. Le voilà libéré d'une corvée.

– Amuse-toi bien, et sois sage, lui lance-t-il.

Il la voit hausser les épaules.

Sois sage. Il lui dit ça tout le temps, comme pour plaisanter. Il le dit en essayant de rester calme, de refouler les doutes et les mauvais souvenirs qu'il enfouit depuis vingt ans.

Il allume une nouvelle cigarette, et il reste là un long moment, à la regarder danser toute seule. Il se dit qu'il a de la chance d'avoir une femme si belle. Rien qu'à la voir bouger dans sa petite robe noire moulante, ça lui fait de l'effet.

Isabelle revient s'asseoir à ses côtés, reste un long moment silencieuse, puis se penche soudain vers lui, et lui demande à mi-voix :

— Jean-Philippe, est-ce que vous voulez bien m'inviter à danser ?

Alors là, il n'en revient pas : cette bourgeoise méprisante, hautaine, arrogante, bref, « cette conne d'Isabelle » lui demande de l'inviter à danser ! Et d'un air presque suppliant, en plus.

Il pourrait être méchant : lui demander ce qui lui vaut cette faveur, l'humilier d'un sarcasme et l'envoyer sur les roses. Mais il n'a pas envie d'être méchant. Après le dîner qu'ils viennent de passer, il ne la voit plus de la même façon. Pour tout dire, il a pitié d'elle. Alors, même s'il n'en a pas envie et même si sa femme risque d'être furieuse, il accepte d'inviter Isabelle à danser. Et puis, il y a autre chose : il sait que c'est un bon moyen de mettre hors de lui cet abruti de cardiologue. Isabelle doit le savoir, elle aussi.

Pendant la danse – un rock qu'il mène de piètre façon, enchaînant les deux seules passes qu'il est parvenu à mémoriser –, Isabelle se déride. Ça ne dure pas. Elle laisse soudain échapper un cri de douleur.

— Merde ! Je vous ai marché sur le pied !

— J'avais remarqué ! souffle-t-elle en grimaçant.

— Je vous ai fait mal ?

— Un peu, oui, mais il me reste assez d'orteils pour marcher jusqu'à nos places, si vous me donnez le bras.

— Merde ! Je suis vraiment désolé.

— Ce n'est rien, je vous assure. De toute façon, je

n'avais pas oublié votre remarquable prestation au mariage de Laurence. Je savais parfaitement à quels risques je m'exposais en dansant avec vous !

Il rit. Il ne pensait pas qu'elle pouvait avoir le sens de l'humour.

– Vraiment, je suis désolé. Je suis effectivement un danseur très maladroit !

– Ne vous excusez pas. Même avec un pied écrasé, c'est le premier moment agréable que je passe depuis le début de la soirée. Merci, Jean-Philippe.

– Merci de me dire ça, murmure-t-il.

Elle le déconcerte. Il l'a toujours trouvée imbuvable, mais ce soir, sa sourde détresse la rend presque sympathique. Il se racle la gorge :

– Vous savez, Isabelle, vous ne devriez pas accepter de vous laisser marcher sur les pieds, le reste du temps, dit-il en se tournant vers elle.

Il voit dans ses yeux qu'elle a bien reçu le message. Elle lui répond tristement, avec, au fond, une sorte de révolte :

– Croyez-vous qu'on ait toujours le choix ?

À cet instant, elle ne ressemble en rien à « cette conne d'Isabelle », mais à une femme qui vient d'être humiliée pendant tout un dîner, qui a perdu deux kilos en deux mois de régime drastique, et qui a peur d'assister, dans quinze jours, au mariage de son fils.

Une petite voix méchante lui souffle qu'elle ne l'a pas volé. En un sens, l'humiliation d'Isabelle le satisfait, et le paie de bien des rancœurs. Et pourtant, il ne peut s'empêcher d'avoir sincèrement pitié d'elle. Au fond, il est comme sa femme : il n'est pas rancunier.

Ils restent un instant côte à côte au bord de la piste,

sans rien dire, à regarder les danseurs. Puis il lui demande :

– Isabelle, dites-moi franchement : pourquoi vous m'avez demandé de vous faire danser ? Parce que vous en aviez vraiment envie ? Ou pour emmerder votre mari ?

Il fait exprès de dire « emmerder », pour lui rappeler – au cas où elle l'aurait oublié – qu'il est bien le rustre qu'elle a toujours connu.

Elle respire profondément, attend quelques secondes avant de répondre :

– Jean-Philippe, il faut que je vous dise : Sylvie et vous formez un très beau couple. Vous avez beaucoup de chance...

Elle le fixe avec intensité et répète :

– Beaucoup de chance.

Puis elle lui tourne le dos, assez brusquement. Droite et digne, légèrement boitillante, elle va rejoindre son mari.

Eh ben, s'il s'attendait à ça ! « Vous avez beaucoup de chance. » C'est bien la dernière personne qu'il se serait attendu à entendre prononcer ces mots ! Quand il dira ça à Sylvie, ça la fera bien rigoler, et ça lui fera aussi plaisir, c'est sûr...

Le sourire aux lèvres, il cherche sa femme des yeux, parmi les danseurs. Mais il ne la trouve pas. Il longe la piste en tendant le cou, pour essayer de l'apercevoir. Rien. Elle est peut-être retournée s'asseoir... Sûrement pas à la place qu'elle occupait durant le dîner. Il commence à parcourir les autres tables des yeux. Elle n'est pas là. Elle n'est plus dans la salle.

Tout de suite, il sent poindre une inquiétude. Pas d'affolement : elle est sûrement allée aux toilettes, ou un truc comme ça. Il presse le pas et se dirige vers la grande bâtisse. Autant aller vérifier. De toute façon, il faut qu'il la trouve. Ça ne sert à rien d'attendre là, comme un con.

Il est nerveux, soudain, et vaguement inquiet. Il gravit le perron, va se poster devant les toilettes des femmes, en fumant une cigarette dont il laisse tomber la cendre sur le carrelage. Au bout d'un quart d'heure, il va jeter un œil dans les toilettes des hommes. Comme chaque fois, l'inquiétude lui sèche la gorge et lui noue le ventre. Il pisse un coup, la rage au cœur.

Il inspecte rapidement le hall, fait le tour de tous les petits salons du rez-de-chaussée. Sylvie a disparu. Il retourne sous la tente pour la chercher encore. Il n'a peut-être pas bien regardé. Si ça se trouve, elle était sous son nez, et il n'a pas fait attention... Tandis qu'il marche tête baissée vers la fête, les mauvais souvenirs refont surface. Un poison dans son cœur, une amertume au bord de ses lèvres. « Ta femme suce des queues au Sporting. »

Il ne sait pas exactement quand ça a commencé. En tout cas, pas tant qu'elle avait encore l'espoir d'avoir un enfant, il en est sûr. C'est après, lorsqu'elle a compris qu'elle n'en aurait pas. Qu'est-ce qui a bien pu se passer dans sa tête ? Est-ce qu'elle a voulu le punir de n'avoir pas eu d'enfant ? Est-ce qu'elle a voulu se prouver qu'à défaut d'être mère, elle restait une vraie femme ? Au fond, il préfère ne pas savoir, et surtout ne pas penser qu'il aurait pu faire en sorte que cela se passe autrement.

Il la cherchera partout. Il y passera des heures, peut-être, mais il la trouvera.

Elle a suivi des traitements pourtant, mais ça n'a pas

marché. Pour lui, ça n'était pas un drame. Il ne res-
sentait pas le besoin d'avoir un enfant. Il n'en avait
envie que parce qu'elle le voulait si fort...

Quand elle a réalisé que ça ne marcherait jamais,
elle s'est mise à parler d'adoption, mais il lui a dit :
non, pas question, impossible. Il était sûr de ne jamais
parvenir à considérer comme le sien un enfant qui ne
serait pas de son sang. Plusieurs fois, elle a essayé de
remettre la question sur le tapis, mais il a réagi assez
violemment. Il ne voulait pas en entendre parler. Alors
elle n'en a plus parlé. Comme si elle n'y pensait plus.
Toutes les conneries qu'elle a pu faire après, c'est à
cause de ça. C'est à cause de lui.

À l'arrière, il jette un coup d'œil dans les cuisines.
Sur de longues tables s'entassent les vestiges du dîner :
des piles d'assiettes sales, des monceaux de couverts...
Les poubelles débordent d'épluchures et de carcasses.
Une grosse fille à l'air las vide un lave-vaisselle indus-
triel. Aucune trace de Sylvie.

Il part en direction du parking. « Ta femme suce des
queues au Sporting. » Il se dit : pauvre abruti ! Lui
refuser un enfant qui ne serait pas de ton sang. Il pense
à sa famille, à sa mère. « Tout nous sépare, mais la
prière nous a réunies. » Les liens du sang. C'est pour
ça que tu as dit non à ta femme, connard. Si tu n'avais
pas dit non à ta femme stérile, non il ne sera pas de
mon sang, pas question, n'essaie même pas de m'en
reparler... Si tu n'avais pas dit non, tu aurais un fils
aujourd'hui. De vingt ans, ou peut-être un peu plus.
Tu aimerais bien avoir un fils, à présent qu'il est trop
tard. Et ta femme serait heureuse. Et ta femme n'aurait
pas cherché à oublier son mal d'enfant en se faisant
sauter par la moitié de la ville.

Un jour, il a reçu au bureau une lettre anonyme, dans une enveloppe doublée de belle qualité. Une seule et unique phrase qu'il n'oubliera jamais : « Ta femme suce des queues au Sporting. » Soigneusement écrite en lettres bâtons, sur une feuille de papier blanc.

Il se souvient de sa réaction. D'abord, son rire méprisant devant cette calomnie de lâche. Et puis, le doute. Le retour à la maison en plein milieu d'après-midi. Il roulait trop vite. Il était pressé de la retrouver. Il voulait qu'elle s'explique.

Elle n'était pas là. Depuis des mois, elle passait tous ses après-midi au Sporting Club, comme si elle cherchait à s'abrutir d'exercice physique. Mais à en croire la lettre anonyme, elle pratiquait aussi là-bas un autre genre de sport.

Il a fouillé partout en son absence, à la recherche d'indices : son carnet de rendez-vous, des lettres, des photos, n'importe quoi. Il n'a rien trouvé, mais autre chose : des boîtes de médicaments, soigneusement dissimulées dans une trousse de toilette, et une ordonnance pour plusieurs mois. Cet après-midi-là, en recherchant la preuve que sa femme le trompait, il a découvert qu'elle était soignée pour une dépression, depuis trois mois déjà, sans qu'il se soit aperçu de rien.

Lorsqu'elle est rentrée, en fin d'après-midi, elle avait l'air normale. Elle était surprise de le trouver là, mais sans plus. Elle l'a embrassé et elle est montée prendre une douche. Il n'avait plus envie de lui parler de la lettre anonyme et de lui demander des explications. Tout cela lui paraissait soudain secondaire. Elle était malade. Il ne supportait pas cette idée. Il ne supportait pas de n'en avoir rien vu. Il ne comprenait pas comment elle avait pu lui cacher, si longtemps, toutes ces pilules et ces ordonnances.

Le soir, il lui a dit qu'il avait trouvé, par hasard, les boîtes de médicaments, et il l'a obligée à tout lui raconter. Alors elle a avoué : les journées passées à pleurer sur le lit, sans sortir ni s'habiller, seulement vers le soir, quand elle savait qu'il allait rentrer ; le sentiment d'être nulle, vide, sans intérêt, et même parfois, l'envie de mourir. Il a entendu tout cela, abasourdi. Il l'avait trouvée triste, et pas très en forme, ces derniers temps. Il savait que c'était dur pour elle d'accepter de n'avoir pas d'enfant. Il savait qu'elle dormait mal, et qu'elle restait au lit tard dans la matinée, pour récupérer. Mais il n'avait pas soupçonné... En réalité, il n'avait rien vu du tout, et ça le consternait, le minait, autant que son inquiétude pour l'état de sa femme.

Assise au bord du lit, les yeux vagues, elle lui a parlé très simplement des souffrances qu'elle avait voulu tenir secrètes. Elle lui a dit aussi :

– Je t'aime, et je veux que tout continue comme avant.

Il l'a serrée contre lui, et elle s'est laissé faire avec indifférence. Ma chérie, ma chérie, pourquoi tu n'as rien dit ? Pourquoi tu ne m'as pas demandé de l'aide ? Elle ne voulait pas qu'on en fasse toute une histoire. Elle voulait continuer comme si de rien n'était, jusqu'à ce que ça s'en aille, avec le temps et les médicaments. Elle voulait qu'il ait confiance en elle. Ça n'était qu'un mauvais moment à passer, et ensuite tout redeviendrait comme avant.

C'est là qu'il aurait dû, de lui-même, lui reparler d'adoption. Il ne l'a pas fait. Il y a pensé, bien sûr, mais c'était au-delà de ce qu'il était prêt à accepter. Il ne pouvait pas l'envisager, tout simplement. Il le savait, pourtant, qu'elle voulait un enfant. Ne pas en avoir, c'est ça qui la rendait malade.

Comme il se sentait perdu, comme il l'aimait plus que tout, comme il voulait la voir sourire, il l'a emmenée en voyage, trois semaines, en Sicile, en Sardaigne, aux Baléares. Elle a mis un point d'honneur à se comporter comme une femme heureuse. Elle a tenu trois semaines, grâce au soleil et aux médicaments.

Au retour, elle a décidé de redécorer la maison. Il l'a encouragée dans son projet. Il lui a laissé carte blanche, et un budget illimité. Elle a continué à aller au Sporting, et à lui dire qu'elle l'aimait. Et c'est comme ça que les années ont passé.

Maintenant, ça va mieux, même si elle reste fragile. De temps en temps, elle se met à pleurer. Elle dit :

– J'aurais voulu que ça se passe autrement.

Et lui la prend par les épaules, la supplie d'arrêter, lui rappelle tout ce qu'ils ont fait ensemble. Il la réconforte, lui répète combien il l'aime. Elle se reprend :

– Ce n'est rien. Excuse-moi. Ça va aller.

Et c'est vrai, que ça va. Elle semble heureuse, la plupart du temps. Et on leur dit qu'ils forment un très beau couple.

« Ta femme suce des queues au Sporting. » Il la cherche partout. Il la cherche comme un fou, la rage au cœur. Il l'imagine accroupie face à un inconnu, ou renversée sur le capot d'une voiture. Il l'imagine docile et consciencieuse, et il a envie de crier. Putain, elle est où ? Il court sous les arbres, entre les voitures, s'attendant à chaque pas à la trouver, couchée là, gémissante, jambes écartées. Il ne devrait pas courir si vite. Ça accentue la petite douleur pointue qu'il sent dans la poitrine, depuis quelques mois, et ça le fait tousser. Quand il a inspecté toutes les allées du parking, il se met à scruter les buissons alentour. Il cherche, dans l'ombre, une forme blanche et nue. Il n'arrive pas à la retrouver. « Ta femme suce des queues au Sporting. »

Il se dit : Espèce de salope, la dérouillée que je vais te mettre quand je te trouverai. Ça fait trop longtemps que tu te fous de ma gueule. Cette fois-ci tu vas voir ce que tu vas prendre. Je vais te faire passer le goût de recommencer. Son poing se serre. Il s'engage sur un petit chemin qui court dans le sous-bois.

Il a l'impression d'être soudain très loin de la fête. C'est comme si la musique s'arrêtait à l'orée, comme si les arbres n'en laissaient plus passer que des bribes étouffées. Il est seul. Il a mal dans la poitrine. La sueur, en coulant le long de son dos, a collé sa chemise contre sa peau. Une quinte de toux le secoue. Il doit s'arrêter un long moment, le temps que ça se calme et que s'apaise la douleur. Il sent bien que ça n'est pas normal, mais il ne veut pas le savoir. Il a peur de savoir. Là, tout seul loin de la fête et loin d'elle, il est comme un enfant perdu dans les bois.

Sa colère est tombée d'un coup, lorsqu'il tentait de juguler sa toux, lorsqu'il attendait que la douleur diminue, jusqu'à ne plus être qu'un point ténu, imperceptible, quelque part dans sa poitrine. Il n'a plus du tout envie de la frapper ou de lui demander des comptes. Il ne veut pas savoir où et jusqu'où elle est allée. Il a besoin d'elle, c'est tout. Il voudrait seulement qu'elle soit avec lui, pour lui dire : « J'ai peur d'être malade », et lui demander : « Est-ce que c'est trop vieux, cinquante-sept ans, pour adopter un enfant ? »

Il sort une cigarette. La flamme de son briquet fait dans l'ombre un halo de lumière sur ses mains et son visage. Il aime fumer dans le noir, n'être qu'une silhouette mystérieuse, fondue dans l'obscurité, seulement trahie par un petit rougeoiement que chaque bouffée rend brièvement plus intense. Il fume lentement. Il prend le temps de réfléchir. Il pense, vaguement, à un enfant sans visage précis, totalement étranger, et il y pense comme à son fils.

Lorsqu'il a fini, il jette la cigarette, l'écrase longuement, avec son talon, pour la faire pénétrer dans l'humus. Il se sent calme et triste. Il a renoncé à chercher sa femme. Il ne sait pas où elle est. Peut-être dans une des chambres de cette bâtisse immense. Que peut-il faire ? Monter à l'étage et ouvrir toutes les portes ? Visiter chaque pièce ? Non, il va retourner avec les autres, et attendre. Il sait que tout à l'heure, quoi qu'il arrive, elle reviendra s'asseoir à côté de lui, et il n'y a que cela qui compte.

Il rebrousse chemin. Entre les arbres, il voit la lumière de la fête. Dans quelques minutes, il les aura rejoints. Il remonte l'allée. Il se sent terriblement seul. Il la connaît, et il l'aime. Il ne veut l'obliger à rien. Elle reviendra quand elle voudra.

Et puis soudain, elle est là, comme apparue d'un coup. Elle vient à sa rencontre. Elle a sur le visage un air qui le trouble ; elle semble lasse et heureuse à la fois. Lorsqu'elle arrive vers lui, il lui dit simplement :

– Je t'ai cherchée partout.

– J'étais partie faire un tour.

– Un grand tour...

Elle sourit vaguement, sans rien dire. Il voit, sur son visage, des marques auxquelles il n'avait jamais prêté attention.

– Tu vas bien ?

Elle répond :

– Je suis fatiguée, ce soir, si fatiguée...

– Moi aussi, je suis fatigué.

Elle dit, d'une voix qui tremble un peu :

– Chéri, s'il te plaît, je voudrais qu'on s'en aille. Je ne me sens pas bien ici. Je voudrais rentrer avec toi.

Il l'attire et la serre contre lui. Il la berce un instant, comme pour la rassurer. Il murmure :

– Je te demande pardon... Je me suis vraiment comporté comme un imbécile aujourd'hui.

Elle ne répond pas. Elle lui rend son étreinte et sourit contre lui, et il voit se former au coin de ses yeux clos de petites rides qui le bouleversent.

Mon amour, tu as raison. On va s'en aller, quitter ces gens qui ne nous aiment pas. Ma chérie, n'arrête pas de sourire. Souris toujours, parce que je t'aime. Ce que tu as fait ce soir, ça m'est égal. Ça ne compte pas, pourvu que tu reviennes toujours près de moi. Pourvu qu'on soit toujours ensemble.

Vincent

Lorsqu'il arrive sur le parvis, en plein soleil, il est soulagé de pouvoir enfin quitter cette église. Malgré la beauté de son architecture, il n'a pu s'empêcher de la trouver lugubre, sans comprendre exactement d'où lui venait cette impression. Depuis ce matin, il vit une sorte de rêve qui n'appartient pas réellement à son existence : ce n'est pas lui qui vient d'épouser Béren-gère devant ce prêtre étrange, à moitié fou. C'est un homme qui lui ressemble beaucoup.

Il sourit aux photographes, embrasse sa femme, se protège en riant d'une pluie de riz... Il éprouve un léger vertige, comme si tout son être tentait désespérément de s'extirper de son corps pour s'enfuir en courant. C'est fait. Autour d'eux, il y a une foule de visages familiers qui lui semblent à cette heure totalement étrangers. Il les voit applaudir et crier « Vive les mariés ! ». Il sourit, mais ce déferlement de joie le terrorise et lui inspire une sorte de dégoût. Il ressent dans le ventre des spasmes douloureux.

Depuis des semaines, ça revient à intervalles régu-liers. Stupidement, il espérait que ça disparaîtrait après la cérémonie, au terme d'une mystérieuse intervention divine : bénédiction nuptiale et guérison miraculeuse des maux de ventre. Mais c'est encore là, accroché à ses tripes. Est-ce que ça aussi, il en a pour la vie ?

Pour conduire les mariés, le père de Bérengère a loué une Bugatti T46 « Petite royale » qui étincelle comme un bijou au soleil. Un chauffeur en livrée leur ouvre la porte. Ils agitent la main pour dire Au revoir. Vincent aimerait bien que ce soit fini, là, tout de suite. Qu'ils partent en voyage de noces vers une destination secrète, échappent à tout ce qui va suivre. Impossible. On dit Au revoir, mais aujourd'hui, cela veut dire À tout de suite.

Dès qu'ils se retrouvent seuls – on ne compte pas le chauffeur –, Bérengère siffle entre ses dents :

– Tu as vu ce curé ? C'est incroyable, ce comportement !

Elle a raison. Lui aussi a été choqué par l'attitude du prêtre. Il ne comprend pas ce qui s'est passé. Il répond, évasif :

– J'ai l'impression qu'il est perturbé...

– Perturbé, le mot est faible ! Complètement cinglé, oui !

– Écoute, de toute façon, la messe est dite. On ne va pas retourner dans l'église pour lui casser la figure en criant « Remboursez ! ». On va dire qu'on a été mariés par un prêtre cinglé, voilà tout...

– Si j'avais su ! Si j'avais su !

Il la laisse se lamenter. Il la connaît. Elle n'est pas du genre à se laisser abattre, surtout un jour comme aujourd'hui. Elle va bientôt se calmer. Ce n'est pas le moment de suggérer que, peut-être, le prêtre a été choqué de l'annulation de leur rendez-vous à la dernière minute...

Bérengère déclare d'un ton péremptoire :

– Quoi qu'il en soit, on aura de jolies photos dans l'église...

Il lui prend la main, comme s'il approuvait. Elle continue de parler, mais il ne l'écoute pas. Il masse son ventre douloureux. Il a besoin de se remettre de ses émotions. Ça y est : il a « sauté le pas ». Il en tremble encore un peu, mais il en est fier et heureux.

Si seulement elle pouvait cesser de parler, poser sa tête sur mon épaule, qu'on reste là un moment, sans rien dire, avant que tout ce cirque recommence.

La voiture roule entre les arbres denses. Ses chromes jettent de temps en temps des éclats fulgurants. Un panneau indique, à trois kilomètres, le moulin de Ganières. À ce moment précis, elle se tait. Elle se blottit contre lui, et il sent dans son cou une volée de petits baisers doux. Il sourit.

Quand Vincent rencontre Bérengère, il va en épouser une autre. Enfin, on n'en est pas encore là, mais après huit ans passés avec Nathalie, il semble évident pour tout le monde – lui compris – que cela se terminera un jour par un mariage. Ils se connaissent depuis le lycée. Ils ont commencé ensemble leurs études de droit, mais elle a arrêté à la licence. Elle est devenue clerc de notaire. Ils s'entendent très bien, se connaissent parfaitement, et vivent pratiquement ensemble, même si chacun conserve son propre appartement.

Il suffit d'une journée d'avril pour tout balayer. Vincent rencontre Bérengère à un déjeuner chez des amis communs et tombe amoureux d'elle au premier regard.

Un fluide tiède qui envahit le cœur. Des frissons déli-
cieux qui descendent le long du dos, picotent le bas-
ventre et lui racornissent les testicules. Jamais une
femme ne l'a troublé aussi immédiatement, aussi violemment. Il ne croyait même pas que ce soit possible.
D'ailleurs, il ne se reconnaît plus. En fin d'après-midi,
il l'appelle pour l'inviter à dîner le soir même. Il sait
qu'il enfreint les règles : en principe, on doit laisser
passer au moins un jour ou deux avant de rappeler. Ça
lui est complètement égal. Il ne veut pas attendre. Elle
rit, parce qu'elle le trouve pressé, et que ça tombe bien :
elle aussi ne pense qu'à le revoir. Mais tout ça, elle ne
le lui dit pas, bien sûr. Elle se contente d'accepter, sans
hésiter un instant.

Le soir, il l'attend dans un bon restaurant où il a
réservé une table pour deux, au calme, à l'écart. Elle
est en retard et il est en transe. Il se dit qu'il l'a effrayée
en étant si rapide. Bien sûr, elle ne viendra pas. Pire :
elle s'est moquée de lui et lui a posé un lapin pour le
punir de son audace.

Pendant un quart d'heure, il agonise, la gorge nouée
et les mains moites, en se traitant d'imbécile. Pendant
un quart d'heure, il oublie que les femmes attendues
au restaurant aiment toujours se faire un peu – un tout
petit peu – désirer. Lorsqu'elle arrive enfin, elle a exactement quinze minutes de retard. Elle est toujours très
ponctuelle dans ses retards. Il la voit pousser la porte,
et se sent tellement soulagé qu'il doit se faire violence
pour ne pas aller vers elle et l'étreindre sur-le-champ.
La garder entre ses bras et qu'elle ne bouge plus. De
loin, il lui adresse un petit signe, tandis que le garçon
l'aide à ôter son imper. Elle avance entre les tables,
souriante et calme. Elle a l'air sûre d'elle, et personne

ne voit que ses mains tremblent légèrement. Elle ne laisse pas à Vincent le temps de dire quoi que ce soit. Avant même un Bonsoir, elle l'embrasse, sans lui demander son avis. À la façon dont il lui rend son baiser, elle comprend aussitôt qu'elle a eu raison d'oser, et ses mains cessent de trembler autour du cou qu'elle étreint.

Pour dire à Nathalie que tout est fini, il n'a pas d'états d'âme. Il a conscience de la souffrance qu'il lui inflige et de la brutalité avec laquelle les choses se passent, mais il préfère être franc. Il ne voit vraiment pas ce qu'il aurait de mieux à faire. Nathalie est effondrée, incrédule :

– Pourquoi ? Qu'est-ce que j'ai fait ?

– Il n'y a rien. Tu n'as rien fait.

Elle demande :

– Est-ce que ça dure depuis longtemps ?

– Non, ça fait deux jours à peine. Je l'ai rencontrée il y a deux jours.

Elle hurle :

– Tu te fous de moi ? Tu me prends pour une imbécile ?

Il secoue la tête, esquisse un geste tendre pour tenter de la calmer. Elle le gifle avant de s'effondrer sur le canapé en pleurant. C'est une scène pénible. Le désespoir de l'amoureuse, de la presque épouse, de la tendre et jolie Nathalie. Il la regarde et se dit : Je suis un salaud. Mais au fond de lui, il n'a aucun regret. Il n'arrive pas à compatir au chagrin qu'il cause. Il est en quelque sorte insensible, et comme détaché d'elle. Il est convaincu de lui rendre service en lui disant la vérité, et en lui évitant d'être trompée plus longtemps.

Après cette histoire, il doit subir la réprobation de tout son entourage. Nathalie est considérée comme un membre de la famille, et la faute de Vincent n'est pas moins grande que s'il avait abandonné une épouse légitime. Personne ne comprend comment il peut infliger un tel calvaire à son adorable fiancée, qui a su gagner tous les cœurs. De Bérengère, la mère de Vincent dit, sans même la connaître :

– Est-ce que cette personne mesure tout le mal qu'elle a fait ?

Vincent est navré, mais il n'a guère le temps de s'attarder sur tout cela. La brutalité de son coup de foudre, la facilité avec laquelle il a abandonné son ancienne amie, l'ont persuadé qu'il a rencontré la femme de sa vie. C'est une certitude à laquelle il ne s'attendait pas ; malgré son attachement sincère, il n'a jamais rien éprouvé de tel pour Nathalie. Il en est bouleversé. Pour la première fois de sa vie, il a l'impression d'être véritablement heureux.

Et puis, il y a autre chose : en devenant l'amant de Bérengère, il découvre des horizons nouveaux, des audaces délicieuses jusque-là impensables, comme des pays inconnus. Lorsqu'elle est entre ses bras, il se sent vivant comme jamais. Il se sent un autre homme.

En ouvrant les yeux, un matin de juillet, il la voit bien réveillée à ses côtés. Elle lui sourit et murmure un bonjour.

– Ça fait longtemps que tu es réveillée ?
– Un bon moment.
– Tu es restée tout ce temps à me regarder dormir ?
– Je regardais comme tu es beau.
– Flatteuse !

– Je veux dire : comme tu es beau quand tu dors. Seulement quand tu dors, bien sûr.

– Petite peste !

Il se jette sur elle et l'emprisonne dans son étreinte en la dévorant de baisers. Ils chahutent comme des enfants, puis, quand le désir commence à les prendre, ils se calment, et leurs visages se font presque graves. Ils se regardent un long moment sans bouger, puis elle chuchote :

– Si l'un de nous deux demande l'autre en mariage, est-ce que tu diras oui ?

Il sourit. Il dit oui.

– À quoi tu penses ? demande Bérengère tandis que la voiture s'engage dans la grande allée de la propriété.

– Je pense à la première fois que tu m'as embrassé.

– Mais non, c'est toi qui m'as embrassée, rappelle-toi !

– Non, Bérengère, c'est toi. Ne me dis pas que tu as oublié !

– Ça m'étonnerait bien ! Une jeune femme bien élevée n'embrasse jamais la première, répond-elle dans un sourire.

Il se penche vers elle et lui dit à l'oreille :

– Tu sais que tu es sacrément mal élevée.

Les premiers mois sont idylliques. Chaque jour, chaque instant révèle à Vincent un détail qui le charme ou l'amuse. Elle est intelligente et ne manque pas d'esprit de repartie. Ils passent beaucoup de temps à refaire le monde. Parfois, le ton monte, mais c'est le jeu, et leur métier leur a donné le goût de l'affrontement verbal. Ils rient beaucoup aussi. Pour Vincent, c'est nouveau : Nathalie a toujours été incapable de comprendre le deuxième degré. Bérengère jongle sans problème avec le troisième, voire le quatrième degré. Ensemble, ils poussent l'humour jusqu'au surréalisme.

Il est fier qu'elle soit si belle. Sa beauté lui a sauté au cœur dès le premier regard. Mais c'est en la voyant vivre et bouger qu'il la découvre véritablement, encore plus éclatante. En la voyant dormir, une main sous l'oreiller, les cheveux étalés autour de son visage comme un soleil doré. En la voyant gémir dans la pénombre de la chambre, lorsqu'ils ont tiré les rideaux et restent au lit tout l'après-midi. Elle est si belle qu'il n'imagine pas se lasser de la contempler et de la toucher.

Elle a ses défauts bien sûr : elle est têtue, parfois capricieuse, et aussi un peu snob. Mais ça ne compte pas ; ça contribue même à son charme, d'une certaine façon. D'ailleurs, elle n'est pas têtue, elle est volontaire ; elle n'est pas capricieuse, elle est fantasque ; elle n'est pas vraiment snob, elle est lucide, consciente de sa valeur, exigeante envers elle-même et envers les autres.

Durant des mois, Bérengère est *persona non grata* dans la famille Le Clair. Pour la mère de Vincent, c'est une Jézabel, une Messaline qui a détourné son fils du droit chemin. Elle répète à qui veut l'entendre que Vincent est « sous influence », et elle prête à Bérengère des charmes occultes et vénéneux. Elle dit, les traits crispés :

– On s'imagine bien par où elle l'a attrapé, et par où elle le tient !

Un dimanche où Vincent déjeune chez ses parents, elle lance, au détour de la conversation :

– Ça t'intéresserait peut-être d'avoir des nouvelles de Nathalie ?

– Oui, ça m'intéresserait. Elle m'a dit qu'elle ne voulait plus avoir le moindre contact avec moi, alors je ne l'ai plus appelée... Oui, ça m'intéresserait d'avoir de ses nouvelles.

– Eh bien elle est en pleine dépression. Tu pourras dire ça à ton amie...

– Ça suffit, maman ! On n'était pas mariés, Nathalie et moi. Que ça te plaise ou non, il faudra bien que tu te fasses à l'idée que j'en aime une autre, et que tu acceptes Bérengère.

En entendant le prénom honni, sa mère pince les lèvres, et son visage se ferme. À côté d'elle, Benoît, le frère de Vincent, s'agite un peu :

– Tu exagères, maman, en parlant de dépression. Ça a été très dur pour elle sur le coup, c'est vrai, mais maintenant elle va beaucoup mieux...

Sa mère secoue la tête. Elle ne veut rien savoir : Nathalie est « en pleine dépression » à cause d'une perverse qui a attiré Vincent dans ses filets. Cette histoire va lui permettre, des mois durant, d'accabler son fils de reproches, de détester une femme qu'elle ne connaît pas, et d'assaillir Nathalie d'une compassion outrancière. Elle tient son os à ronger, elle n'en démordra pas.

Vincent regarde son frère, un peu surpris :

– Tu vois Nathalie souvent ?

– Assez souvent, répond sobrement Benoît, qui se lève pour aller faire le café.

Vincent reste un instant perplexe, puis pense à autre chose.

En novembre, Bérengère et Vincent emménagent ensemble dans un grand trois pièces du centre-ville, et annoncent leur intention de se marier. Il veut l'épouser, parce que l'engagement lui semble à la mesure de son amour, parce qu'il a envie d'un acte officiel avec leurs noms dessus, parce qu'elle est la première femme avec qui cette perspective s'impose comme une évidence. Il a pourtant un peu de mal à se représenter son mariage. Tout cela reste vague et abstrait.

Il voudrait juste une cérémonie à la mairie, et une fête à la campagne, avec leurs amis. Quelque chose de simple. Bérengère ne l'entend pas de cette oreille. Elle veut se marier à l'église ; elle veut une messe.

– Mais on n'est croyants ni l'un ni l'autre, pourquoi tu veux aller à l'église ?

– Qui t'a dit que je n'étais pas croyante ? Je me pose des questions, *comme tous les gens qui ont un peu de profondeur*. Je crois qu'il y a quelque chose...

– Je n'ai pas la prétention d'être aussi *profond* que toi, réplique-t-il d'un ton cassant, mais enfin, moi aussi, je me pose des questions... Peut-être qu'il y a « quelque chose », comme tu dis, mais je n'ai pas l'impression de l'avoir trouvé dans les églises !

Elle balaie son objection d'un revers de main.

– De toute façon, la question ne se pose même pas : ma famille en ferait une maladie. Je ne peux tout simplement pas leur faire ça.

Il sait très bien que sa famille n'est qu'un prétexte. Ce n'est pas quelques grincements de dents qui arrêteraient Bérengère, si elle était décidée à ne pas passer devant M. le curé. Non, en vérité, ce qu'elle veut, c'est un mariage « en grand », et de belles photos des mariés attendant avec ferveur la bénédiction nuptiale au pied de l'autel. Et ce n'est pas tout : elle veut une robe de princesse, un cortège d'honneur ; elle veut un dîner délicat, un décor raffiné, un temps radieux, une fête magnifique.

– Ça doit être le plus beau jour de notre vie, Vincent, assène-t-elle en détachant les syllabes pour donner à ses paroles le poids nécessaire. C'est comme un spectacle, tu comprends ? Une pièce de théâtre. Nous sommes les personnages principaux, et les invités sont à la fois les figurants et les spectateurs. Pour que ça soit réussi, tout doit être réglé au millimètre !

Il la regarde, incrédule. Il n'avait jamais envisagé les choses sous cet angle. Il se demande un moment si elle n'est pas en train de plaisanter. Mais non, elle est on ne peut plus sérieuse. La voici investie d'une véritable mission : tout mettre en œuvre pour que leur mariage soit un événement exceptionnel, une sorte de performance inoubliable. Tandis qu'elle lui expose sa règle des trois unités pour une représentation mondaine parfaitement orchestrée, il la regarde sans la reconnaître, sans comprendre de quoi elle parle, et son mariage, à compter de cet instant, lui apparaît comme un spectacle auquel il n'a pas été invité.

Un samedi d'automne, Mme Le Clair, contrainte et forcée par les événements, reçoit pour la première fois sa future belle-fille. Très vite, elle doit admettre que ses manières sont parfaites et qu'elle a de la classe :

elle ne détonne pas dans le décor Louis XVI de son salon bourgeois. Sans être conquise, elle reconnaît que cette jeune femme n'est pas indigne de son fils.

L'organisation du mariage occupe une grande part de la conversation. Bérengère confie à Mme Le Clair qu'elle souhaite la présence de tous leurs neveux et nièces dans le cortège d'honneur. D'après ce que lui a dit Vincent, il y a cinq petits-enfants côté Le Clair...

– Le compte y est ! dit la mère de Vincent avec un grand sourire.

Bérengère poursuit, encouragée par ce sourire :

– De mon côté, il y a les trois enfants de mon frère Alexandre, les trois de mon frère Étienne, et la petite fille de ma sœur Laurence. Cela fera un beau cortège de douze enfants.

– Ce sera tout à fait charmant ! renchérit Mme Le Clair.

Bérengère se sent réconfortée. Elle n'ignore pas que, depuis le jour où elle a appris son existence, cette femme ne la porte guère dans son cœur. Elle est rassurée de la voir manifester ainsi son approbation. Elle ajoute :

– C'est tellement important que tout le monde participe à la fête. Un cortège d'honneur mêlant les petits cousins des deux familles, c'est un joli symbole pour une cérémonie de mariage...

– Vous avez tout à fait raison ! approuve la mère de Vincent. C'est une très bonne idée, qui réjouira les parents autant que les enfants, j'en suis sûre...

À cet instant, Vincent voit passer dans les yeux de sa mère une lueur de joie méchante qu'il connaît bien, mais qu'il ne parvient pas à s'expliquer.

Pour que les choses s'éclaircissent, il faut attendre le déjeuner de Noël, où Bérengère doit être présentée à toute la famille. Il tombe une pluie froide et drue. On est loin de la douceur ouatée des neiges de Noël. C'est un temps parfait pour ce qui va suivre.

Dans le hall, ils sont accueillis à bras ouverts par la mère de Vincent. Elle semble désormais décidée à se montrer bienveillante avec Bérengère. Elle l'appelle « Ma chérie » en la complimentant pour l'élégance de son tailleur.

– Mes enfants, suivez-moi au salon. Tout le monde vous attend.

Il est fier de présenter sa jolie fiancée à ses frères et sœur. Comme toujours, Bérengère est parfaite. Elle a l'habitude d'être en représentation.

Dans la maison retentissent des cris d'enfants. Depuis le hall, la mère de Vincent les appelle pour qu'ils viennent saluer leur oncle et sa fiancée. On sert le champagne. Les garçons arrivent en courant dans le grand salon et se jettent sur Vincent, qui soutient leur assaut en riant. Leur grand-mère demande :

– Dites bonjour à la fiancée de Vincent.

Ils s'exécutent. Bérengère embrasse chacun d'eux. Tandis qu'ils se ruent sur les biscuits apéritif, elle dit en les regardant avec tendresse :

– Ils sont vraiment adorables.

Vincent demande à Nicolas, qui a quatre ans et un beau pantalon constellé de miettes de gâteau :

– Où est ta sœur ?

– Ben, ze sais pas.

– Dis donc, je vois que tes rendez-vous avec l'ortho-phoniste ont porté leurs fruits !

Tout le monde rit, sauf la mère de Nicolas, qui

débourse cinquante euros par séance et qui, en règle générale, n'a pas le cœur à rire. Nicolas ne comprend pas pourquoi les gens réagissent comme ça, mais il sent bien que c'est à cause de lui, et ça ne lui plaît pas. Aussi est-il particulièrement satisfait de trouver une occasion de détourner l'attention, quand sa sœur apparaît dans l'embrasure de la porte :

– Là voilà, zustement.

Les rires cessent, et tout le monde se tourne vers Lucie. Vincent ouvre les bras :

– Qui c'est la petite chérie qui vient embrasser son oncle Vincent ?

Elle court vers lui en criant :

– C'est moi !

Il lui caresse les cheveux, fait sonner les baisers sur ses joues. Elle l'entoure de ses bras et l'étreint violemment. Lucie s'est toujours montrée exceptionnellement affectueuse avec lui. Personne n'a jamais su la raison de ce si grand amour, mais c'est ainsi. Comme chaque fois, il est surpris de la force de cette petite fille de sept ans. Elle a noué les bras autour de son cou et le serre à lui faire mal en répétant son prénom d'une voix gutturale. Les trisomiques sont souvent comme ça : ils manifestent leur attachement de façon démonstrative et parfois violente.

Il faut un bon moment avant qu'elle accepte de desserrer son étreinte.

– Ma petite chérie, dis bonjour à Bérengère, demande Mme Le Clair.

Mais Lucie ne veut pas. Elle reste sur les genoux de Vincent, en regardant Bérengère à la dérobée d'un air peu amène. Sa mère essaie de la rappeler à l'ordre :

– Lucie, tu as entendu ce qu'a dit bonne-maman ?
Va embrasser Bérengère, s'il te plaît.

Mais Lucie dit non, le dit encore, le redit de plus en
plus fort. Elle crie maintenant « Non non non » en se
blottissant contre Vincent. C'est pour le moins embar-
rassant. Il tente d'apaiser cette incompréhensible
colère :

– Allons Lucie, calme-toi. Ça n'est pas grave. Tu
feras un bisou à Bérengère plus tard. N'est-ce pas,
Bérengère ?

Il se tourne vers sa fiancée. Elle est blême et semble
paralysée. Sa main, fermement serrée autour de sa flûte
à champagne, tremble légèrement. Elle parvient tout
de même à répondre :

– Bien sûr, ça n'est pas grave.

Sophie, la mère de Lucie, est très contrariée :

– Vraiment, Lucie, je suis déçue. Tu sais que je
n'aime pas quand tu te comportes comme ça...

Lucie ne dit plus rien ; elle reste blottie contre Vincent qui la câline pour l'aider à se calmer tout à fait.
Mme Le Clair essaie de détendre l'atmosphère :

– Allons allons, ne dramatisons pas... Et puis, ajoute-
t-elle sur le ton de la plaisanterie, il faut comprendre
Lucie, Bérengère : vous lui avez volé son Vincent !

Changeant brutalement de sujet, elle déclare à la
cantonade :

– Vous savez quelle charmante idée ont eue nos
futurs mariés ?... Ils veulent avoir tous leurs neveux et
nièces dans leur cortège d'honneur !

Ça vient un peu comme un cheveu sur la soupe. Ça
surprend tout le monde, mais tout le monde approuve :
c'est une très bonne idée. Ce sera vraiment charmant.
Sophie regarde Bérengère d'un air reconnaissant :

– C'est très gentil de votre part... Lucie et Nicolas vont être ravis... Lucie surtout !

Bérengère est toujours aussi raide sur son siège. Elle serre si fort sa flûte à champagne que ses doigts sont devenus tout blancs. Vincent est sans doute le seul à mesurer combien elle est troublée, et les efforts qu'elle déploie, à l'heure actuelle, pour se contrôler. Elle se reprend très vite, sourit. Elle répète les phrases qu'il l'a déjà cent fois entendue prononcer : oui, ça leur a semblé une bonne idée. Les enfants sont si mignons. Ça fera un cortège un peu plus important qu'à l'ordinaire, mais après tout, au diable les conventions... Non, elle n'a pas encore choisi la tenue. Mais qu'ils ne s'inquiètent pas : elle se charge de tout. Il faudra juste lui communiquer les mensurations des enfants un mois et demi-deux mois avant le mariage. (Avant, ça n'est pas la peine : ils grandissent tellement vite à cet âge-là !)

La mère de Vincent déclare :

– Bérengère prend l'organisation de son mariage très au sérieux !

Il y a dans sa voix une nuance de moquerie qui n'échappe pas à son fils. Mme Le Clair appelle Lucie :

– Viens un peu sur les genoux de bonne-maman, ma chérie.

Cette fois-ci, Lucie ne se fait pas prier. Tout en caressant les cheveux de l'enfant, la mère de Vincent poursuit en regardant sa future belle-fille droit dans les yeux :

– Vous avez l'air de vous occuper de tout cela avec beaucoup d'énergie. Vous débordez d'idées, Bérengère ! Je suis sûre que ce sera une fête tout à fait exceptionnelle !

Bérengère lui adresse un sourire forcé. Elle est pâle. Elle semble bouleversée que Lucie n'ait pas voulu l'embrasser. Mais soudain, Vincent devine, comprend : ce n'est pas le baiser refusé par Lucie qui bouleverse Bérengère, c'est Lucie elle-même. C'est Lucie, bien sûr. Lucie dont elle connaissait l'existence sans connaître le handicap. Lucie qui va prendre place dans le cortège d'honneur, au milieu des beaux petits enfants bien portants. Lucie l'imprévisible, Lucie l'intraitable, qui pourrait à tout instant perturber la belle ordonnance de la cérémonie. Voilà la catastrophe qui vient de s'abattre sur Bérengère. Voilà ce qui la scandalise et lui transit les doigts.

Et puis, en regardant sa mère bercer affectueusement la petite tout en débitant à Bérengère des compliments perfides, Vincent comprend bien d'autres choses : que sa mère déteste sa fiancée, et qu'en apprenant leur projet d'accueillir tous les enfants dans le cortège d'honneur, elle a tout de suite pensé à Lucie, et travaillé à ce que Bérengère n'ait plus aucun moyen de revenir en arrière.

Il regarde les deux femmes qui se font face, assises chacune dans son beau fauteuil recouvert de soie damassée. C'est une vision de cauchemar feutré. Il voudrait qu'on le réveille et qu'on le laisse partir.

Durant tout le reste de la journée, Bérengère manifeste un exceptionnel contrôle de soi, et la mère de Vincent, une exceptionnelle bonne humeur.

Le soir, au moment des Au revoir dans le grand hall, Lucie accepte enfin d'embrasser Bérengère. Deux baisers spontanés et affectueux. Sophie prend Bérengère à part, et murmure avec beaucoup d'émotion :

– Je ne voulais pas vous le dire devant tout le monde,

mais je trouve que c'est très généreux de votre part
d'avoir accepté Lucie comme enfant d'honneur. Vous
savez, ça ne lui est encore jamais arrivé. Vous ne
pouvez pas imaginer le cadeau que vous lui faites...
que vous me faites par la même occasion ! Laissez-moi
vous embrasser.

Et Bérengère doit subir cette reconnaissance qu'elle
ne mérite pas.

Arrive le moment que Vincent a attendu toute la
journée avec une certaine appréhension : celui où ils
se retrouvent enfin seuls. Bérengère reste silencieuse
jusqu'à ce que la voiture ait franchi les grilles de la
propriété, puis elle lui dit d'une voix calme et froide :

– Tu aurais pu me prévenir que ton frère avait une
mongolienne !

Il est frappé par la violence du mot, qu'elle a prononcé comme s'il la dégoûtait. Il répond avec douceur :

– On ne dit pas mongolienne : on dit trisomique.

– Oh ! Ce n'est pas le moment de jouer sur les mots
et de me faire la leçon, Vincent ! Comme si le problème
était là !

Elle s'agite sur son siège, mâchoires serrées.

– Comment as-tu pu me faire ça, Vincent ? Tu le
savais, que je voulais que tous les petits cousins soient
dans le cortège d'honneur ! Pourquoi tu ne m'as pas
prévenue, quand je t'ai parlé de ça ? Pourquoi tu n'as
rien dit ?

Il hausse les épaules d'un air impuissant. Il
bafouille :

– Mais... Je ne sais pas... Je n'ai pas fait attention...

– C'est ça ! Tu n'as pas fait attention ! C'est bien
ça ! Tu te fiches complètement de la préparation de ce
mariage !

Il nie avec véhémence : ça l'intéresse beaucoup, au contraire. Bien sûr qu'il se sent concerné. Elle secoue la tête :

– Arrête de raconter n'importe quoi ! La preuve que tu t'en fiches, c'est que tout ça t'est passé au-dessus de la tête. Tu m'as laissé dire à qui voulait l'entendre qu'on allait mettre tous nos neveux dans le cortège d'honneur, et voilà : on se retrouve avec une mongolienne sur les bras !

Son sang ne fait qu'un tour :

– Ne parle pas de Lucie comme ça ! Ça ne se passe peut-être pas exactement comme tu aurais aimé, mais ce n'est pas une raison pour parler comme ça de la fille de mon frère !

Elle le dévisage un moment, puis se tourne de l'autre côté, appuie son front contre la vitre. Il voit ses belles mains gantées, posées sur ses genoux. Rien ne laisserait deviner la tempête et la rage qui se déchaînent en elle. Il ne peut s'empêcher d'être impressionné par la façon dont elle parvient à se dominer.

Elle ne desserre pas les dents durant tout le reste du trajet. Vincent continue de rouler, pas trop vite parce qu'il a peur d'avoir un peu trop bu. On n'entend que le bruit régulier des essuie-glaces, le grincement irritant des balais de caoutchouc contre le pare-brise.

Il se dit : Reste calme, c'est un quart d'heure pénible à passer... Il pianote avec nervosité sur le volant, cherchant le moyen de justifier ce qui semble aux yeux de sa fiancée une monstrueuse négligence.

Il pense à sa nièce, à la façon dont elle se jette chaque fois dans ses bras, à la jolie robe qu'elle portait, au sourire édenté qu'elle arborait aujourd'hui. Ses deux incisives supérieures sont tombées à quelques jours de distance ; elle n'a pas cessé de répéter que la petite souris lui avait apporté deux fois deux euros. Et il a répondu qu'un si joli sourire valait bien quatre euros.

Il regarde sa fiancée. Il ne voit pas son visage, tourné vers la vitre. Il devine sa rancœur. Comment lui avouer qu'en vérité, ça ne l'a pas effleuré un instant que Lucie pourrait poser un problème ? Il est tellement habitué à la voir au milieu des autres à chaque fête de famille qu'il ne la considère pas comme une enfant différente. C'est vrai qu'il a eu le tort de ne pas chercher à se mettre à la place de Bérengère. Il aurait dû anticiper sa réaction. Il n'a même pas pensé à l'avertir qu'il avait une nièce trisomique, c'est dire. Quand Bérengère lui a fait part de son idée, pour le cortège d'honneur, il a trouvé ça plutôt sympathique. Il a imaginé les photos, avec tous les enfants autour d'eux. Et Lucie y était, évidemment. Mais pour Bérengère, c'est une autre histoire.

Le soir, ils n'ont ni l'un ni l'autre assez faim pour dîner. Ils boivent une tisane dans le salon, face à face, lui dans un fauteuil, elle sur le canapé. Ils se regardent en chiens de faïence. Après un long silence, Bérengère demande en tournant sa cuillère dans son bol, comme si elle réfléchissait tout haut :

– Qu'est-ce qu'on peut faire ?... Tu ne veux pas en parler à ton frère ?...

– Tu te fous de ma gueule ?

Elle voudrait quoi ? Qu'il aille demander à Jean-Yves et Sophie de bien vouloir accepter de retirer leur petite fille du cortège ? Rien de plus simple ! « Bérengère trouve que Lucie n'est pas assez décorative... Un peu trop trisomique à son goût, si vous voyez ce que je veux dire. C'est ennuyeux, mais vous connaissez le proverbe : "Des goûts et des couleurs"... »

Bérengère feuillette nerveusement un magazine. Lucie l'irrite et, d'une certaine façon, la menace. C'est un grain de sable dans les rouages de la machine. En cet instant, une seule question occupe son esprit : comment s'en débarrasser ? Le fait que Lucie soit la nièce unique et préférée de son fiancé n'a pas l'air de constituer un obstacle valable à ses yeux. Sans compter le chagrin qu'éprouveraient la petite fille et ses parents devant ce revirement.

Il sent la rage et le dégoût l'envahir. C'est tout simplement impensable. Mais Bérengère n'en pense pas moins. Elle demeure songeuse un long moment, puis revient à la charge :

– Ce serait si compliqué que ça d'aller trouver ton frère et Sophie ?...

Il se met à crier :

– Cette fois-ci, ça suffit ! Tu dépasses les bornes, Bérengère. Lucie sera demoiselle d'honneur. Peut-être que ça ne t'enchante pas, mais c'est ce qu'on a annoncé à toute la famille, et moi, ça me fait plaisir ! La discussion est close !

Elle sait bien qu'elle est allée trop loin. Elle tripote nerveusement le collier en cristal de Baccarat qu'il lui a offert pour Noël, en levant vers lui ses beaux yeux malheureux :

– Pardonne-moi, chéri ! Je ne voulais pas te faire de peine. C'est juste que... j'ai été surprise, c'est tout. Je n'aurais pas dû réagir comme ça. Je te demande pardon. Tu as raison : on va prendre Lucie dans le cortège d'honneur, avec les autres enfants. Ce sera très bien comme ça...

Elle se lève en soupirant :

– J'espère que tu ne m'en veux pas. Je suis un peu fatiguée, en ce moment... Et puis, ajoute-t-elle d'une voix qui soudain défaille, ta mère avait l'air si contente de me voir contrariée !

Il repense au visage de sa mère, guettant la réaction de Bérengère, à ce léger pincement de lèvres satisfait quand Lucie n'a pas voulu l'embrasser, à la façon dont elle toisait sa future belle-fille tout en câlinant l'enfant sur ses genoux...

Il se lève, enlace sa fiancée. Il sent qu'elle retient ses larmes.

– Je te demande pardon, Vincent ! J'avais tellement envie que tout soit parfait ! Alors, cette petite dans notre cortège d'honneur, c'est difficile, tu comprends ? Je sais bien que ça n'est pas charitable de dire ça. Ça ne te donne pas une bonne image de moi ! J'aimerais seulement que tu te mettes à ma place. Ça devait être le plus beau jour de notre vie !

– Mais ce SERA le plus beau jour de notre vie, ma chérie... ne te fais pas de souci. Ce n'est rien.

Il lui caresse le dos, les cheveux. Elle reste blottie dans ses bras. Elle ne bouge pas, ne dit rien. Elle a besoin d'être réconfortée. Alors pour l'apaiser, lâchement, il murmure :

– Si tu veux, on pourra toujours recadrer quelques photos.

Par la suite, ils ne reparlent plus de cette affaire. Ils ont l'un et l'autre envie d'oublier cette journée pénible. Bérengère paraît totalement calmée. Mais dans les semaines qui suivent, il surprend des conversations téléphoniques et comprend que la résistance s'organise. On étudie soigneusement où il faudra placer Lucie pour qu'elle apparaisse le moins possible sur les photos. Il se sent vaguement écœuré. Il n'aurait jamais imaginé que ça pourrait aller jusque-là... C'est comme une lame froide passée sur son cœur. Mais il fait mine de n'avoir rien entendu. Il ne veut pas s'en mêler. L'essentiel, c'est que la petite ait sa robe de demoiselle d'honneur. Pour le reste, si Bérengère veut comploter dans les coins avec sa sœur Laurence, il ferme les yeux. Il s'en lave les mains.

Fin janvier, les deux familles se rencontrent, lors du dîner de fiançailles organisé par les parents de Bérengère. Mme Le Clair est définitivement rassurée : chez les Clouet aussi, les fauteuils Louis XVI sont d'époque.

En février, Benoît annonce à sa famille que Nathalie est devenue sa petite amie. Vincent est bouleversé à un point qu'il n'aurait pas soupçonné. Il pensait Nathalie sortie de sa vie. Voilà qu'elle y revient. Il n'arrive pas à l'imaginer dans les bras de Benoît. Égoïstement, il se sent contrarié d'avoir été si vite oublié. Il pense : En fait de dépression nerveuse, elle s'envoyait en l'air avec mon propre frère ! Et il lui en veut, comme si elle n'en avait pas eu le droit, comme si elle l'avait trompé, d'une certaine façon.

Vincent voudrait savoir comment tout cela a commencé, mais il n'ose interroger son frère. Chaque fois qu'il s'y risque, Benoît élude la question. Il n'a pas envie d'en parler, c'est évident. Personne ne saura rien du début de leur histoire. Est-ce qu'il aimait déjà Nathalie lorsqu'elle était l'amie de Vincent ? Est-ce le dépit qui a jeté Nathalie dans les bras de Benoît, ou bien est-elle véritablement tombée amoureuse de lui ? Les gens ne se privent pas de faire des commentaires où Benoît tient souvent le rôle peu enviable de « second choix ». Ça n'a pas l'air de le déranger. En quelques mois, il a changé. Il a pris de l'assurance, et parfois même, il a l'air heureux.

Aux premiers jours du printemps, Bérengère et Vincent déposent leur liste de mariage. Lui, trouve qu'ils ont déjà tout le nécessaire. Il voudrait faire de beaux voyages. Connaître ces villes dont il suffit de prononcer le nom pour se sentir dans un autre monde. Palmyre, Jakarta, Shanghai, Los Angeles. Partir avec sa femme vers ces endroits rêvés. Il y pense depuis longtemps. Aujourd'hui, il se dit que c'est le moment ou jamais.

Bérengère n'est pas d'accord : il ne se rend pas compte. D'abord, c'est une occasion unique de se faire offrir de l'argenterie, de la belle porcelaine et du linge de maison. Ils sont complètement sous-équipés. Il leur faut un lave-vaisselle, une cuisinière à induction, un robot Kenwood et une machine à *espresso*. Et puis il serait temps de remplacer les horribles lampes du salon. Elle dit ça parce qu'il était avec Nathalie lorsqu'il les a choisies... De toute façon, ils seraient ridicules de ne pas déposer une liste : c'est le meilleur moyen pour se retrouver avec un monceau de cendriers, de vases en cristal, de plateaux hideux et de pots en étain vieilli. Vincent est obligé de se rendre à l'évidence : ils doivent déposer une liste de mariage dans un grand magasin.

Bérengère peste, parce qu'« en province, on ne trouve rien ». Un service qu'ils vont garder toute leur vie, ça ne se choisit pas à la légère. *Idem* pour l'argenterie. C'est quelque chose que l'on transmet à ses enfants. Il faut bien penser à ça, avant de se décider pour un modèle : « quelque chose qu'on transmet à ses enfants ». Vincent a beaucoup de mal à s'imaginer léguer leurs petites cuillères en argent aux enfants qu'ils n'ont pas encore conçus.

Bérengère a demandé à sa belle-sœur Hélène de lui envoyer tous les catalogues et brochures qu'elle pouvait trouver dans les grands magasins parisiens. Il y en a partout dans l'appartement. Depuis des semaines, elle ne parle quasiment que de cela. Vincent n'ignore plus rien des grands noms de spécialistes des arts de la table : Christofle, Bernardaud, Baccarat, Puiforcat, Hermès, Saint-Louis, Saint-Hilaire... C'est la litanie des noms sacrés que vénère désormais Bérengère. Les conversations passionnées des mois précédents ont fait place à d'angoissants débats : choisiront-ils le modèle « Amazone » ou « Topaze », « Cornouailles » ou « Marbella » ? Tant que ces décisions n'auront pas été prises, il ne connaîtra pas de répit.

Comment lui dire qu'il s'en tape, qu'il s'en balance, qu'il s'en bat les flancs de ses petites cuillères et de ses assiettes à fromage ?

– Je t'embête ?

– Mais non !

– Si, je vois bien que je t'embête ! Tu n'écoutes pas ce que je te raconte !

– Mais si !

– Alors pourquoi tu dis « oui », « oui », sans arrêt, avec l'air d'être ailleurs ?

Est-ce sa faute s'il n'arrive pas à se sentir concerné par cet amoncellement de vaisselle, de linge de maison, d'objets décoratifs ? Tout cela est étranger à ses

besoins, à ses goûts. Il est tellement lassé de discuter,
il s'en fiche tellement au fond, qu'il la laisse choisir.
Il cède sur tout, en se disant que c'est très bien comme
ça. Il dînera jusqu'à la fin de ses jours dans le modèle
« Versailles » au lieu du « Chenonceaux » qui avait sa
préférence, mais ça ne changera pas la saveur de ce
qu'il avalera.

Dire que tout cela s'entassera d'ici quelques mois
dans leurs placards ! La mère de Bérengère lui a
conseillé de commander les pièces en vingt-quatre
exemplaires : vingt-quatre assiettes creuses, vingt-
quatre assiettes plates, vingt-quatre assiettes à dessert...
il préfère ne pas y penser. Auront-ils un jour l'occasion
de recevoir autant de monde à une même table ?
Lorsqu'il en fait la réflexion à Bérengère, elle le
regarde médusée :

– Mais enfin, Vincent ! On n'a pas besoin d'être
vingt-quatre pour utiliser autant d'assiettes ! Tu n'as
jamais remarqué qu'on change la vaisselle entre les
plats, chez les gens comme il faut ? Avec vingt-quatre
assiettes, on évite d'avoir à tout laver entre l'entrée et
le plat principal !

Bon sang mais c'est bien sûr ! Comment a-t-il pu
ne pas y penser ? Il se demande malgré tout quand ils
auront la place de recevoir douze personnes autour de
leur petite table de salle à manger. Mais cette fois-ci,
il n'ose pas poser la question.

Il croyait que ça s'arrêterait une fois qu'ils auraient
choisi les modèles et déposé leur liste. Mais non. À
présent, tous les soirs, elle va voir sur Internet où en
sont les dons. Elle tape le code d'accès avec délecta-
tion, puis, très concentrée, les yeux rivés à l'écran, elle

fait défiler la liste. Sa bouche est agitée de petits rictus de plaisir ou de dépit, selon le montant des sommes versées. Elle mémorise avec précision ce que chacun a donné. Vincent ne doute pas qu'elle s'en souviendra jusqu'à la fin de ses jours.

Presque quotidiennement, elle téléphone à sa mère pour lui livrer l'état des comptes. Elle annonce, comme elle le ferait d'un verdict, qui s'est montré exceptionnellement généreux :

– Les Carrier nous ont offert la soupière. Quatre cent soixante euros. C'est beaucoup, pour des connaissances éloignées. Il faut absolument que tu les invites d'ici le mariage.

La plupart du temps, elle fustige la pingrerie des membres de sa famille. Mais il y a des choses qui n'étonnent plus personne, après tout ce qui s'est passé... Et Vincent capte les bribes de rancœurs anciennes ; une histoire d'héritage vieille de plus de vingt ans qui semble avoir fait autant de dégâts que la malédiction des Atrides.

De la robe de mariée, il ignorera tout jusqu'au jour du mariage. Il sait seulement que Bérengère a dessiné elle-même le modèle, et qu'on a engagé pour l'occasion la couturière « aux doigts de fée » qui a déjà réalisé la robe de Laurence il y a cinq ans.

Un jour, en cherchant une enveloppe dans le secrétaire, il trouve deux coupures de magazine glissées dans un bloc de papier à lettres. Sur l'une, il reconnaît Grace Kelly, le jour de son mariage avec le prince de Monaco. L'image l'a figée pour l'éternité dans son corset de dentelle, les yeux baissés sur son bouquet de muguet. La légende précise qu'elle « joue son plus beau rôle ». Il se dit : Tu parles ! Il pense à Grace Kelly dans *Fenêtre sur cour*, Grace Kelly dans *La Main au collet*. Dire qu'elle aurait dû jouer *Marnie*...

Il ne reconnaît pas l'autre couple. Sur le seuil d'une petite église scintillante de bougies, un jeune homme très beau porte à ses lèvres la main d'une très belle jeune femme en robe fluide et sandales légères : « *Dans une modeste chapelle de bois blanc de la petite île sauvage de Cumberland, au large de la Géorgie, Carolyn Bessette unit son destin à celui du fils du président assassiné. Dans le plus humble des décors et dans la plus stricte intimité, les membres du clan ont accueilli la jeune épouse.* »

Il reste un long moment à contempler ces bouts de papier que Bérengère un jour a découpés et conservés dans un coin, pour pouvoir les regarder de temps en temps. La star en robe de princesse, la milliardaire aux pieds nus. À laquelle de ces femmes, mortes depuis longtemps, rêve-t-elle de ressembler le jour de son mariage ? S'est-elle imaginée dans une cathédrale, une longue traîne de dentelle étalée à ses pieds ? Songe-t-elle parfois à une île sauvage, à une petite chapelle où ils se marieraient loin du monde ? Les photos entre les doigts, il pense quelques instants à ces mariages de magazine, exotiques, somptueux, inaccessibles. Un dernier coup d'œil à Grace Kelly, et il remet les coupures bien à plat, dans le bloc de papier à lettres. En refermant le secrétaire, il se dit que, peut-être, Bérengère a seulement voulu garder en mémoire le modèle des robes de mariée.

Aujourd'hui, elle doit se rendre avec sa mère chez la couturière pour les derniers essayages. En attendant l'heure, elle consulte compulsivement des catalogues. Elle voudrait des flambeaux pour tracer dans le parc un chemin de lumière menant jusqu'à la tente. Il lui demande, un peu agacé, pourquoi elle s'agite comme ça. Elle répond très calmement, sans cesser de tourner les pages :

– Je m'agite comme ça parce que j'ai exactement dix minutes pour trouver ce que je cherche. Ils ont des lampions, des cendriers avec des cœurs, des coussins en satin pour les alliances... mais pas de flambeaux. Je regarde ma montre, et je vois qu'il ne me reste à présent plus que huit minutes avant de devoir y aller, alors, forcément, je m'agite, comme tu dis.

– Chérie, ne le prends pas mal. Je dis ça parce que je ne voudrais pas que tu perdes ton temps avec ça, c'est tout. Tu ne devrais pas tant te tracasser pour ce genre de détail...

– Vincent, ça ne me dérange pas de me « tracasser pour ce genre de détail », si ça doit contribuer à la réussite de la fête.

– C'est seulement que je n'arrive pas à comprendre comment tu peux dépenser autant d'énergie à des choses aussi secondaires. Franchement, Bérengère, tout ça on s'en fiche. L'essentiel est ailleurs, non ? L'essentiel, c'est qu'on s'aime, ce sont les sentiments qui sont en nous...

Elle referme le catalogue d'un coup sec, tourne vers lui un visage bouleversé.

– Tu sais que tu es très émouvant, quand tu veux ! Tu parles magnifiquement de nos sentiments intérieurs... C'est vrai que nos sentiments extérieurs ont beaucoup moins d'importance, conclut-elle, moqueuse.

Il est contrarié de s'être laissé prendre en flagrant

délit de pléonasme. Pour un avocat, ce n'est pas brillant. Il maugrée :

– C'est ça, fiche-toi de moi !

Elle soupire :

– Écoute, Vincent, je comprends ton point de vue, mais laisse-moi t'expliquer : hier, j'ai passé l'après-midi avec un client dont le cabinet assure la défense. Un monsieur qui a brûlé sa petite fille de huit mois avec un fer à repasser parce qu'elle pleurait trop fort. Si tu veux des détails, j'ai le dossier dans mon attaché-case... Il n'a pas arrêté de me supplier d'empêcher qu'on lui enlève sa fille. Il était en larmes. Il répétait : « Ma gamine, je l'aime. S'il vous plaît, il faudra que vous leur disiez que je l'aime. » Je n'ai pas réussi à me sortir ça de la tête hier soir, et j'en ai même rêvé cette nuit. Alors tu vois, aujourd'hui, j'ai très envie d'aller essayer ma belle robe, et de chercher des flambeaux pour mon mariage dans ce catalogue plein d'horribles gadgets – tu jetteras un coup d'œil aux modèles de jarretières, c'est tout à fait charmant ! Ça ne fait de mal à personne, et moi, ça me fait du bien...

Elle marque une pause, le regarde droit dans les yeux, puis esquisse un sourire.

– Cela dit, ton truc sur la profondeur des sentiments et la vanité des apparences, c'était très bien. Tu m'as émue aux larmes !

Il s'approche d'elle et l'enlace :

– Tu es la future mariée la plus insupportable que je connaisse.

Elle murmure :

– Et quand on sera mariés pour de bon, ça ne risque pas de s'arranger ! En attendant, je file à mon essayage... Si tu es sage, je te rapporterai une surprise...

Le soir, il trouve un petit paquet sur son oreiller. C'est un caleçon de soie gris perle griffé Dior, avec un mot :

« Pour que, le grand jour, tu sois aussi beau dessous que dessus. Compte sur moi, mon amour, pour ne pas m'en tenir aux apparences : je saurai me souvenir que l'essentiel est à l'intérieur.

« Ta (presque) femme qui t'aime. »

Si rien ne filtre concernant la robe de mariée, la tenue des enfants d'honneur fait l'objet de longues discussions. Vincent n'en peut plus d'entendre Bérengère parler chiffons, avec sa mère, sa sœur, ses amies... Elle n'a pas envie de quelque chose de trop « ordinaire ». Comme pour la porcelaine et l'argenterie, les catalogues s'amoncellent. Fin mai, Laurence lui indique une boutique qui porte le joli nom de « Bois de rose », où l'on trouve des costumes et des robes « adorables », avec des smocks faits main. Sur la brochure, il y a la photo de deux enfants : la petite fille porte une robe rouge, le petit garçon, un bermuda assorti à la robe de la fillette, une chemise blanche et un nœud papillon. Chacun tient à la main un panier noué d'un ruban. Vincent leur trouve un air bête.

Un samedi matin, Bérengère décide de l'emmener dans la boutique pour choisir avec lui un modèle. Il n'est pas contre. Il a décidé de ne pas la contrarier, pour que ça aille plus vite. En démarrant, il lui demande :

– C'est où déjà ta boutique, là... ?

Il se rend compte qu'il a oublié le nom dont elle lui rebat pourtant les oreilles depuis plusieurs jours. Il l'a sur le bout de la langue, mais il n'arrive pas à le retrouver. Elle le regarde interloquée, comme s'il était fou. Il répète bêtement : « Ta boutique... » et reste en suspens, incapable de retrouver le nom. Elle le dévisage en souriant avec ironie. Il n'est pas difficile de deviner ce qu'elle a dans la tête : tu vois bien que tu ne t'intéresses pas à tout ça ; tu as même oublié le nom du magasin dont je te parle depuis une semaine !

Et puis soudain, il croit se souvenir... Il crie d'un air triomphal : « Feuille de rose ! » et comprend immédiatement, en s'entendant, qu'il vient de proférer une énormité. Le sourire de Bérengère disparaît. Elle se durcit et murmure :

– Tu te moques de moi, Vincent !

Il bafouille en s'excusant que, bien sûr, ça ne peut pas être ça. Elle sort de la voiture en claquant la porte, fait le tour et vient ouvrir la portière côté conducteur :

– Descends de là, j'y vais toute seule.

– Mais non, mais non, je t'accompagne.

Elle répète, excédée :

– Ça suffit comme ça ! Tu descends de là, et tu me laisses y aller toute seule. Je crois que tout le monde s'en trouvera mieux !

Il sort de la voiture et s'excuse, l'air piteux. Elle le toise, prend place dans le véhicule, et referme violemment la portière. Visiblement, elle regrette de n'être pas parvenue, ce faisant, à lui sectionner un ou deux doigts. Elle démarre sans un regard pour lui. À l'instant où la voiture disparaît, le nom de la boutique lui revient : Bois de rose.

Elle aurait tout de même pu admettre que « Feuille de rose » n'est pas si éloigné, même si c'est nettement moins élégant. Il est pris de fou rire en se revoyant claironner « Feuille de rose ! ». Quel imbécile ! Enfin, ce malheureux lapsus lui épargne une corvée. Évidemment, Bérengère est furieuse. Elle est très inflammable, ces derniers temps, mais il commence à avoir l'habitude ; ça l'impressionne moins qu'au début. Il va passer la journée à travailler sur des dossiers difficiles en attendant tranquillement son retour, qu'elle se calme et lui pardonne.

Elle lui fait la tête jusqu'au soir. À table, elle ne prononce pas un mot. C'est lui qui doit rompre la glace :

– Tu as vu de jolis modèles à Bois de rose ? Il détache bien les syllabes pour qu'elle voie qu'il s'en est malgré tout souvenu.

– Oui.

– Tu as choisi quelque chose ?

– Oui.

– C'est comment ?

– Très joli.

– Tu as pris quelles couleurs ?

– Vert pomme pour les filles, et orange pour les garçons, répond-elle, impassible, avant d'ajouter : J'avais envie de quelque chose de gai et original... J'espère que ça te va...

Il avale péniblement sa salive, essaie d'imaginer le cortège orange et vert, gai et original... Sûrement elle plaisante. Mais elle a l'air si sérieuse qu'il n'en est pas certain à cent pour cent. Quoi qu'il en soit, mieux vaut passer pour un imbécile que prendre le risque d'un nouvel incendie. Il dit, en s'efforçant d'avoir l'air convaincu :

– Mais oui, ça m'a l'air très bien ! Très bien...

Alors elle éclate de rire :

– Mais non, espèce d'idiot, je te fais marcher : j'ai pris du rose pâle, tout simple, tout bête. Franchement, tu nous vois avec du vert pomme et du orange ? Je voulais juste voir comment tu réagirais !

Il s'en doutait, évidemment, mais mieux valait, en l'occurrence, faire montre de la plus extrême prudence.

Il se sent soulagé, moins par le renoncement aux couleurs psychédéliques que par la bonne humeur retrouvée de sa fiancée. Elle se lève et vient s'asseoir sur ses genoux. Elle lui passe les bras autour du cou et l'embrasse :

– Dois-je comprendre que je suis pardonné ? demande-t-il.

– Pas du tout ! Je t'en veux encore, mais j'ai décidé de faire semblant du contraire !

Il sourit, approche la bouche de son oreille, et lui murmure des phrases qui parlent de roses et qui la font rougir.

Le samedi où il doit aller avec sa mère choisir son costume pour la cérémonie, une fièvre brutale le cloue au lit. Pendant trois jours, sa gorge le brûle atrocement et la fièvre se maintient à trente-neuf. Bérengère se moque : lui qui se vante de n'avoir jamais été malade de sa vie – sauf la varicelle, à six ans – trouve le moyen d'attraper une angine en plein mois de juin ! Il n'a même pas la force de répliquer, tant sa gorge est douloureuse.

À compter de ce jour, c'est comme si son corps se détraquait subtilement, discrètement, sûrement. Toute une série de petits désagréments physiques se mettent à lui gâcher l'existence. Il y a les maux de ventre au lever, puis les maux de tête le soir après le travail. La douleur s'installe, comme si elle prenait en lui ses quartiers d'été : une migraine lancinante d'un bout à l'autre de la journée, des spasmes et des brûlures d'estomac... Dans le tiroir de son bureau s'accumule une série pathétique de médicaments cache-misère. Loin de compatir à ses malheurs, Bérengère le traite de « petit vieux » chaque fois qu'elle le voit avaler un comprimé.

Il s'affole vraiment le jour où il connaît la première « panne » de sa vie. Assis au bord du lit, décomposé, il regarde son sexe tout ratatiné qui n'obéit plus à rien. Bérengère le cajole en lui disant que ça n'est pas grave : avec tout le travail qu'il a en ce moment, avec la préparation du mariage, c'est normal. Il est tellement contrarié qu'elle se montre particulièrement gentille avec lui, et fait même l'effort de ne pas parler du mariage durant tout le week-end.

Il retarde autant que possible la prochaine fois... mais le vendredi suivant, rebelote : entre ses cuisses, il n'a plus désormais qu'une chose molle et triste, totalement inefficace. Bérengère essaie de dédramatiser, et ça ne fait que l'angoisser davantage. Elle se comporte exactement comme si ça n'avait pour elle aucune importance qu'il puisse ou non lui faire l'amour. Ça n'a pas l'air de lui manquer du tout. Le voilà livré aux spéculations les plus folles : elle ne ressent rien avec lui ; elle simule depuis le début, et se fiche qu'il devienne impuissant... D'ailleurs, elle s'endort à ses côtés, le laissant seul avec ses angoisses.

À une heure du matin, incapable de trouver le sommeil, il finit par se lever. Depuis un moment, il se répète, « cancer des testicules », sans pouvoir se sortir ça de la tête. Il cherche dans l'encyclopédie une planche anatomique représentant en coupe l'appareil génital masculin. Il imagine des virus qui s'attaquent aux corps caverneux et les font pourrir lentement, jusqu'à les transformer en éponges verdâtres et nauséabondes, des humeurs nocives infectant les canaux spermatiques. Il se tâte les bourses avec effroi, à la recherche d'un ganglion douloureux, d'une rougeur suspecte. À deux heures, n'y tenant plus, il appelle un ami médecin.

Le grognement au bout du fil indique que le Dr Thomas Lepron n'est pas ravi d'être réveillé en pleine nuit pour une consultation. Mais quand Vincent lui expose la situation d'une voix trahissant son angoisse, il part d'un grand éclat de rire. Le Dr Thomas Lepron est à présent bien réveillé, et de très bonne humeur :

– Ne cherche pas, mon vieux ! Tu nous fais une bonne petite crise de stress prénuptial !

Vincent répète, sans comprendre :

– Stress prénuptial...

– Classique, mon vieux ! Ça t'angoisse de te marier, et tu somatises. Classique. Si ça peut te rassurer, je vois défiler dans mon cabinet des tas de types qui se chopent des maux de ventre, des maux de tête, ou des angines à répétition, à quelques semaines de leur mariage ! Je leur dis à tous la même chose : une bonne nuit de noces, et tout rentrera dans l'ordre !

Vincent entend son ami ricaner à l'autre bout du fil. Il murmure, incrédule :

– Ah... Tu crois que c'est ça ?

– Aussi sûr que j'ai en ce moment dans mon lit la plus jolie fille du monde, vachement réveillée par ton coup de fil... Bon, ben, tu ne m'en voudras pas de ne pas prolonger, mais j'ai à faire, là... Surtout, te bile pas pour ta quéquette, mon vieux. Ma bite à couper qu'elle est en parfait état de marche ! Allez, on se voit au mariage dans trois semaines !

Vincent bredouille des remerciements, et raccroche, abasourdi.

Il est là, tout nu dans le salon, la queue entre les jambes, et la situation lui semble soudain très claire : le mois prochain, il va se marier et il crève de trouille. Voilà ce qui se passe. Ça lui fait mal de se marier. Mal au ventre, à la tête, à la gorge, et ça l'empêche de bander.

Il ne parvient pas à comprendre comment il a pu si longtemps méconnaître ce qui se passait. En vérité, il a l'impression que tout est allé un peu trop vite. Durant les quinze derniers mois, tout s'est enchaîné ; tout semblait logique. Il a été entraîné par l'enthousiasme et l'énergie de Bérengère, comme anesthésié par son propre bonheur. Il s'est emballé. Maintenant, il a peur. Il voudrait revenir en arrière. Mais il sait que ça n'est plus possible. Il essaie de se raisonner. Cette fille-là, tu l'aimes, tu la désires, tu ne pouvais pas espérer trouver mieux. Il fait la liste de toutes les raisons qu'il a de l'épouser. Il en trouve beaucoup. Trop, peut-être.

Certains jours, il pense à Nathalie, à sa douceur maternelle, à sa tendresse. Il ne l'a toujours pas revue depuis leur rupture. Il ne sait pas qui de lui, d'elle ou de Benoît retarde le face-à-face. Il pense à elle comme à un petit oiseau fragile qu'il a laissé s'envoler.

Depuis que le mariage est décidé, il trouve que Bérengère a changé. Elle a encombré leur vie de détails sans importance. Elle s'est transformée en bourgeoise pénible et matérialiste, en organisatrice d'événement mondain. Il ne la supporte plus. Elle le tue avec ses robes et sa vaisselle. Il ne se sent pas concerné par la couleur des bouquets de fleurs sur les tables ou par le choix du menu. Il en a assez de ces brochures de traiteurs, avec leur défilé de plats dont les noms prétentieux ne permettent même pas de deviner les ingrédients : langues de belles-mères et gueules enfarinées sur leur lit de marrons glacés, roulades de cocus cuits à point dans leur jus, fricassée de pétasses et son coulis de prout prout tralala, crème de morue à la sauce de mes couilles ! Le menu de leur dîner de mariage, il s'en moque comme de sa première chemise. Qu'elle choisisse toute seule, et qu'on en finisse !

Qu'est-ce qui a bien pu changer ? Où est la fille qui m'embrassait avec audace, le premier soir, au restaurant ? Où est la femme brûlante qui me murmurait des mots crus ? Pourquoi cela fait des jours qu'elle n'a pas éclaté de rire ?

Au fond, il sait bien que rien n'a changé. C'est seulement qu'il la connaît mieux. Mais à présent, il l'aime avec lucidité, en sachant que lui aussi doit parfois la décevoir.

Sur le coup de trois heures, il se glisse dans leur lit sans faire de bruit. Il l'entend respirer. Il est heureux qu'elle soit là.

C'est aujourd'hui, à l'église, qu'il a revu Nathalie pour la première fois. Il l'a trouvée changée, plus mûre, plus belle dans sa longue robe rouge. Ça lui a tordu l'estomac de la voir, avec ses cheveux détachés et son air doux de femme apaisée. Ils se sont à peine parlé. Mais chaque fois qu'il l'a regardée, une main invisible lui a douloureusement trituré le ventre.

À présent, le dîner touche à sa fin. Cette interminable journée n'a pas été la sienne ; il s'est contenté d'accomplir avec docilité ce qu'on attendait de lui. Il a embrassé sa femme, et il l'a trouvée belle et désirable, mais jamais elle ne lui a semblé si lointaine. Et maintenant, c'est presque fini. Il dansera un peu, et puis il lui dira la vérité : qu'il est épuisé, qu'il va se reposer dans leur chambre, la « suite nuptiale » réservée pour l'occasion.

La pièce montée arrive, sur un plateau immense porté par deux serveurs. Il voit osciller au rythme de leur marche cette tour de Babel en choux à la crème, surmontée du traditionnel couple de mariés. Il se dit : C'est moi, ce petit bonhomme, tout en haut. C'est moi.

Il se demande qui a pu inventer un gâteau aussi ridicule. Cette pyramide grotesque ponctuée de petits grains de sucre argentés, de feuilles de pain azyme vert pistache et de roses en pâte d'amande, cette monstruosité pâtissière sur son socle de nougatine. Et ce couple de mariés perché au sommet, qu'est-ce qu'il symbolise, au juste ? Les épreuves surmontées à deux ? L'ascension périlleuse jusqu'au septième ciel ? La prétention de ceux qui s'imaginent que l'amour va durer toujours ?

Il paraît que si le gâteau est monté trop tôt, les choux se détrempent et s'affaissent, le caramel se dissout, et tout dégringole. C'est peut-être ça, le message, au fond : vous êtes bien mignons aujourd'hui, mes petits mariés, mais attendez encore un peu ; votre joli petit couple va en prendre plein la figure, et vous allez vous ramasser en beauté.

Il se dit : Ça n'est pas le moment de penser qu'un

mariage sur trois s'achève par un divorce au bout de cinq ans. Ça n'est vraiment pas le moment.

Bérengère s'avance vers lui, rayonnante, armée d'une pelle à tarte en argent. Évidemment, il faut que les mariés coupent le gâteau ensemble. Il faut se mettre à deux pour attaquer l'atroce pâtisserie. Mets ta main sur la mienne, chérie, et en avant pour la grande distribution de choux à la crème.

Bérengère détache les mariés en sucre d'un geste gracieux, les brandit sous les applaudissements, et les dépose dans l'assiette de son mari. Qu'est-ce qu'elle veut que j'en fasse ? En plus, ça doit être horriblement écœurant.

Les voici à l'assaut de l'obscène montagne. Le caramel résiste. Les choux se détachent avec difficulté, s'éventrent et s'amoncellent dans les assiettes à dessert au milieu des brisures de caramel.

C'est immonde. Il en a plein les doigts. Il sait qu'après ça, il ne pourra plus avaler un chou à la crème de toute son existence. Bérengère rit de sa mine déconfite. Elle se lèche les doigts avec gourmandise :

– Ça ne va pas ? Tu veux que je lèche la crème sur tes doigts ?

C'est bien le moment de faire de l'humour.

– Je reviens tout de suite. Je vais me laver les mains.

– Reviens-moi vite, dit-elle en lui effleurant la joue de ses lèvres.

Il dit « Oui, oui », et il part en courant.

Aux lavabos, il se passe de l'eau sur le visage. Il se regarde dans la glace en se disant : Reprends-toi. Respire. Cette fille, tu l'aimes. Cette fille est magnifique. Tu l'as su en la voyant, que c'était la femme de ta vie.

Tu vas passer à côté d'elle ton existence entière, et ça te rend heureux. Il se le dit, se le redit jusqu'au vertige, comme s'il devait s'en convaincre.

Après s'être lavé les mains, il erre un moment dans le hall. Il ne veut pas y retourner, pas tout de suite. À l'autre bout, il voit la porte ouverte d'un petit salon, et il a soudain très envie de marcher dans cette direction, d'entrer et de s'asseoir quelques minutes dans un canapé. Il ne sait pas pourquoi, il est persuadé que le simple fait d'entrer là le réconfortera.

La pièce est tendue de velours rouge, éclairée seulement par une petite lampe posée sur une table basse. Il s'avance vers un coin plus sombre, et là, il découvre, dans un fauteuil, Nathalie endormie. Elle a la tête un peu penchée sur l'épaule. Une mèche bouclée tombe sur son front et glisse le long de sa joue ronde. Elle a l'air d'une enfant. Il s'assied dans le fauteuil à côté du sien, en faisant le moins de bruit possible. Il la regarde dormir, la gorge serrée, et les mots qu'il lui disait autrefois lui reviennent à l'esprit : Ma douce, ma belle, ma petite caille.

Il ne sait pas combien de temps il reste là. Il voudrait ne jamais bouger, et qu'elle ne se réveille pas. Lorsque, soudain, elle ouvre les yeux, il se redresse, et dit bêtement :

– Pardonne-moi. Je t'ai réveillée.

Elle le regarde en souriant, et répond, très calme :

– Tu ne m'as pas réveillée. Je ne dormais pas. J'étais seulement venue me reposer un moment... Toi aussi, j'ai l'impression...

Il y a dans sa voix une nuance de moquerie. Il est gêné de l'avoir contemplée si longtemps, alors qu'elle ne dormait pas. Il cherche ce qu'il pourrait dire pour dissiper son malaise. Et puis, brusquement, il décide que c'est le moment de faire ce dont il aurait dû avoir le courage depuis longtemps : lui demander pardon, lui dire qu'il s'est comporté comme un salaud, qu'elle ne méritait pas d'être traitée comme ça.

Elle secoue la tête, comme si elle ne voulait rien entendre, comme s'il disait des bêtises.

– Vincent, c'est vrai que sur le coup, j'en ai bavé. Mais je ne t'en veux pas. J'espère que tu me crois... Je suis heureuse pour toi et Bérengère, sincèrement. C'est exactement le genre de femme qu'il te fallait... Je vous souhaite beaucoup de bonheur.

Il répond « Merci » d'une voix étranglée.

Ils restent un long moment à se regarder, chacun dans son fauteuil. Ils sont tous les deux las de cette journée trop longue. Il la trouve belle, ses longs cheveux frisés un peu décoiffés, contre le velours du fauteuil. Elle lui sourit, aussi doucement qu'autrefois, mais dans ses yeux, il voit une assurance qu'il ne lui connaissait pas. Elle dit :

– Tu sais, lorsque tu m'as quittée, j'ai réalisé d'un coup que pendant des années, j'avais été complètement écrasée par ta personnalité. J'en avais oublié mes goûts et mes désirs. Il a fallu cette rupture pour que je me remette enfin à respirer par moi-même.

Il veut répondre, mais elle l'en empêche.

– Non, ne dis rien. Je ne te fais aucun reproche. Je t'explique, c'est tout... En fait, ça paraît étrange de dire ça, mais finalement, être quittée par toi, c'est ce qui pouvait m'arriver de mieux... Je ne te remercierai jamais assez pour ça.

Elle se tait un moment, renverse un peu la tête, et

ses mèches glissent sur ses épaules. Elle est loin de lui désormais. Elle ne lui appartient plus.

Elle fixe sur la tenture un point invisible, et murmure :

– Depuis que tu m'as quittée, Vincent, j'ai l'impression d'être enfin devenue une femme...

Cette phrase le glace et le fouette. Elle aussi l'a quitté, à sa manière, plus violemment qu'il ne l'a fait lui-même. Elle n'est plus l'oiseau timide auquel il a souvent pensé ces derniers mois. Elle est une autre qu'il n'a pas su connaître.

C'est comme s'il se réveillait d'un long rêve, comme s'il avait suffi d'une phrase, doucement prononcée, pour le rendre à la réalité. Il ne devrait pas être là, dans ce fauteuil, à côté d'elle. Il devrait être avec sa femme, celle qu'il aime et qu'il a choisie.

Dans le parc résonnent les premières mesures annonçant l'ouverture du bal. Nathalie se tourne vers lui :

– Tu ferais bien d'y aller, tu ne crois pas ? dit-elle en souriant.

Il la regarde un instant rassembler ses cheveux sur sa nuque, ramener en arrière les mèches qui tombent sur son front, comme elle le faisait autrefois, assise au bord du lit. Il lui sourit à son tour :

– Tu as raison, j'y vais.

Puis il se lève, et marche vers la porte.

Damien

Suivant son habitude, il arrive en avance à l'église pour effectuer les repérages. Il s'assied tout au fond et guette discrètement les invités. Il sait qu'il va avoir du mal à trouver une fille qui convienne, comme chaque fois. Dans ces mariages chics et bourgeois, on ne croise que des filles élevées depuis leur plus tendre enfance comme des pouliches de concours : cheveu net, dentition impeccable, acné jugulée, jambe épilée, fesse musclée, tailleur élégant, port de reine, chapeautées, pomponnées, éduquées, livrées prêtes à l'emploi.

C'est bien joli tout ça, mais ça ne fait pas son affaire. Des filles de ce genre, il peut en ramasser à la pelle partout où il va. Ce n'est pas pour se vanter mais, avec sa gueule d'ange, il n'a généralement qu'à se baisser. Lorsqu'il se heurte à un peu d'indifférence, il lui suffit d'ajouter qu'il est avocat, et l'affaire est dans le sac.

Il regarde défiler les jeunes femmes en tailleur clair ou robe sombre. Bien sûr, certaines sont moins jolies que d'autres, voire ingrates, mais enfin, il ne voit rien qui soit susceptible de le satisfaire : il cherche une moche. Pas une fille quelconque, pas une fille sans charme. Une moche, une vraie moche.

Elles sont beaucoup plus rares qu'on ne croit. Dans ce milieu, c'est quasiment « Mission : impossible » : soit elles sont déjà refaites – les oreilles, le nez, le menton – pour rattraper un peu le désastre (« Vous verrez, Anne-Laure est trans-for-mée ; elle est d'ailleurs beaucoup plus épanouie depuis son opération ! »), soit elles sont déjà entrées dans les ordres (« Ça a été très dur pour nous au début, mais elle a choisi sa voie... Depuis toujours, il y a en elle une sorte de lumière intérieure... »). Il doit y avoir quelque chose de physiologique là-dessous : la laideur favorise la ferveur religieuse. C'est assez mystérieux, mais c'est prouvé.

Aujourd'hui, pas de moche. Ça devait arriver. Depuis le temps que ça dure. Cinq ans. Trente mariages. Vingt-trois petits laiderons et sept vieilles peaux épinglés à son tableau de chasse. Loin devant Yann. Évidemment, il est satisfait d'avoir gagné le pari haut la main, mais c'est dommage que le petit jeu s'arrête de cette façon : rien à se mettre sous la dent. Merde.

Il est d'autant plus déçu que, jusqu'ici, ça a marché à tous les coups : une fois la proie repérée, c'est un jeu d'enfant de la faire tomber dans son escarcelle. Les termes du pari sont clairs : tomber, pas coucher, sauf si on en a envie. Mais là, il ne faut pas exagérer... Pour coucher, il y a les pouliches de concours, qui connaissent les bonnes manières et rechignent rarement à la tâche de ce côté-là. Il a sa fierté, tout de même.

Avec les jeunes moches et les vieilles belles, « tomber », c'est suffisant. C'est assez pour prouver qu'on aurait pu coucher. C'est exactement comme si on avait couché, mais pas besoin de se salir.

Yann et lui se sont bien mis d'accord là-dessus, dès

le départ. Tomber la fille, c'est très précisément la mettre dans une situation où l'on sait qu'elle se laisserait faire, si on allait plus loin. Comment savoir si on a réussi ? C'est simple : il faut qu'elle accepte de vous suivre dans un coin tranquille, à l'écart de la fête, dans un de ces coins qui semblent en vérité avoir été spécialement aménagés pour ça ; il faut qu'elle se soit laissé embrasser, toucher les seins, les fesses ou le sexe. Il n'est pas nécessaire d'avoir de contact direct avec la peau. À travers les vêtements, ça compte aussi. Elles s'enflamment d'autant plus facilement que ces attouchements leur sont refusés en temps ordinaire.

Le baiser est absolument indispensable. Parfois, elles sont si laides qu'il doit vraiment prendre sur lui. Mais il faut bien en passer par là : c'est la loi du genre. *Dura lex, sed lex.* Et puis, se dit-il chaque fois pour se donner du courage, « À vaincre sans péril... ». S'il se dispensait du baiser, tout cela manquerait de panache.

Vingt-trois jeunes laiderons et sept vieilles peaux, en cinq ans, rien que dans les mariages. Il sait que certains pourraient être tentés de mettre en doute la réalité de son palmarès. Ce serait compter sans sa belle gueule d'ange et sans l'immense frustration accumulée par ces pauvres femmes. Ce serait oublier que, dans les mariages, tout – absolument tout – peut arriver. Dans les mariages, les femmes ne se comportent pas comme d'habitude, c'est un fait. Elles sont capables de choses dont elles n'auraient pas idée en temps ordinaire. Pourquoi ça ? Il ne sait pas exactement. Il en profite, il ne l'explique pas.

Peut-être que le fait de voir un couple s'unir pour la vie prépare psychologiquement le laideron à succomber à une entreprise de séduction menée tambour battant. Un mariage, ça vous tourneboule une mocheté. On a beau espérer, à force de se regarder dans la glace, on finit par douter d'y avoir droit comme les autres. Alors, un beau jour de mariage – visages rayonnants, sourires éclatants, baisers passionnés, amours, délices et orgues –, on tombe dans les bras d'un séduisant garçon qui a été gentil avec vous toute la soirée et qui – fait incompréhensible – a l'air de vous trouver du charme. On a beau penser que c'est louche, on a envie de croire au miracle. Et puis, comme on a bu pour se donner du courage, ça finit par passer tout seul.

Les vieilles belles, c'est encore plus facile. Elles savent qu'elles n'ont plus beaucoup de temps, alors elles n'hésitent pas. Et puis, contrairement aux moches, qui vous regardent comme si vous étiez l'archange saint Michel, les vieilles belles pensent que ça leur est dû. Elles ne se méfient pas. Pendant longtemps, ça leur est tombé tout cru au coin du bec. Alors, quand ça se produit encore, elles s'imaginent que c'est leur charme qui opère, les pauvres. Elles se la jouent tu-vas-voir-ce-que-c'est-que-faire-ça-avec-une-femme-d'expérience. Elles ne se rendent pas compte que, de nos jours, les filles de vingt-cinq ans ont déjà beaucoup d'expérience, sans la peau qui pendouille au-dessous des bras.

Il sait bien que son petit jeu avec Yann peut paraître grossier, cynique et, pour tout dire, écœurant. De l'extérieur, on pourrait le prendre pour un salaud, mais en réalité, pas du tout. Il veut juste leur offrir un joli souvenir.

Depuis le temps, son scénario est au point. Durant la réception, il donne de sa personne : il ne s'occupe que de sa proie, la fait rire, danser. Il attend une ou deux heures du matin avant d'entamer la promenade romantique, sous les arbres, au fond du parc. Là, il suffit de quelques phrases banales, et d'une proximité savamment calculée. Les moches sont souvent tétanisées, et il faut les approcher centimètre par centimètre, pour ne pas les effrayer. Les vieilles sont au contraire très entreprenantes, et l'on doit faire très attention de ne pas les laisser aller trop loin...

Vient ensuite ce qu'il appelle le « tour du propriétaire » : il embrasse fougueusement en fermant les yeux, il étreint passionnément, en prenant soin de ne pas compresser. Cela doit rester agréable pour sa proie. Il commence par lui caresser longuement les fesses – en descendant le long des cuisses si la demoiselle est mince, en pétrissant franchement le gras si elle est enrobée – puis il remonte le long du dos, longe l'épaule et descend vers les seins. Là, il s'attarde plus ou moins longtemps, en fonction de la matière disponible. Puis il glisse lentement vers le sexe, qu'il caresse délicatement du bout des doigts, à travers le tissu. Chez les vieilles, il aime bien tester la fermeté du cou en y déposant de petits baisers. Parfois, il a l'impression que leur peau fond sous ses lèvres.

Elles défaillent littéralement entre ses bras, glapissent, palpitent, s'abandonnent. Elles disent : « Oh mon Dieu ! » C'est toujours assez émouvant. Il a bien failli se prendre au jeu quelquefois. Goûter leurs seins, laisser ses mains pénétrer plus avant, les renverser doucement et les prendre rapidement. Les satisfaire et se soulager. Mais il a toujours su résister. Il s'en voudrait d'aller plus loin. Ce serait vraiment dégueulasse. Il a sa fierté, merde.

Quand le tour du propriétaire est achevé, on peut

dire que l'affaire est dans le sac : la fille est tombée, bien tombée. C'est alors qu'il place sa botte secrète, le coup de génie dont il est vraiment fier. Elles sont là, toutes frémissantes, toutes chaudes et fondantes entre ses bras, et lui s'arrache brusquement à l'étreinte. Il met la tête dans ses mains, la secoue d'un air désespéré, en disant :

– Non ! Je ne peux pas ! Je te demande pardon. Je ne peux pas.

Elles sont paniquées tout à coup. Elles ne comprennent rien. Elles demandent :

– Mais qu'est-ce qu'il y a ? J'ai fait quelque chose qu'il ne fallait pas ?

Il répond :

– Non ! Non ! Je t'en prie, ne crois pas ça...

Il attend encore un moment, plus ou moins long, avant d'ajouter :

– Pardonne-moi. Je me suis vraiment comporté comme un salaud.

Elles, au bord de l'hystérie :

– Mais qu'est-ce qu'il y a ? Dis-moi !

Alors il se détourne. Il cherche ses mots, comme quelqu'un qui va passer aux aveux. Son discours est rodé, calibré pile-poil : depuis quelque temps, il est avec quelqu'un. C'est tout récent. Peu de gens sont au courant. Il ajoute, l'air de rien :

– C'est pour ça qu'on t'a peut-être dit que j'étais célibataire...

Une fille adorable. C'est du sérieux. Ce soir, il ne comprend pas ce qui lui est passé par la tête. C'est la première fois que ça lui arrive. Il culpabilise.

– Je ne peux pas aller plus loin. Je suis mal, là. Je te demande pardon...

Elles le regardent comme si elles avaient pris un coup de massue dans la figure. Elles sont trop éberluées pour pleurer ou pour se mettre en colère. Certaines se doutent qu'il leur joue la comédie, mais il la joue si bien qu'elles préfèrent y croire. D'autres esquissent un geste tendre. Il se dégage : il est trop mal, il se sent trop coupable ; il ne peut accepter qu'en plus elles le réconfortent.

D'un coup, elles ont froid et se sentent très fatiguées. Il leur dit d'un air triste :

– Il vaut mieux que je reste seul...

Au moment où elles s'apprêtent à partir, il les retient par le bras, et chuchote d'un air pénétré :

– C'est bizarre : je suis mal, et pourtant je n'arrive pas à regretter ce qui s'est passé ce soir.

Souvent, elles ne répondent rien. Parfois, elles murmurent :

– C'est pareil pour moi.

Et elles retournent vers la fête, en vacillant un peu.

Après leur départ, il prend le temps de se remettre. Il allume une cigarette. Il tapote avec satisfaction le petit autofocus extraplat, dans la poche de sa veste. C'est dans la boîte : deux ou trois photos du beau spécimen qu'il a épinglé ce soir, pour que Yann puisse se rendre compte par lui-même.

Parfois, en les voyant s'éloigner comme des automates, avec ce frisson des épaules qui annonce les sanglots, il s'en veut un peu. Ce n'est jamais agréable de mettre une femme dans cet état. Malgré tout, il est sûr que, passé les premiers instants de déception, elles garderont un beau souvenir, un souvenir ému, de ce qui aurait pu arriver. Il est sûr que ça restera pour elles un moment exceptionnel et très romantique. Il est sûr qu'elles penseront à lui comme à un type bien, qui s'est laissé aller mais n'a pas craqué, et ça le réconforte d'imaginer le beau rôle qu'il va continuer à jouer, pour toujours, dans leurs souvenirs.

En général, il ne les revoit plus. Lorsqu'il rejoint la fête, elles sont déjà parties. Elles sont allées cacher leur amertume ou leurs larmes, les pauvres chéries. Pari gagné. Emballé, c'est pesé, par ici la monnaie ! Après l'effort, le réconfort. À trois heures du matin, les vieux sont couchés, et les filles bien élevées totalement décoincées. Alors il fait son marché. Les jeunes femmes extrêmement jolies et pas bégueules, ça ne manque pas dans les mariages bourgeois. Mais cette fois-ci, il va jusqu'au bout.

À présent, il est assis dans l'église au dernier rang, à se demander ce qu'il fait là. À part la mariée, il ne connaît personne. Et encore, elle, il ne la connaît pas très bien. Ils ont juste pris un pot ensemble deux ou trois fois. Il a été vraiment surpris qu'elle l'invite à son mariage. Mais pas question de refuser ; c'est exactement ce qu'il recherche : des mariages où personne ne le connaît, où il peut chasser à son aise. Évidemment, s'il avait su que pas un seul laideron ne se pointerait à l'horizon, il aurait trouvé un prétexte...

Le curé est sinistre, pâle à faire peur, avec des inflexions bizarres dans la voix. Il y a dans l'air quelque chose d'étrange, comme un contre-chant lugubre, imperceptible, qui se mêle à la voix du prêtre.

Il éprouve soudain le besoin impérieux de quitter l'église pour retrouver le soleil au-dehors. Sous les platanes, il fait les cent pas en se répétant : Calme-toi ! Tout n'est pas perdu. Tu vas te rabattre sur une vieille belle... Il a beau chercher à s'en convaincre, rien n'est moins sûr : des vieilles belles, dans ce genre de mariage, c'est aussi difficile à trouver que de vraies moches. Trop chic. Trop conservateur. Il soupire en fixant le sommet du clocher. C'est une déconvenue, certes, mais il ne va pas se laisser abattre pour autant. Il a repéré énormément de jolies filles, et parmi elles, sûrement une occasion de baiser cette nuit à couilles rabattues.

Il en est là de ses réflexions quand le miracle, soudain, se produit. Une Austin Mini arrive en trombe et se gare à quelques mètres de lui. En surgit un laideron si réussi qu'il a presque envie de remercier le ciel d'avoir répondu à son appel. La jeune femme s'extirpe péniblement de sa voiture. Elle est en nage et roule de petits yeux affolés. Elle est visiblement paniquée d'être en retard. Elle a tous les attributs d'une fille de son milieu : tailleur prune et capeline de paille assortie, ornée d'un nœud de tulle vert d'eau, escarpins élégants, joli sac à main... Mais ce savant apprêt n'a en rien entamé une laideur saisissante. Qu'est-ce qui ne va pas dans son visage ? Il y a comme une dissymétrie. Les proportions sont faussées. À ce point-là, tout doit être d'origine. Aucune retouche. Elle a découragé même la chirurgie esthétique. Un vrai laideron de luxe.

La jeune femme court vers l'église en haletant. Elle est petite et grassouillette. Elle pose une main sur son chapeau pour le maintenir sur sa tête, et il voit s'agiter la chair flasque de son avant-bras. Elle disparaît à l'intérieur. Il sourit, enfonce les mains dans ses poches, et se dirige vers l'église d'un pas conquérant.

Il espérait la retrouver, honteuse, au dernier rang. Mais non, elle a remonté l'allée pour se placer devant, avec la famille proche. C'est ennuyeux : il est hors de question de s'attaquer aux intimes des mariés. Cela relève du principe de précaution. La demoiselle est si laide qu'il n'arrive pas à croire qu'elle puisse être une sœur de Bérengère... mais on est souvent surpris de voir comment les gènes se distribuent au sein des familles. Il bouillonne d'impatience, en fixant le gros nœud vert qui frétille au troisième rang, sur le chapeau couleur prune.

Il quitte l'église après la communion : il se sent incapable de rester plus longtemps dans cet endroit. Depuis le début, ce prêtre le met mal à l'aise. Quelque chose ne tourne pas rond, c'est évident. Et puis, il veut se poster à un endroit stratégique pour observer la demoiselle de ses rêves.

Quand les mariés apparaissent sur le seuil, le parvis est déjà encombré de photographes. En quelques minutes, c'est une véritable cohue. Il aperçoit Miss Tronche en biais qui se fraie un passage dans la foule, puis se dandine élégamment jusqu'à son Austin Mini. Il a le temps de la prendre en photo juste au moment où elle s'engouffre dans sa voiture. Il contemple le résultat sur l'écran de son appareil numérique. Le zoom permet d'obtenir une excellente image, même à distance. C'est parfait. Elle ressemble à une grosse oie blanche tout enrubannée. Elle n'est pas restée pour les photos avec la famille proche. Les choses se présentent pour le mieux. Ma petite, prépare-toi à passer à la casserole.

Pour se remettre de ses émotions, il a besoin d'une pause. Avant de se rendre à la réception, il décide de retourner à l'hôtel où il a réservé une chambre pour la nuit, pour prendre une douche et passer une nouvelle chemise. Sans être maniaque, il aime se sentir toujours impeccable, et se change souvent plusieurs fois par jour. En repartant, il achète un paquet de cigarettes au tabac du coin.

Lorsqu'il arrive au moulin, la fête bat son plein. Il est propre et frais, sûr de lui, prêt à passer à l'attaque.

Bérengère vient vers lui et lui dit avec un sourire éclatant :

– Je suis tellement contente que tu sois venu !

– Moi aussi, je suis ravi. Tu es rayonnante.

– Merci.

Elle lui prend le bras.

– Viens avec moi, que je te présente...

Elle l'entraîne vers deux jeunes femmes en train de discuter :

– Damien, je te présente ma sœur Marie, et Agnès, la sœur de Vincent... Marie, Agnès, voici Damien, un brillant avocat !

On dirait qu'elle fait de la réclame pour un produit particulièrement alléchant. Il est d'autant plus mal à l'aise que les deux femmes le dévisagent sans manifester d'intérêt particulier. Elles disent simplement bonjour, et sourient poliment. Ils échangent quelques banalités, puis cette traîtresse de Bérengère s'éclipse vers d'autres mondanités en les laissant seuls tous les trois. Il y a un moment de blanc dans la conversation. Damien a la désagréable impression d'être de trop. Il sourit :

– Bien... Je vais aller me chercher une coupe au buffet. Vous voulez que je vous rapporte quelque chose ?

– Non merci, répond Marie en levant sa flûte à champagne encore pleine.

– Merci, non, renchérit Agnès, avant d'ajouter : De toute façon, quelque chose me dit qu'on aura tout le temps de discuter ce soir, à table.

Il y a dans sa voix une inflexion moqueuse qui le déconcerte. Il voit Marie esquisser un sourire.

– Ah... très bien, très bien... tant mieux !

Il s'éloigne sans trop comprendre de quoi il retourne.

En marchant vers le buffet, il se dit vaguement qu'on l'a pris pour un imbécile. Cette fille, Agnès, quelque chose en elle ne lui revient pas. La sœur de Bérengère a l'air plus sympathique. Joli visage. Chapeau original. Elle ne serait pas trop mal, avec cinq kilos de moins.

Sous la tente, il jette un coup d'œil au plan de table, à la recherche de son nom. Effectivement, il dînera en compagnie des demoiselles. Il repère aussi le nom de deux confrères invités au mariage. Il demeure un instant perplexe, devant ces listes rédigées en lettres anglaises sur un beau papier crème. Comment ont-elles deviné qu'ils seraient placés ensemble ? Ça sent le coup fourré...

Et puis soudain, c'est la révélation. Évidemment ! C'est clair comme de l'eau de roche ! Comment peut-il ne pas y avoir pensé plus tôt ! Il se surprend à rire tout seul. Dire qu'il se demandait pourquoi elle l'avait invité ! Il aurait dû s'en douter. Cette chère Bérengère a décidé de jouer les entremetteuses : elle essaie de lui refiler son boudin de sœur ! Il sourit, plutôt flatté, au fond. Il ramène en arrière une mèche qui lui tombe sur le front, boit une gorgée de champagne et, sa flûte à la main, part à la recherche de son laideron.

Il s'attarde un moment à discuter avec ses confrères, bien qu'il n'en ait aucune envie. Mais puisqu'il va passer tout un dîner en leur compagnie, pas question

de les snober. Il s'arrange néanmoins pour ne pas prolonger la conversation plus que nécessaire. Surtout ne
pas s'encombrer de mondanités inutiles. Il veut
conserver une entière liberté de mouvement lorsque se
présentera l'occasion de passer à l'action. Il ne pense
qu'à sa proie.

Lorsque, deux heures plus tard, arrive le moment du
dîner, il se sent passablement maussade et dépité :
malgré tous ses efforts, il n'a pu l'approcher. Il n'a
cessé de l'observer. Pas un instant elle n'est restée
seule. Elle a passé son temps à bavarder avec les uns
ou les autres et, comme il ne connaît personne, il n'a
eu aucun moyen de s'immiscer dans la conversation.
Il aurait pu demander à Bérengère qui était cette jeune
femme, et s'arranger pour lui être présenté, mais il
préfère ne pas mêler Bérengère à ses petites affaires.
Elle ne pourrait manquer de trouver étrange qu'il
s'intéresse à ce laideron de premier choix.

Comme il le soupçonnait, la tablée est exclusivement
composée de célibataires : les sœurs des mariés, ses
confrères avocats, deux autres jeunes gens et... une
chaise vide. Il prend soin de laisser la place inoccupée
entre lui et Me Thierry Courteux : il ne tient pas particulièrement à passer tout un dîner à côté de lui, et
puis il ne voudrait pas que ce pauvre garçon souffre
de la comparaison. Me Courteux est un avocat réputé
pour ses brillants plaidoyers autant que pour sa prodi-
gieuse laideur. L'élémentaire charité veut qu'il n'aille
pas ramener sa belle gueule d'ange dans l'immédiate
proximité de ce Quasimodo du barreau.

Il se prépare lugubrement à subir un interminable
dîner quand se produit le deuxième miracle de la

journée : le somptueux laideron qui depuis tout à
l'heure occupe ses pensées arrive en courant et vient
prendre place à ses côtés, tout essoufflé, en s'excusant
d'être en retard. C'est un signe du destin. Il décide
d'attaquer fort. Il se penche vers la jeune femme et
murmure :

– Décidément, c'est une manie chez vous !

– Que voulez-vous dire ? bredouille-t-elle en le dévi-
sageant avec stupeur.

– Hé, hé... Je vous ai vue arriver en trombe, tout à
l'heure, au volant de votre Austin Mini.

Elle rougit de confusion. Il y a des femmes que cela
rend charmantes. Pas elle. Elle se racle la gorge :

– Je ne crois pas que nous ayons été présentés : je
suis Bénédicte, une cousine de Vincent.

– Et moi Damien, un confrère et ami de Bérengère,
répond-il, en faisant l'œil de velours, tout en lui déco-
chant un sourire charmeur.

Il espérait capter son attention, mais elle est déjà en
train d'expliquer à la tablée entière les raisons de son
retard à l'église : une crevaison sur la nationale à trente
kilomètres de là. Évidemment, elle est complètement
incapable de changer une roue et, de toute façon, ça
n'était pas envisageable dans sa tenue de cérémonie.
Alors elle a roulé jusqu'au garage le plus proche, un
bâtiment à moitié en ruine au bord de la route. Le
garagiste l'a laissée poireauter un bon moment à côté
de la pompe à essence. Elle avait l'air fine avec son
chapeau, ses petits escarpins et sa roue crevée ! Il
devait bien se ficher d'elle. Mais, comme elle avait
absolument besoin d'aide, elle a pris son mal en
patience et, une fois la chose faite, a payé sans broncher

les cent trente euros de facture... Un véritable cauchemar ! conclut-elle.

Tout le monde semble éberlué par sa logorrhée, mais il faut avouer qu'elle a un certain talent pour raconter les histoires. C'est d'ailleurs ce qu'il s'apprête à lui glisser à l'oreille. Il le sait d'expérience : un compliment bien troussé, murmuré à voix basse, permet un léger rapprochement physique et amorce un début de complicité. Mais au moment où il s'apprête à effectuer sa manœuvre stratégique, il se fait damer le pion par Me Courteux :

– Vous feriez sans doute une excellente avocate ! Vous avez un véritable talent pour raconter les histoires ! s'exclame Quasimodo, véritablement transfiguré par l'admiration.

La demoiselle glousse de plaisir et Damien sait qu'à compter de cet instant, il n'a plus aucune chance. Il connaît suffisamment bien les étapes du processus de séduction pour savoir qu'entre ces deux-là, le grand jeu a commencé. Sans doute chacun a-t-il reconnu en l'autre l'incarnation tragique et réconfortante de sa propre laideur. Ils sont faits l'un pour l'autre. Cela saute aux yeux, si l'on peut dire...

Pour lui, la chasse est à présent fermée. Il contient sa rage, et résiste à l'envie de quitter brusquement la table. Un bref instant, il entrevoit son reflet sur la lame de son couteau argenté. Que se passe-t-il ce soir ? Comment l'ordre des choses peut-il se renverser à ce point ?

La suite du dîner est d'un ennui mortel. Les deux demoiselles ne prennent même pas la peine de participer à la conversation. Elles ont visiblement beaucoup de choses à se dire, et nullement l'intention de s'embar-

rasser avec l'élémentaire politesse. La sœur de Bérengère a gardé son chapeau pour dîner. C'est étrange, tout
à l'heure, au cocktail, il a trouvé ce chapeau original et
élégant, mais à présent qu'il l'a sous les yeux depuis
plus d'une heure, il est nettement moins porté à l'indul-
gence. Toutes ces plumes qui s'agitent au moindre
mouvement de tête lui font irrésistiblement penser à un
champ d'herbages transgéniques balayé par le vent.
C'est grotesque, horripilant. Il essaie de détourner les
yeux de l'obsédant chapeau, mais son regard ne
cesse d'y revenir. Ce cauchemar va-t-il bientôt cesser ?

Après le dessert, le café, et l'ouverture du bal, il
peut enfin s'éclipser. Il décide d'aller faire un tour dans
le parc pour tenter de se calmer. Jamais il n'a passé de
soirée aussi exécrable. Sa déconvenue est d'autant
moins supportable que, par la force des choses, il était
aux premières loges pour assister au triomphe de son
rival. Ce dernier a mené les opérations d'une main de
maître, comme il se doit pour un avocat. Le petit
boudin va se laisser emballer sans la moindre résistance. Pour couronner le tout, elle n'est pas sotte ; elle
est même assez spirituelle. Il aurait certainement pu
passer un très bon moment avec elle. Cela porte son
dépit à son comble. Évidemment, il est contrarié à
cause du pari. Mais c'est surtout son amour-propre qui
en a pris un coup.

Il n'a qu'une envie : rentrer illico à l'hôtel, prendre
une douche et se coucher. Il tourne un moment en rond
dans le parc, avant de se diriger vers le parking d'un
pas décidé. Il éprouve une sorte de hargne, l'envie de
casser ou de piétiner quelque chose : une pile
d'assiettes, l'ignoble chapeau à plumes, la tronche de
Me Courteux.

En se déconnectant, l'alarme de la voiture jette dans la nuit un cri bref et strident qui le fait sursauter. Il demeure un instant stupéfait : J'ai sursauté en entendant l'alarme de ma propre bagnole ! Il y a du souci à se faire !

Il se sent soudain idiot, là, tout seul sur le parking, à côté de sa voiture ouverte. Il ne peut pas partir comme ça, de toute façon. Il faut aller prendre congé. De quoi il aurait l'air s'il s'en allait maintenant ? Il vient de vivre un moment pénible, c'est vrai, et il est déçu de voir lui filer sous le nez une mocheté dont la reddition promettait d'être délicieuse. Mais ce sont des choses qui arrivent. Et puis, il n'est pas du genre à laisser ses émotions prendre le dessus. Il n'est pas du genre à quitter une fête sans avoir passé une excellente soirée, d'une façon ou d'une autre. Il pense à toutes ces femmes élégantes qu'il a vues défiler à l'église, cet après-midi. L'une d'entre elles parviendra bien à lui faire oublier sa déconvenue. Il ne va pas succomber au défaitisme parce qu'un horrible petit laideron a miraculeusement rencontré son alter ego par une chaude soirée d'été !

Il se sent mieux. Il décide de « tomber la veste » et d'ôter sa cravate, pour fêter l'événement. Puis il presse la clé de voiture, et cette fois-ci le cri perçant signalant la reconnexion de l'alarme ne provoque chez lui qu'un sourire satisfait. Il aime les machines : elles obéissent sans discussion ; elles sont programmées pour ça.

De retour sous la tente, il parcourt des yeux la piste de danse, avec tous ces petits culs qui remuent en rythme. Ce soir, il en veut un parfait, exceptionnel. Il lui faudra bien ça pour se remettre de sa déception.

En voici un pas mal du tout, qui ondule joliment, moulé dans une petite robe noire. Il frémit, instantanément revigoré. Il n'a d'yeux que pour ce somptueux derrière. Soudain, la jeune femme se retourne, et c'est le troisième miracle de la journée : la danseuse au cul magnifique est en réalité une femme d'un certain âge, très largement décolletée, une vieille belle mûre à point. Les affaires reprennent. Souriant, il s'avance sur la piste pour la rejoindre.

Elle ne tarde pas à le remarquer. Il n'en est pas surpris : en général, on le remarque, partout où il va. Ils dansent face à face. Ils s'observent. Au bout d'un moment, elle lui dit :

– Vous ressemblez à Bernard-Henri Lévy.

Il réprime un sursaut. Il a déjà eu droit à beaucoup de comparaisons – Arthur Rimbaud, Antonin Artaud –, mais Bernard-Henri Lévy, c'est la première fois ! Si elle s'imagine que c'est un compliment à sortir comme ça sans préavis à un inconnu, elle est sacrément conne. De toute façon, il s'en fout : il n'est pas là pour trouver une femme intelligente ; il est là pour gagner un pari. Bernard-Henri Lévy, ça peut être une très bonne entrée en matière, après tout. Il prend un air suspicieux :

– Rassurez-moi ! Je ressemble à Bernard-Henri Lévy *aujourd'hui*, ou à Bernard-Henri Lévy il y a trente ans ?

Elle s'esclaffe :

– À celui d'hier et d'aujourd'hui ! Je voulais seulement vous signaler que vous aviez trois boutons défaits à votre chemise...

Elle n'est peut-être pas si sotte, après tout.

Elle le regarde avec un sourire charmant, légèrement moqueur, en continuant de bouger en rythme. Ils se font face, et il prend le temps de l'examiner en détail. Elle n'est plus toute jeune, mais elle est très bien foutue, il faut le reconnaître. Il fixe attentivement sa chevelure à la racine. Aucune nuance plus foncée. Une vraie blonde. C'est assez rare pour être noté. La ligne claire de ses sourcils semble le confirmer. Très jolies fesses, musclées, et des seins qui se tiennent parfaitement, à se demander s'ils sont d'origine.

Il lui donne la quarantaine et des poussières, mais on voit bien qu'elle fait tout pour paraître plus jeune et pour attirer les regards. Sans être véritablement vulgaire, elle est trop provocante pour avoir de la classe. Est-ce qu'il peut la considérer comme une « vieille belle » ? Il va dire que oui.

Au début du morceau suivant, il prend l'initiative de lui saisir la main pour l'entraîner dans un rock. Elle ne manifeste aucune réticence, et semble même en être heureuse. C'est un plaisir de danser avec elle ; elle anticipe chaque mouvement et tournoie souplement entre ses bras. Leur danse ressemble à l'évolution parfaitement réglée de deux corps en harmonie. Elle rit de plaisir, chaque fois qu'ils réussissent une passe un peu compliquée. À la fin du rock, elle lui dit :

– Vous savez, je ne pensais pas qu'on me ferait danser ce soir !

C'est le moment de placer la question stratégique :

– Comment ! Vous n'avez pas de chevalier servant ?

– Oh si ! Mais mon « chevalier servant » est un peu fatigué...

Bien, bien. Passer immédiatement à la seconde question stratégique :

– Et où est-il, ce preux chevalier ?

Elle tourne la tête et désigne une table, au bord de

la piste. Il la voit froncer les sourcils. Apparemment, son compagnon n'est pas là où il devrait être. Elle le cherche des yeux dans la salle. Soudain, elle se fige. De toute évidence, elle vient de le retrouver. Elle fixe un couple en train de danser à l'autre bout de la piste : un homme élégant, un peu empâté, une femme plus âgée qu'elle, et beaucoup moins séduisante. Quelques instants, elle reste sans rien dire.

– Il y a un problème ? demande-t-il.

– Pas vraiment, répond-elle, les dents serrées.

Elle observe le couple en plissant un peu les yeux :

– On dirait que mon chevalier servant a repris du poil de la bête... avec une cavalière digne de lui ! lâche-t-elle avec mépris.

Il voit bien qu'elle est contrariée. Elle fait ce qu'elle peut pour se dominer. Elle regarde encore quelques instants dans leur direction, puis se détourne brusquement et lui fait face.

– Il n'y a absolument aucun problème ! conclut-elle en souriant.

Il y a dans ce sourire quelque chose de féroce. Il ne sait pas exactement ce qui se passe entre cette femme et son mari, mais, visiblement, tout ne va pas pour le mieux, ce soir. Il sent qu'il a une carte à jouer :

– Vous ne voulez pas qu'on fasse une pause ? On peut boire un verre, faire quelques pas, et retourner danser d'ici un quart d'heure.

« Un quart d'heure », c'est pour endormir sa vigilance. Si tout se passe bien, il réussira à l'entraîner plus loin qu'elle ne croyait aller. Elle le dévisage un moment, l'air préoccupé, puis semble se détendre :

– C'est une bonne idée.

Au buffet, elle réclame une flûte de champagne

qu'elle boit d'un trait, puis une autre, qu'elle conserve à la main pendant qu'ils sortent faire quelques pas dans le parc.

– Quelle belle soirée, dit-il.

– Vous trouvez ?

– Je parle du ciel : il est magnifique.

– Ah... Oui, c'est vrai : le ciel est très réussi ce soir. C'est déjà ça...

– Vous ne vous êtes pas beaucoup amusée ?

– On ne peut pas dire ça, non... Enfin, jusqu'au dîner, tout allait bien...

– Ah... Vous aussi, vous avez eu des voisins de table... difficiles.

Elle sourit :

– Effectivement, cela a été un peu... difficile, comme vous dites !

Ils rient de leur mutuelle déconvenue. Elle a de l'esprit. Cela rend les choses encore plus agréables. Ne pas perdre de vue l'objectif. Évaluer le risque.

– Vous êtes de la famille de Bérengère ?

Elle a un petit rire :

– Si on veut...

– C'est une réponse pleine de mystère, ça !

– Disons que, oui, je suis de la famille. De la famille *éloignée*.

– Ah...

Tout va bien. Elle n'a pas de liens très intimes avec Bérengère. Il va pouvoir y aller.

– Et vous, vous êtes de la famille de Vincent ?

– Non, pas du tout : je suis un ami de Bérengère. Je crois qu'elle m'a invité en espérant me donner une chance de rencontrer l'âme sœur...

– C'est un bon calcul. Les mariages sont des occasions de faire de belles rencontres, non ?

Elle le regarde droit dans les yeux, en attendant sa réponse.

– Oui, confirme-t-il en lui adressant un large sourire. De belles rencontres, parfois tout à fait inattendues.

Elle lui rend son sourire. Elle est flattée. Il se penche vers elle, et murmure d'un air très respectueux :

– Je voulais vous dire que je vous trouve rayonnante.

Les femmes aiment qu'on les trouve « rayonnantes ». C'est un compliment dont il fait grand usage : élégant et adapté à tout âge. Elle rit :

– Je crois que vous êtes un grand flatteur.

– Mais pas du tout ! Sincèrement, je vous trouve rayonnante.

Elle hausse les épaules, comme pour chasser une pensée triste, et répond :

– Peu importe que vous le pensiez ou non. Ça me fait de toute façon plaisir de l'entendre. C'est exactement ce que j'aimerais qu'on dise de moi.

– Eh bien, vous êtes rayonnante. Vous voyez, je vous le dis encore une fois, sans arrière-pensée : vous êtes rayonnante.

Elle sourit et boit une gorgée de champagne. Décidément, elles sont toutes pareilles. Il leur faut un petit coup de trop pour pouvoir franchir la limite, faire un pas de côté. Ce sera leur excuse, plus tard, lorsqu'elles s'en souviendront : j'avais bu, je n'étais plus tout à fait moi-même... Jamais ça ne serait arrivé autrement !

Ils se sont peu à peu enfoncés dans le parc. Ils sont loin de la tente à présent. La nuit est si claire qu'il distingue nettement les contours de son visage. Il la regarde, et ne trouve plus trop quoi ajouter. De loin, sur la piste de danse, on pouvait la confondre avec ces créatures entre deux âges, un peu trop blondes, un peu trop décolletées, un peu trop désireuses de cacher qu'elles ont dépassé la quarantaine. Mais il doit reconnaître à présent que c'est une femme très séduisante. Elle s'habille comme une fille de vingt ans, mais elle a un corps qu'envieraient bien des filles de vingt ans. Il regarde son visage, marqué de fines rides, ses yeux, sa bouche, et se dit qu'il n'a pas eu souvent l'occasion de croiser une femme aussi belle. En vérité, il n'a pas menti : il la trouve rayonnante.

Il sent bien qu'elle n'est pas comme les autres. Mais il faut avant tout penser au pari : ce serait complètement idiot de laisser tomber, alors qu'elle est là, à côté de lui. Il la tient presque. Ça ne sera pas bien méchant. Elle a dû en voir d'autres.

– Ça va ? Vous me regardez avec un drôle d'air...

Il se racle la gorge.

– Je me demandais si vous aviez froid. On s'est pas mal éloignés...

– Vous voulez qu'on revienne sur nos pas ?

– Non, au contraire, je suis très heureux de marcher avec vous.

Elle sourit, ne répond rien. Elle continue de marcher à ses côtés. L'air de rien, il l'entraîne sur un petit sentier qui s'engage dans le sous-bois. Au loin, on entend la rumeur sourde du moulin. Il se rend compte qu'il a très envie d'elle, et ça le rend maladroit. Il cherche ses mots. Il ne veut pas lui poser de questions personnelles, qui lui en apprendraient trop. Il veut qu'elle reste une inconnue au corps désirable, avec qui il a aimé danser, et avec qui il aimerait à présent aller un peu plus loin, et même beaucoup plus loin.

Il comprend que, ce soir, le pari n'a été qu'un prétexte pour l'aborder. Elle lui plaît, tout simplement. Elle n'a rien d'une vieille belle. C'est une belle femme, c'est tout. Il a la tête qui tourne. Il se rend compte qu'il a trop bu, sans même s'en apercevoir.

Ils marchent longtemps sur le sentier, en s'enfonçant dans les profondeurs du bois. La musique arrive par bribes, couverte par les mugissements de la roue à aubes qui tourne dans l'eau noire. Il ne pense plus au pari. Il n'est guidé que par son propre désir.

– Vous savez que vous manquez de conversation, depuis qu'on marche sous les arbres ? lui fait-elle remarquer.

– C'est vous qui me troublez, murmure-t-il en s'efforçant de donner à sa voix une inflexion charmeuse.

À cet âge, il le sait, elles aiment les garçons entreprenants. Alors il essaie de masquer son trouble, et de se comporter comme le don Juan qu'il est censé être. Elle est prête à s'offrir, sans doute. Sinon, elle ne l'aurait pas suivi jusqu'ici. Lui a vraiment très envie d'elle. Il hésite, pourtant. Il voudrait l'avoir, mais pas comme ça.

À un moment, elle le frôle en marchant, ou bien est-ce lui qui la frôle ? Cette femme à ses côtés attise son désir. Il sent qu'il n'en peut plus. Pourquoi est-ce qu'il se gênerait ? Elle n'a pas l'air farouche, et ce n'est pas lui qui l'a forcée à venir se promener dans les bois.

Ils continuent de marcher côte à côte, sans un mot.

– Mon verre est vide, dit-elle.

– Le mien aussi.

– Est-ce que cela veut dire qu'on devrait rentrer ? On ne voit pas grand-chose ici.

Il lui prend le verre des mains, et le dépose avec le sien au pied d'un arbre :

– Vous ne les trouvez pas mignons tous les deux, côte à côte au clair de lune ?

Elle rit en frissonnant un peu. Il se penche vers elle pour lui désigner le sentier qui se perd dans l'obscurité. Il effleure son épaule et murmure :

– J'ai bien envie de continuer par là avec vous.

Elle reste immobile. Il la sent crispée. Alors il la frôle encore. Il sait d'expérience qu'elles aiment qu'on les touche, légèrement, imperceptiblement, du bout des doigts, qu'on allume de petits incendies le long de leur corps, juste avant le feu du baiser. Il l'attire lentement, avec art, tandis que l'envahit un désir incroyable. Il la veut, tout de suite. Il l'enlace, approche son visage du sien, cherche sa bouche. Mais au lieu d'entrouvrir les lèvres en renversant la tête, elle se détourne.

– Qu'est-ce qu'il y a ? Ça ne va pas ?

Elle reste sans rien dire, frémissante et rétive, hésitante au bord du gouffre. Ça ne fait qu'augmenter son désir. Il resserre son étreinte, et laisse glisser sa main le long de son dos. Tout doux, ma belle. Mais elle le repousse violemment, recule, le dévisage. Il sent son cœur qui s'emballe.

– Qu'est-ce qui ne va pas ? Il y a un problème ?

Elle dit, très calmement :

– C'est juste que je ne veux pas aller plus loin.

– Vous ne voulez pas, répète-t-il, incrédule.

– J'avais seulement envie de bavarder un peu et de faire quelques pas. Mais ça, je ne veux pas... Je ne veux pas, c'est tout.

Tout tremblant de désir, il lui saisit le bras, et crie d'une voix qu'il reconnaît à peine :

– Mais vous ne pouvez pas me faire ça !

Elle répond : « Lâchez-moi ! » et fait un geste pour se dégager. Mais il la retient fermement :

– Attendez, il y a un malentendu ; on ne peut pas se quitter comme ça !

– Je vous demande de me lâcher, répète-t-elle, glaciale.

Il la serre encore plus fort. Il la veut. Il est déterminé. Mais tandis qu'il cherche à l'étreindre à nouveau, elle lui donne un violent coup de genou dans le bas-ventre. Il s'effondre à ses pieds :

– Putain, c'est pas vrai ! Vous êtes complètement cinglée ! hurle-t-il, les mains recroquevillées sur son sexe endolori.

Il entend son rire, bref et cristallin :

– Je suis sûre que vous vous en remettrez...

Elle ne bouge pas, le regarde quelques instants se tordre de douleur. Puis elle ajoute d'une voix étrangement calme :

– Merci quand même pour la promenade ; c'est tout ce dont j'avais besoin, ce soir.

Elle lui tourne le dos. Elle s'en va. Il crie, furieux, désespéré :

– Espèce de salope ! Allumeuse !

Sans se retourner, elle lui fait de la main un petit Au revoir.

Très vite, elle disparaît sur le sentier. Et il reste seul, tremblant de douleur et de déception, à fixer dans l'ombre l'endroit où sa silhouette s'est fondue dans la nuit.

Bérengère

Vers minuit, elle voit sa grand-mère se lever, et commencer à fendre la foule des danseurs, appuyée sur sa canne blanche. Au milieu des corps tourbillonnants, elle paraît encore plus menue, vacillante et fragile. Bérengère marche vers elle, la prend par le bras :

– Tu veux aller te reposer, Maddy ?

La vieille dame répond d'un air lugubre :

– Je vais me coucher... Jamais je ne me suis autant amusée !

– Tu plaisantes ?

– Bien sûr, que je plaisante !

Dans les yeux malades passe un éclat féroce. Elle marmonne :

– Bonne idée, de m'avoir placée à côté de ce monsieur de la famille adverse qui vient d'être opéré de la prostate ! Si tu veux, je peux te raconter l'ablation dans ses moindres détails.

– Arrête ! gémit Bérengère.

– En tout cas, me voilà prévenue, si un jour je dois moi aussi être opérée de la prostate !

– Mais Maddy...

– Quoi ?... Ah, oui ! Suis-je bête ! Je n'ai pas de

prostate ! Dans un sens, c'est dommage. J'aurais sûrement trouvé la conversation intéressante si la nature nous avait dotées d'une prostate, nous autres, les femmes !

Elle a presque crié la fin de la phrase, heureusement couverte par la musique. Malgré l'âge, malgré l'heure, Maddy ne se départ pas de son sens aigu de l'humour noir. Bérengère se demande, tout de même, si sa grand-mère n'a pas légèrement abusé du champagne... Elle l'enlace, l'embrasse près de l'oreille.

– Je suis vraiment désolée... Ces plans de table, c'est toujours un tel casse-tête... Tu aurais préféré être avec oncle Jean et tante Marie-Claire ?

– Sûrement pas !

Le ton est sans appel. Bérengère réprime un sourire : elle ne s'attendait pas à une autre réponse. Elle entraîne doucement sa grand-mère vers le bord de la piste.

– C'est tellement dommage que tu ne te sois pas amusée !

– Oh, je n'ai pas dit ça, ma chérie ! Je me suis beaucoup amusée au contraire. La fête est très réussie. C'est juste l'autre imbécile qui m'a gâché le dîner avec sa prostate. Il n'a même pas eu pitié d'une pauvre vieille aveugle.

Bérengère ne peut s'empêcher de penser qu'à cette heure, sa grand-mère, acrimonieuse et légèrement éméchée, n'a vraiment rien d'une pauvre vieille aveugle. La vieille dame agite devant elle sa canne blanche :

– Enfin, je pense que je m'en remettrai... Maintenant, je vais me coucher.

Maddy fait mine de poursuivre son périple vers sa chambre.

Tante Marie-Claire arrive en courant, tout essoufflée,

sanglée dans un tailleur trop serré à la taille, et demande de sa voix suraiguë, tellement agaçante :

– Maman, où allez-vous ?

– Je monte me coucher.

– Mais pourquoi avez-vous quitté la table toute seule ?

– Parce que je dois demander la permission pour me lever de table, maintenant ?!

– Oh, maman ! Ne faites pas semblant de ne pas comprendre. Je voulais dire que c'était plus simple de vous faire raccompagner jusqu'à votre chambre !

La voix, vibrante de trémolos indignés, est encore montée dans les aigus, et Bérengère résiste à l'envie de porter la main à son oreille.

– Mais qu'est-ce que vous avez tous à me traiter comme une vieillarde ? J'y vois tout de même encore un peu, il ne faut pas croire... assez pour me rendre compte de *certaines choses*, ajoute Maddy d'une voix lourde de sous-entendus. Et je peux très bien aller me coucher toute seule !

Elle jette un regard à Bérengère, tourne le dos à sa fille, et poursuit sa route.

Marie-Claire souffle à sa nièce :

– Vas-y, toi... Moi, ça n'est pas la peine que j'essaie. Elle a décidé de me contrarier, aujourd'hui...

Plus Maddy s'affaiblit et devient dépendante, moins elle supporte que l'on s'occupe d'elle. Ses enfants disent qu'elle a passé sa vie à n'en faire qu'à sa tête, qu'elle a toujours été capricieuse et incontrôlable. Ça ne s'est pas arrangé avec les années. Depuis ses soucis de santé, ils prennent leur revanche. Ils se livrent à un maternage obséquieux qu'elle trouve insupportable.

Elle leur résiste avec hargne. Elle fait souvent pleurer tante Isabelle et tante Marie-Claire.

Tante Marie-Claire est fatiguée d'être sans cesse rabrouée. Tante Marie-Claire est déprimée, parce que le tailleur acheté l'an dernier ne lui va plus si bien... ne lui va plus du tout, à vrai dire. Tante Marie-Claire n'en peut plus. Bérengère lui dit :

– Ne t'en fais pas. Je m'en occupe.

Sa tante sourit avec lassitude. Bérengère la regarde s'éloigner et laisse échapper un soupir de pitié mêlée d'agacement : une fois de plus, cette pauvre Marie-Claire arrive comme un cheveu sur la soupe, distribue des conseils inutiles et se fait remettre à sa place, avant de repartir les épaules voûtées et les larmes aux yeux. Sa tante n'avait pas besoin de le lui demander : elle avait bien l'intention de conduire sa grand-mère jusqu'à sa chambre. Elle rattrape la vieille dame :

– Maddy, laisse-moi t'accompagner...

Sans se faire prier, comme si elle n'attendait que ça en vérité, Maddy prend le bras de Bérengère et se laisse guider vers sa chambre.

La bâtisse est meublée comme une gentilhommière. Une décoration luxueuse, un peu démodée, un peu oppressante, de faux meubles d'époque et de lourdes tentures. Elles s'engagent dans le grand escalier. Au bout de quelques marches, Maddy est déjà essoufflée. Bérengère la devine agacée de ne pouvoir aller plus vite. Elle lui parle doucement pour la tranquilliser :

– Prends ton temps. Appuie-toi sur mon bras... Ça me fait plaisir, de passer un moment avec toi.

– Moi aussi, ma petite, ça me fait plaisir.

Maddy respire de plus en plus fort. Du fond de ses

poumons sort un petit sifflement aigu, régulier, inquiétant.

– Tu te sens bien, Maddy ? Ça ne va pas trop vite ?

– Non, non, ne t'inquiète pas ! Ça me fait toujours ça quand je monte un escalier.

Elles parviennent au palier intermédiaire. Bérengère lève les yeux. Encore une quinzaine de marches. Les murs tendus de brocart lie-de-vin sont ornés de trophées de chasse qui la font frissonner. Elle détourne les yeux de ces bêtes décapitées, qui semblent avoir été fixées au mur encore vivantes.

Dans la poitrine de Maddy, un petit soufflet bruyant et douloureux l'oblige à aller toujours plus lentement. Bérengère a entendu parler, depuis des mois, de l'emphysème et des bronchites. Mais ce n'étaient que des mots jusqu'à ce soir. Un quart d'heure pour monter trente marches. Elle en a les larmes aux yeux.

La chambre est petite et confortable. Sur le dossier d'un fauteuil, la chemise de nuit de Maddy ; sur la coiffeuse, un gros bouquet de fleurs.

– Éteins la lumière du plafonnier, s'il te plaît. Ne laisse que la lampe de chevet...

Bérengère obéit, en se demandant ce que Maddy peut encore percevoir de la lumière.

– Aide-moi à m'asseoir sur le lit, tu veux ?

La lampe répand une clarté rose et chaude, dans laquelle la vieille dame semble se réfugier. Elle se recroqueville, serrant contre son torse ses bras repliés, comme si cela devait faire plus vite disparaître la douleur dans sa poitrine. Elle se balance lentement d'avant en arrière en soufflant :

– Ah, ma petite ! Si tu savais comme j'ai honte que

tu me voies dans cet état. Il ne fait pas bon vieillir, je
t'assure.

– Prends le temps de te remettre, Maddy. C'est
normal d'être essoufflé quand on a monté un escalier.

– Tu peux y aller, tu sais. Je vais me débrouiller
toute seule.

– J'ai envie de rester un peu... Ça ne t'ennuie pas ?

– Ne te sens pas obligée, ma chérie...

– Maddy, ça me fait plaisir. On n'a pas eu beaucoup
le temps de se parler aujourd'hui. Je vais passer un
petit moment avec toi, avant que tu t'endormes.

La vieille dame sourit. Pendant quelques minutes,
elles restent sans rien dire. Elles guettent l'une et
l'autre le bruit de la respiration, qui lentement s'apaise,
tandis que diminue, puis meurt, le sifflement aigu sortant de la poitrine.

Bérengère regarde sa grand-mère, assise au bord du
lit dans son tailleur vert amande. Il y a cinq ans, au
mariage de Laurence, c'était une vieille dame flam-
boyante. Comme d'habitude, elle n'en avait fait qu'à
sa tête. Elle portait des talons hauts et un ensemble
rouge. Elle en avait choqué plus d'un, qui trouvaient
cette tenue tout à fait déplacée chez une dame de son
âge. Certains avaient même dit que ça donnait « une
drôle d'image de la famille ». N'empêche, elle avait
une allure folle dans son tailleur rouge.

Lorsqu'elle avait eu vent de ces commentaires déso-
bligeants, Maddy s'était contentée de siffler entre ses
dents : « Tous des abrutis ! », assez satisfaite, au fond,
d'avoir fait quelques vagues.

C'était il y a cinq ans. Depuis, il y a eu la dégénérescence maculaire, la fracture de la hanche et les
bronchites à répétition. Maddy a dû arrêter le whisky

et les Craven A. En cinq ans, elle s'est considérable-
ment affaiblie, comme si les portes de la vieillesse
s'étaient pour elle ouvertes d'un seul coup, ruinant
l'ensemble du corps en même temps que les yeux.

Et pourtant, elle avance toujours, appuyée sur sa
canne blanche qu'elle brandit parfois comme une épée.
Elle lit le journal avec une loupe. Elle a entrepris
l'étude du grec ancien. Elle prétend que ça l'aide à
entretenir sa mémoire. Elle a choisi le grec par provo-
cation : il lui fallait quelque chose de spectaculaire,
d'exotique, et de totalement inutile...

Elle se plaint à longueur de journée d'être entourée
d'« abrutis ». Elle garde en réserve des paquets de
Craven A qu'elle fume en cachette. Elle est là, au bord
du lit, minuscule et volontaire, fragile et obstinée, près
de sa petite-fille en robe de mariée.

Bérengère regarde le parc par la fenêtre ouverte.
Entre les frondaisons, la tente rayée ressemble à un ver
luisant à l'abdomen énorme, un gros insecte bruissant
au cœur de la nuit. Les feuillages atténuent à peine le
bruit de la musique.

– Maddy, tu veux que je ferme la fenêtre ?

– Non, laisse. J'aime dormir la fenêtre ouverte.

– Mais avec cette musique, tu ne vas pas fermer
l'œil... Pourquoi tu n'as pas demandé une chambre de
l'autre côté ? Tu aurais été plus tranquille.

– Ah non ! Tu ne vas pas t'y mettre toi aussi !
Qu'est-ce que vous avez tous à croire que j'ai absolument besoin de tranquillité ?

– Mais...

– J'aurai bientôt l'éternité pour me reposer... et
crois-moi, les voisins ne seront pas trop bruyants !

Maddy a un petit rire lugubre. Bérengère vient

s'asseoir près d'elle, la serre dans ses bras, lui murmure :

– Tu dis des horreurs... mais je suis contente de voir que tu vas mieux.

Maddy lui caresse la joue :

– Laisse-moi te regarder.

Elle saisit entre ses mains le visage de Bérengère, l'approche très près du sien, et le parcourt lentement, méthodiquement.

– Que tu es belle, ma petite.

Bérengère sourit.

– Je te vois sourire. Tu ne peux pas savoir comme je suis fière de toi. Je suis tellement contente de te voir mariée.

Bérengère entoure le cou de sa grand-mère, se blottit contre elle. Elle entend Maddy murmurer :

– Tu as toujours été ma préférée, tu le sais.

Bérengère sent monter en elle une tristesse immense, inexplicable. Elle sait qu'il faut rompre le silence pour ne pas se laisser submerger :

– Maddy, tu veux que je t'aide à te déshabiller ?

– J'allais te le demander, si ça ne t'ennuie pas. C'est que j'ai du mal, maintenant... surtout avec les fermetures Éclair dans le dos. J'y arrive, mais j'ai du mal...

– Laisse-moi faire.

Elle aide sa grand-mère à se lever. Elle lui ôte sa veste de tailleur, la pose sur le dossier d'une chaise. Puis elle fait descendre doucement la fermeture Éclair de la robe.

– Tu peux lever les bras ?

Maddy s'exécute. Bérengère voit la grimace de douleur que sa grand-mère s'efforce de dissimuler.

– C'est dur d'être un vieux tas délabré, tu sais.

– Arrête, Maddy ! C'est normal de demander un peu
d'aide, à ton âge.

Elle la fait asseoir au bord du lit, lui enlève ses
chaussures. Ce sont des chaussures de vieille dame,
confortables, avec un talon plat. Maddy a renoncé aux
escarpins. Ses pieds ont un peu gonflé et la marque de
la bride reste imprimée dans sa chair. Bérengère fait
glisser les bas de Maddy le long de ses jambes. La
peau est blanche, lisse, incroyablement douce. Les
muscles ont fondu peu à peu. Maddy est maigre à
présent, presque décharnée, comme si son corps se
préparait lentement à quitter la vie, en se dépouillant
de sa chair vivante. Bérengère a l'impression fugace,
terrible, qu'une fois la mort venue, la peau fragile se
déchirera d'un coup, et que Maddy passera en un instant de l'état de vivant à celui de squelette.

– Tu es bien silencieuse... À quoi tu penses ?
demande sa grand-mère.

– Je pense que tu as de très beaux dessous. Où as-tu
trouvé cette magnifique combinaison ?

– Ah ça madame, c'est un modèle de chez La Perla !

– Eh ben dis donc, tu ne te refuses rien ! Ça te va
drôlement bien en tout cas.

– Ma petite, ce n'est pas parce que je suis vieille
que je vais arrêter d'être élégante. Ma mère disait qu'il
fallait être aussi soigné en dessous qu'au-dessus. Il
m'est arrivé de lui désobéir sur bien des points, mais
jamais sur celui-là.

– Ça me fait plaisir de voir que tu portes toujours
de jolies combinaisons. C'est un de mes souvenirs
d'enfance : toi en combinaison, si belle, à La Croix-
Pilate, en train de crier aux garçons de faire moins de
bruit par-dessus la balustrade.

Maddy rit de bon cœur :

– Tu vois, je suis toujours en combinaison ! Pas aussi belle, mais toujours en combinaison... Il doit y avoir une chemise de nuit sur le dossier du fauteuil. Tu peux m'aider à la passer, s'il te plaît ?

Bérengère aide Maddy à ôter sa belle combinaison, son soutien-gorge. Elle lui met la chemise de nuit, et ferme un à un les boutons, sur le devant. C'est une chemise de nuit de coton rose à fleurs blanches, très différente de la combinaison en dentelle, soyeuse et raffinée. Comme si elle lisait dans ses pensées, Maddy fait remarquer :

– Tu as vu cette horreur ? C'est Isabelle qui m'a acheté ça. Comme si c'était mon style ! Elle sait parfaitement que je déteste ces chemises de nuit de mémés, mais elle dit que j'ai besoin de quelque chose de confortable !

– Elle n'est pas si mal, cette chemise de nuit. Elle te donne un air doux.

– D'abord, je n'ai pas envie d'avoir l'air doux. Et ensuite, ce n'est pas parce que je suis devenue une pauvre aveugle qu'il faut abuser de la situation !

– Maddy, tu ne peux pas dire que tante Isabelle abuse de la situation...

Maddy secoue la tête, agacée. Elle se penche vers Bérengère et murmure :

– Je l'ai entendue l'autre jour dire à Marie-Claire qu'il fallait que j'arrête de « jouer les vamps », à mon âge. Non mais, tu te rends compte ? Tout ça parce que je n'ai pas envie d'enfiler ces horribles trucs en pilou ! Tout ça parce que j'ai envie d'avoir de jolies chemises de nuit !

Assise au bord du lit, la vieille dame semble

bouleversée, perdue dans la grande chemise de nuit rose qui couvre son corps décharné.

– Tu sais ce qu'on va faire, Maddy ? La semaine prochaine, je t'emmène dans une boutique de lingerie, et on t'achète la chemise de nuit la plus élégante, la plus luxueuse, la plus sexy du magasin ! Après, on ira prendre un thé et des gâteaux au Poussin bleu.

Maddy sourit, et son regard se fait narquois :

– Tes tantes vont être folles de rage !

À présent, Maddy est dans la salle de bains. Bérengère lui a proposé de l'aider, mais elle a refusé. Elle a dit qu'elle était encore capable de faire sa toilette toute seule. Bérengère sait que ça n'est pas vrai : depuis un mois, une infirmière vient l'aider tous les matins. Maddy ne voulait pas, mais ses filles ont fini par l'y obliger. Pour la convaincre, tante Isabelle a dû prononcer la phrase fatidique :

– Maman, il y a des jours où vous faites négligée.

Pour Maddy, ça a été terrible. L'idée de n'être pas toujours impeccable lui fait horreur ; mais l'idée de ne plus y arriver toute seule et de devoir se livrer chaque jour à une étrangère lui est presque aussi insupportable. Depuis qu'on lui a imposé les services de l'infirmière, elle en veut à ses filles, à Isabelle surtout. C'est injuste, mais c'est ainsi. Bérengère sait par sa mère que Maddy est odieuse avec l'infirmière.

Elle entend couler l'eau dans la salle de bains. Elle devine que sa grand-mère aurait besoin d'aide, mais n'ose aller la trouver : Maddy serait blessée si sa petite-fille venait la rejoindre alors qu'elle a déclaré pouvoir se débrouiller seule. Bérengère regarde dans le parc les frondaisons noires, laisse aller ses pensées. Elle

n'imaginait pas que ces instants passés avec sa grand-
mère la bouleverseraient à ce point. C'est étrange : elle
la savait fragile, et malade, mais elle n'avait pas
jusqu'ici véritablement pris la mesure des ravages
opérés par le temps. Elle l'a presque portée dans l'escalier ; elle a mesuré son souffle au bord de ses lèvres,
senti les battements de son cœur ; elle l'a déshabillée ;
elle a touché ses jambes, ses pieds, et d'un coup l'évidence est apparue dans sa douloureuse crudité : Maddy
est vieille. Maddy va mourir bientôt. Maddy peut
mourir d'un moment à l'autre. À partir de maintenant,
il faut la regarder et la chérir comme si chaque fois
était la dernière.

Bérengère n'a pas envie d'être triste un jour comme
aujourd'hui, et pourtant la tristesse à présent se fait
envahissante, intraitable. Bientôt, ce sera l'arrache-
ment. Maddy va mourir. Maddy, la personne la plus
singulière qu'elle ait jamais connue, la personne qui a
le plus marqué son enfance, et peut-être même son
existence entière. Excentrique, cruelle, injuste, géné-
reuse et drôle. Bérengère a toujours été la petite-fille
préférée : celle qu'on emmène dans les boutiques, dans
les musées, au cinéma, celle à qui l'on achète une robe
en soie très chère pour ses seize ans, celle à qui l'on
donne en secret un petit médaillon en or, avec des
perles et des lapis-lazulis...

Bérengère se demande d'où vient cette préférence.
Parmi tous les cousins, qu'a-t-elle de particulier ? Elle
n'est pas aussi jolie que Laurence. Elle n'est pas aussi
intelligente que Marie... Elle sait qu'il n'y a probablement aucune explication précise. C'est un effet du
hasard et du bon vouloir de sa fantasque grand-mère.

Pour ses petits-enfants, Maddy a toujours été une star éblouissante. En mai 68, jeune veuve de quarante-trois ans, elle est allée à Paris pour faire la révolution. Elle a lancé des pavés et crié « CRS, SS ! », participé à des réunions agitées, fumé des substances interdites... Et puis elle est rentrée à la mi-juin dans sa grande maison de La Croix-Pilate. Il fallait donner des instructions aux domestiques pour que tout soit en ordre à l'arrivée des enfants qui rentraient pour l'été, de pension, de l'université ou, pour Catherine – la mère de Bérengère –, de voyage de noces. Depuis, Maddy se proclame « de gauche », ce qui a contribué à la brouiller avec une partie de ses vieilles amies – « Bon débarras ! », a-t-elle commenté – et à fortement agacer ses enfants.

Quand elle habitait encore à La Croix, elle commandait chaque Noël un immense sapin qu'on installait dans le hall, au pied du grand escalier. La cime montait plus haut que le premier étage, et il fallait se pencher au-dessus du vide, dans les bras de papa, pour accrocher l'étoile au sommet. Chaque année, Maddy décorait le sapin de couleurs différentes – rouge et or, bleu et argent, vert et rose – avec de vraies bougies. Une année, le sapin a pris feu. On a eu très peur et on a bien ri, une fois l'incendie maîtrisé, devant l'air pitoyable de l'arbre magnifique à moitié calciné. L'année suivante, Maddy a renoncé aux bougies, mais la rampe d'escalier en fer forgé a été intégralement habillée d'un rideau d'ampoules lumineuses. L'entrée de la maison de Maddy ressemblait à celle d'un domaine enchanté.

Bérengère ferme les yeux : elle laisse se succéder les images heureuses de son enfance. Au volant de sa Triumph décapotable, Maddy file en trombe vers le

boulevard Haussmann. Elle dévalise les grands magasins pour ses petites-filles, avant de les emmener
manger des pâtisseries chez Hédiard. Maddy laisse
Bérengère essayer les robes de bal qu'elle a conservées
de sa jeunesse. Le dressing est immense et sombre. À
travers les housses, Bérengère voit briller les étoffes
somptueuses. Maddy lit les histoires fantastiques de
Lovecraft à ses petits-enfants, d'un ton lugubre et inspiré. Bérengère a huit ans. Elle sent les frissons d'une
terreur délicieuse glisser le long de son dos. Pendant
des semaines, elle fait des cauchemars. Le cadavre
décomposé d'une femme mystérieuse vient chaque
nuit dormir à ses côtés. Elle n'ose pas le dire à sa mère
pour ne pas causer d'ennuis à Maddy, et pour que les
histoires continuent...

La porte de la salle de bains s'ouvre, et Maddy entre
à pas menus. Elle s'est démaquillée. Elle a l'air fatiguée.

– Je vais me coucher, maintenant.

Bérengère ouvre le lit, aide sa grand-mère à allonger
les jambes, la recouvre.

– Tu n'auras pas froid ? Tu veux que je mette aussi
le dessus-de-lit ?

– Non, non, ça ira comme ça. Tu peux éteindre la
lumière.

Bérengère presse l'interrupteur, et le visage de
Maddy disparaît dans l'obscurité. Au bout de quelques
instants, il réapparaît dans l'ombre, fragile et blanc,
posé au creux de l'oreiller dont les plis forment comme
une étoile noire. Maddy a les yeux ouverts.

– Tu es bien ? Tu n'as besoin de rien ?

La vieille dame murmure :

– Je suis bien... Est-ce que tu veux bien rester encore un tout petit peu avec moi, ma chérie ?

Bérengère s'assied sur un fauteuil crapaud, juste à côté du lit. Elle lui prend la main. Dans le noir, elle entend la voix de sa grand-mère, très douce, très distincte :

– Ma chérie, je n'aime pas parler de ça, mais il faut bien le dire : je crois que je n'en ai plus pour très longtemps.

– Qu'est-ce que tu racontes ! C'est vrai que tu as eu pas mal de pépins de santé ces derniers temps, mais regarde-toi : tu pètes la forme, Maddy. Tu manges comme quatre ! Tu continues à lire le journal ! Tu traites tout le monde d'abruti !

Bérengère sent, au moment où elle les prononce, que ses paroles ne convainquent personne, ni elle ni sa grand-mère. Elles ne servent qu'à prolonger l'illusion que tout est comme avant, alors que tout a changé.

– Tu sais, ma chérie, il y a un moment où il faut arrêter de mentir, et peut-être même de se battre, pour se concentrer sur les choses essentielles, pour faire le point en quelque sorte. Partir en ayant tout passé en revue.

– Pourquoi tu dis ça, Maddy ? Pourquoi tu me dis ça maintenant ?

– Parce que j'ai envie de te le dire maintenant. Parce qu'il n'y aura peut-être plus tant d'occasions que ça. Tu vois, ce soir, je t'ai tenue dans mes bras, j'ai vu ton visage, combien tu es belle... J'ai toujours su que tu deviendrais une très jolie femme, une femme de goût...

Elle se tait un instant, comme perdue dans ses pensées, puis elle a un petit rire :

– Quand tu étais petite, je te prenais dans mes bras,

dans l'appartement de la rue Ampère, et je te montrais tous les tableaux, tous les vases de porcelaine. Je te disais le nom des couleurs ; je te les faisais toucher du doigt. Tu aimais surtout le rose et le bleu, comme moi.

Bérengère ne dit rien. Elle laisse parler sa grand-mère. Elle colle sa joue contre sa main.

– Ma chérie, ce soir, tu ne peux pas savoir à quel point je suis heureuse de te savoir mariée avec ce garçon. Il est très bien, vraiment très bien.

– C'est vrai, Maddy, il est très bien. Il est parfait.

– Tu sais, quand vous êtes venus me voir à Noël, j'ai tout de suite su que c'était le bon. C'est sûr... Je vais te dire pourquoi, ma petite : non seulement il est beau et intelligent, mais en plus il a de l'humour. Tu te souviens comme il m'a fait rire ?

– C'est vrai, il a énormément d'humour. Moi aussi, il me fait beaucoup rire. Avant lui, je n'avais jamais rencontré quelqu'un qui me fasse rire comme ça.

– Le sens de l'humour, c'est une chose rare, je peux te le dire. C'est pour ça que c'est le bon. Parce qu'on a beau épouser M. Parfait, si M. Parfait n'est pas drôle, on finit par s'ennuyer... s'ennuyer à mourir.

Bérengère rit, la joue contre la main de sa grand-mère. Elle demande :

– Tu parles d'expérience, Maddy ?

La main de Maddy tremble, et Bérengère regrette aussitôt ses paroles. Dans la famille on ne pose pas de questions indiscrètes ; on ne sollicite pas ce genre de confidences. Bérengère murmure :

– Excuse-moi, Maddy. Je ne voulais pas...

D'un coup, elle se sent très malheureuse. Elle a beau aimer plus que tout sa grand-mère, avoir partagé avec elle des moments merveilleux, elle ne sait quasiment rien de son histoire. De la jeunesse de Maddy, elle ne connaît que des photographies dans l'album de famille : Maddy en manteau de fourrure au volant de sa Bugatti, Maddy en tailleur « *new look* », tenant un bébé dans les bras, Maddy jouant au tennis, Maddy posant avec grand-père, leurs six enfants et un énorme chien noir, devant la maison de La Croix-Pilate, Maddy après la mort de grand-père, durant sa période « perruque et whisky », discutant politique avec oncle Jacques tandis que tante Florence et tante Isabelle se tiennent aux aguets, l'air inquiet, prêtes à éteindre tout début d'incendie. Bérengère sait que Maddy a été une femme très belle, très élégante, très riche, qui a eu six enfants, un mari médecin et une grande maison. Elle ne sait rien, au fond.

Si une question indiscrète lui a échappé, ce soir, c'est qu'elle mesure, malgré toute la tendresse de leur relation, combien leurs rapports ont été superficiels : des moments heureux, des joies partagées, et finalement peu de discussions profondes, de confidences, d'échanges qui auraient donné du poids à leur intimité. Elle entend la voix de sa grand-mère, douce et grave :

– Tu veux savoir si j'ai été heureuse avec ton grand-père ?

Bérengère murmure :

– Je veux bien que tu me parles de toi et de lui, mais je ne veux pas être indiscrète...

– Tu sais, ma petite, il y a un moment où on a le droit d'être indiscret. Il faut savoir se dire les choses importantes avant de se séparer... Qu'est-ce que tu sais de ton grand-père ?

Elle ne sait rien de son grand-père. Ni sa mère, ni ses oncles et tantes ne parlent de leur père, sinon pour évoquer ses succès professionnels. Grand-père était un grand médecin. C'est en réalité tout ce qu'elle sait de lui.

– C'était un grand médecin...

Maddy a un rire bref :

– Eh bien, ma chérie, tu sais l'essentiel. Il n'y a pas grand-chose à ajouter.

Bérengère dit à voix très basse :

– Ça veut dire que tu n'as pas été heureuse avec lui...

Maddy se tait. Elle semble perdue dans des souvenirs lointains, à la recherche d'images et de mots enfouis depuis très longtemps.

– Je vais te dire une chose, ma chérie, que je n'ai jamais dite à personne...

Bérengère sent que son cœur, d'un coup, bat plus vite, plus lourdement, comme s'il se préparait à recevoir une émotion violente. Sa grand-mère reste un instant silencieuse, et Bérengère a l'impression d'entendre résonner dans la pièce les battements de leurs deux cœurs. La musique, tout à l'heure si envahissante, lui semble à présent très lointaine, imperceptible, comme si la chambre avait été transportée en un instant dans un endroit secret, loin du monde et de la fête. Elle entend sa grand-mère murmurer :

– En m'épousant, ton grand-père m'a rendu service. À l'époque, c'était même un très grand service qui me tirait d'une situation bien embarrassante... Pour cela, je ne lui serai jamais assez reconnaissante.

La voix de Maddy tremble. Elle se tait un instant. Bérengère frissonne. Elle n'est pas sûre d'avoir compris, et pourtant, même dites à demi-mot, les choses semblent claires.

Elle entend Maddy murmurer :

– Évidemment, j'étais jolie, et puis j'héritais d'une clinique, ce qui rendait les choses moins désagréables, et même assez intéressantes...

Bérengère demande d'une toute petite voix :

– Maddy, est-ce que j'ai bien compris ce que tu veux me dire ? « Une situation bien embarrassante », ça veut dire que tu étais...

– Oui, tu as compris, ma chérie... J'étais jeune. J'avais vingt ans. C'était juste après la guerre.

Bérengère réfléchit, très vite : juste après la guerre, 1945, l'année de naissance de sa mère, l'aînée des six enfants de Maddy... Elle murmure, abasourdie :

– Maman.

– Oui, ta mère.

– Mais... qu'est-ce qui t'est arrivé ? Tu as été... abandonnée ?

Maddy répond tristement :

– Abandonnée... en un sens, oui. Abandonnée.

Elle reste un long moment sans rien dire. Bérengère a l'impression qu'elle pleure. Mais non, elle ne pleure pas. Elle se souvient.

– Il était séduisant. Il était brillant. Il était drôle. Il venait d'un milieu très simple et n'avait pas un sou. Il travaillait pour payer ses études d'architecture, dans un restaurant chic où j'avais été plusieurs fois invitée à déjeuner. On s'est remarqués... Les choses se sont faites peu à peu... J'étais effrontée, pour une jeune fille de mon âge et de mon milieu. Je crois surtout qu'être amoureuse me donnait toutes les audaces. J'ai eu cette aventure. Personne n'a eu le moindre soupçon.

Elle rit d'avoir si bien trompé son monde. Mais,

Bérengère le devine, ce que va lui raconter sa grand-mère n'est pas si drôle...

— À l'époque, on n'avait pas les moyens d'aujourd'hui... on ne se débrouillait pas très bien. J'étais totalement ignorante de ces choses-là. Enfin, voilà : je me suis trouvée enceinte. Quand je m'en suis rendu compte, je n'ai même pas été effrayée. J'étais trop amoureuse. Lui était assez bouleversé. Il voulait m'épouser, mais il savait qu'il ne représentait certainement pas pour ma famille le parti idéal. Il m'a dit : « Il faut parler à tes parents. Je vais leur demander ta main. » J'étais folle de joie. Je ne voyais pas les difficultés. Je me moquais bien que mes parents soient furieux. Ils m'avaient toujours passé tous mes caprices. Je savais qu'ils finiraient par accepter ce mariage. De toute façon, vu mon état, ils n'avaient guère le choix. J'étais sûre que tout se passerait bien. La guerre était finie. J'allais être sa femme. Nous avions la vie devant nous. Ce jour-là, je l'ai quitté en riant presque. J'ai couru dans l'escalier en pensant : Pas trop vite ! Attention au bébé !

On devait se retrouver le lendemain, dans une auberge d'Archambault, pour décider de la façon dont on allait s'y prendre. Je me souviens, c'était un mardi. Il n'est jamais venu. Pendant deux jours, affreux, j'ai cru à l'impensable : qu'il m'avait abandonnée. Le vendredi, je suis allée au restaurant, pour avoir une explication avec lui. C'est là que j'ai appris qu'il s'était tué à moto, trois jours plus tôt, en roulant sous la pluie sur la route d'Archambault.

Maddy se tait quelques instants. Bérengère voit ses yeux ouverts sur l'obscurité, et l'entend respirer un peu plus fort. Elle devine que la vieille dame fait de gros efforts pour conserver son calme.

– Souvent je pense : s'il n'y avait pas eu de pluie ce jour-là, peut-être qu'il n'y aurait pas eu d'accident, peut-être qu'on se serait mariés, peut-être... peut-être... Mais ça ne s'est pas passé comme ça...

Bérengère sent sa main trembler :

– Tu vois, une chose affreuse, quand on est vieux, c'est qu'on n'a plus de larmes. J'ai les yeux secs et malades. Je n'arrive même plus à pleurer comme je voudrais, comme il mériterait de l'être encore, soixante ans après...

Bérengère est incapable de dire un mot. Elle se contente de serrer la main de sa grand-mère.

– Tout a été pour moi si terrible. Ce n'était pas la peine de chercher à dissimuler... J'ai pleuré tout ce que je pouvais pleurer. Je l'avais perdu. Je me retrouvais seule, dans une situation terriblement compromettante : enceinte sans être mariée, j'allais devenir ce qu'on appelait à l'époque une « fille mère ». Mon père faisait de la politique, et il y avait la clinique... Ce serait un énorme scandale. Lorsque mes parents ont su, ils ont tout de suite pris les choses en main. Il n'était bien sûr pas question d'avorter. Ils voulaient que j'abandonne le bébé. À l'époque, c'était fréquent. Il y avait des endroits où l'on pouvait séjourner quelque temps pour cacher les grossesses déshonorantes, et accoucher dans la discrétion. C'étaient des bonnes sœurs qui s'en occupaient. C'était très bien organisé. Mes parents avaient déjà tout prévu, mais je n'ai pas voulu. Dans un sens, ça aurait été plus simple pour moi d'abandonner le bébé, seulement je ne m'en sentais pas capable. C'est tout ce qui me restait de lui. Je ne sais pas pourquoi, j'étais persuadée que ce serait un garçon, et j'avais déjà prévu de l'appeler comme son père.

Quand mes parents ont vu que je ne céderais pas, ils m'ont proposé un arrangement : je pouvais garder l'enfant, mais je devais « sauver les apparences ». Autrement dit : me marier sans attendre. Ils m'ont clairement fait comprendre que c'était leur dernière offre. Je n'avais pas le choix : si j'avais refusé, on m'aurait enlevé le bébé, d'une façon ou d'une autre. J'ai dit oui sans hésiter. Je ne pensais qu'à une chose : garder l'enfant.

Quand je vois les femmes d'aujourd'hui, je me dis que j'aurais été capable, sans doute, de résister, de partir et de me débrouiller toute seule. Mais tu vois, on n'élevait pas les filles de la même façon, à l'époque. J'étais enfant unique, très gâtée, très jolie, excellente joueuse de tennis. J'avais beaucoup de succès dans les bals de la bonne société. Pour une fille de mon milieu, ça tenait lieu de réussite... J'avais passé le bac, mais on ne m'avait pas vraiment poussée à faire des études. Jamais je n'avais envisagé de travailler, de me débrouiller par moi-même, de gagner ma vie. J'avais l'impression de n'avoir aucune solution, aucun moyen de refuser ce qu'on voulait m'imposer. Alors j'ai accepté.

Tout a été mené rondement : mon père est allé trouver le plus brillant des jeunes médecins de son service, celui pour lequel il avait le plus d'estime, et lui a « mis le marché en main », si j'ose dire. Je ne sais pas en quels termes il lui a présenté la chose, mais l'idée générale était : vous acceptez d'endosser cette paternité et, pour paiement de votre sacrifice, vous épousez une héritière ; une brillante carrière s'ouvre devant vous. Ton grand-père a répondu : « Je ferais n'importe quoi pour votre fille. » Sans doute eût-il été plus exact de dire : « pour votre fille et pour votre clinique », mais passons. Mon père était satisfait.

Le mariage a eu lieu. Malgré mon état, ou peut-être à cause de mon état, mes parents n'ont pas voulu que les choses se fassent dans la discrétion : je portais une robe spectaculaire, des mètres et des mètres de dentelle et de satin. Tout cela pesait au moins dix kilos. Je me souviens, j'étais empêtrée dans ces voiles, si nauséeuse, si fatiguée... J'ai vécu cette journée comme un cauchemar éveillé. Je ne comprenais pas ce que je faisais là, devant l'autel, à côté de ce jeune homme assez beau, assez content de soi et de sa bonne fortune. En réalité, j'étais loin, avec mon amant disparu. J'étais à un bal un soir de juin et je dansais à m'étourdir. J'étais dans un café, avec lui, et il me réchauffait les doigts entre ses mains. J'étais dans une chambre d'étudiant, et je me donnais à lui sans retenue. J'étais derrière lui, à moto, sur une route de campagne. Je priais, je priais. Je suppliais un mort de revenir.

Après, nous sommes partis pour un long voyage de noces de plusieurs mois. C'était la mode, à l'époque, dans notre milieu. En fait, nous avons passé la majeure partie du temps sur la Côte basque, puis sur la Côte d'Azur. Dès que mon ventre a commencé à s'arrondir, mon mari ne m'a plus touchée. Puis il est rentré reprendre ses fonctions à la clinique, et je suis restée. Officiellement, j'étais très affaiblie par ma grossesse ; je devais demeurer dans le Sud pour me reposer... Ta mère est née sept mois après mon mariage, soi-disant gravement prématurée. Mes parents ont tout arrangé. La bonne société y a cru, ou a fait semblant d'y croire.

Cinq mois après la naissance de ta mère, je suis rentrée à la maison, et tout le monde est accouru pour saluer l'arrivée du bébé miraculé... Voilà. Ton grand-père a aimé cette petite comme si elle avait été la sienne. Je dois dire que, là-dessus, il n'y a rien à lui reprocher... Et puis il a trouvé le moyen de me faire cinq enfants, histoire d'effacer par des paternités légitimes la déconvenue originelle...

Bérengère frissonne. Elle a du mal à croire qu'à quelques mètres de là, en bas, au milieu des arbres, il y a une fête – sa fête – longuement préparée dans ses moindres détails... La musique, les rires, la rumeur des voix lui parviennent sans la toucher. Elle se sent engourdie, perdue. En proposant à sa grand-mère de l'accompagner dans sa chambre, elle n'imaginait pas qu'elle serait confrontée à de telles révélations. Quelque chose lui dit que Maddy avait au contraire tout prévu. Depuis le début, elle voulait le lui dire. Elle voulait le lui dire ce soir. Bérengère murmure :

– Est-ce que maman sait ?... se doute ?

– Non, ta mère ne sait rien. Personne ne sait rien. Il n'y a que toi...

– Pourquoi tu me le dis à moi, Maddy ?

– Peut-être tout simplement parce que je suis bien fatiguée, ce soir, et que j'ai envie de parler avant de m'endormir. Je crois que je dormirai la conscience tranquille quand j'aurai tout raconté.

Bérengère insiste :

– Pourquoi moi ?

Maddy chuchote :

– Tu sais, je crois qu'il y a quelque chose de spécial chez toi. Tu es la seule personne qui doit savoir... parce que tu es la seule à avoir quelque chose de lui... Quand je m'en suis aperçue, tu ne peux pas imaginer ce que j'ai ressenti. C'était comme un miracle, comme si je retrouvais des fragments de lui, quarante ans après... Quand tu étais petite, à certains moments, tu te mettais à lui ressembler de façon étonnante. Quelque chose dans l'expression du visage, les yeux... C'est difficile à dire... Je me souviens, quand ça arrivait, je te fixais plusieurs minutes, je t'observais, j'attendais que revienne le moment où j'avais entrevu son visage dans le tien. Mais ça ne se reproduisait pas. Ça n'arrivait que par hasard, quand je tournais la tête vers toi sans y penser, et que soudain tes yeux me frappaient en plein cœur.

Et puis, en grandissant, tu as pris une manie que déplorait ta mère : une façon bien particulière de te caresser les sourcils lorsque tu réfléchis...

Bérengère murmure entre rire et larmes :

– C'est vrai qu'il m'arrive de me gratter les sourcils jusqu'à les user complètement. Je me souviens, les soirs de révisions, je me retrouvais avec des sourcils massacrés, tout pelés. Maman hurlait, mais je soutenais mordicus que ça m'aidait à me concentrer.

– Ce qui est incroyable, c'est que ton grand-père – je veux dire, ton véritable grand-père – avait exactement la même habitude de se gratter les sourcils chaque fois qu'il réfléchissait. C'est passé en toi, on ne sait comment, et pour moi, c'est comme un miracle. Ma petite, je ne crois pas à la réincarnation, à toutes ces bêtises. Je ne suis même pas sûre qu'il y ait quelque chose après la mort...

– Ohhhh..., fait Bérengère d'un air désappointé.

– Désolée de te décevoir, ma petite, mais tu vois, il ne me reste plus beaucoup de religion... Je me dis

pourtant que certaines choses se transmettent, mysté-
rieusement, d'un individu à un autre. Comme une force
vitale, un souffle, qui fait revivre les morts dans les
personnes vivantes. En toi, il y a son souffle à lui, c'est
sûr... Et il n'y a qu'en toi que je l'ai retrouvé...

Bérengère pleure dans le noir. Maddy le sent :

– Il ne faut pas pleurer, ma chérie. Je ne t'ai pas
raconté tout ça pour te faire pleurer. S'il te plaît, ne
pleure pas, Bérengère.

Bérengère ravale ses larmes, se tient bien droite dans
le fauteuil au milieu des replis de sa robe de soie. Elle
dit :

– Tu n'as pas été heureuse...

Maddy murmure avec calme :

– Non, je n'ai pas été heureuse dans mon mariage...
J'ai pourtant fait des efforts. J'ai été la bourgeoise
exemplaire qu'on voulait que je sois : j'ai été fidèle à
mon mari ; je me suis bien occupée de mes enfants ;
j'ai organisé des réceptions ; j'ai participé à des bonnes
œuvres. J'ai accepté de faire taire ma fantaisie, mon
envie de vivre... Mais ça n'a pas suffi. Notre mariage
n'a pas été heureux. Je n'ai jamais réussi à l'aimer. Lui
non plus, n'a pas réussi. Il était indifférent. À la fin de
sa vie, quand il était si malade, il était même parfois
violent. Il ne m'a jamais pardonné de n'avoir pas été
le premier.

Elle a un petit rire triste :

– Tu vois, à l'époque, ça comptait beaucoup d'être
le premier ! Ce n'est pas comme aujourd'hui, où c'est
presque une corvée !

Bérengère est un peu choquée, mais elle ne dit rien.
Elle est habituée aux excentricités et aux provocations
de sa grand-mère.

– La mort de ton grand-père a été un soulagement. Je sais que ça ne se fait pas de dire des choses pareilles. C'est affreux, mais c'est ainsi. Après, j'ai décidé d'abandonner mon ancienne vie. Je ne supportais plus rien. C'était comme si toute mon existence tombait en miettes. J'aurais pu chercher du réconfort auprès de mes enfants, mais je ne sais pas... ça a toujours été tellement difficile avec eux. Et puis, ils ressemblent tant à leur père... même ta mère, c'est dire ! Je n'en pouvais plus. Les grands étaient déjà partis de la maison pour faire leurs études. J'ai mis les derniers en pension, et j'ai décidé de vivre ma vie. J'ai fait un peu n'importe quoi... mais je suis sûre qu'on t'en a parlé...

– ...

– Oh ! Ne fais pas l'ignorante ! Je suis sûre qu'on t'a raconté un tas d'horreurs sur moi.

– Rien qui me fasse douter d'avoir eu la plus merveilleuse, la plus fantastique des grand-mères !

– Tu es gentille... Enfin, ce qui est fait est fait. J'ai essayé de m'amuser. Mais j'ai vite compris que je ne rattraperais jamais le temps perdu. Et de toute façon, la seule personne que je cherchais dans ce monde n'y était plus...

Et puis les petits-enfants ont commencé à arriver. Autant ça ne m'a pas bouleversée d'être mère, autant j'ai aimé être grand-mère. J'étais si heureuse de vous avoir, de m'occuper de vous.

Et puis, il y a eu toi, qui étais sa petite-fille de façon si évidente que j'avais envie de prendre les autres à témoin, de leur dire : « C'est incroyable ce qu'elle lui ressemble, vous ne trouvez pas ? » Évidemment, c'était impossible, et cela rendait cette ressemblance encore plus précieuse. Tu étais ma petite adorée, ma petite plus chère que tout.

Elle se tait un long moment, et Bérengère reste sans un mot, à lui tenir la main. Elle s'applique à concentrer dans l'étreinte de cette main tout ce qu'elle a de tendresse.

– Ma chérie, je voudrais te dire... S'il m'arrive quoi que ce soit, il y a deux ou trois choses... il ne faut pas que ce soit quelqu'un d'autre qui les trouve... dans la table de nuit de ma chambre à coucher. Tu verras, c'est très facile : il faut soulever le dessus en marbre et faire coulisser le panneau du fond. S'il m'arrive quelque chose, je veux que tu ailles récupérer ce qui se trouve derrière. Deux lettres, et une photo. Fais-moi plaisir : débrouille-toi comme tu veux, mais je veux être enterrée avec ces lettres et cette photo. Tu me promets que tu le feras ?

Bérengère ferme les yeux, et le petit meuble rococo apparaît, très distinctement, avec son dessus de marbre rose, ses guirlandes de bois sculpté. Elle murmure : « Oui » en s'étranglant un peu.

– Jure-le-moi.

– Je te le jure.

Elle ne peut plus s'en empêcher : elle pleure, elle sanglote tant qu'elle peut, en collant sa joue contre la main de sa grand-mère.

– Bérengère, je ne veux pas que tu sois triste. Sinon, je vais regretter de t'avoir parlé ce soir...

– Ne t'en fais pas. Ça va aller. Ça va très bien.

– Je suis si soulagée de l'avoir dit. Ça me fait tellement plaisir d'avoir eu cette conversation avec toi ce soir. Ma chérie, dis-moi que je n'ai pas eu tort.

Bérengère se redresse, tente de se ressaisir.

Sa grand-mère tâtonne, et tire un mouchoir de sous son oreiller. Bérengère tend la main dans l'obscurité, vers la petite tache claire :

– Ne t'en fais pas : il est propre, dit sa grand-mère.

– Vu mon état, je ne vais pas chipoter, de toute façon !

Bérengère se mouche, longuement, bruyamment, et ce bruit tonitruant, un peu ridicule, les fait rire toutes deux :

– Ah, c'est malin ! Je dois être belle, avec la morve au nez !

– Tu es toujours belle, même quand tu es décoiffée, même quand tu pleures.

Bérengère se mouche encore une fois, serre le mouchoir humide dans sa main.

– Tu n'as pas eu tort de me parler. C'est juste que... c'est tellement d'émotions d'un seul coup. Je ne sais pas quoi dire. Je n'arrive pas encore à réaliser...

Elle se lève, et se penche pour serrer sa grand-mère dans ses bras. Le visage très pâle sur l'oreiller semble apaisé, prêt à laisser la nuit le recouvrir :

– Laisse-moi te regarder une dernière fois, ma chérie.

Bérengère se demande ce que Maddy entend par « une dernière fois ». Elle préfère ne pas le savoir. La vieille dame la fixe intensément dans l'obscurité. Que peut-elle voir ? Sans doute rien d'autre qu'une forme humaine dans une robe claire. Elle murmure :

– Tu as une si belle robe de mariée... et tellement de chance, Bérengère. Les jeunes femmes d'aujourd'hui ont tellement de chance. Il faut bien en profiter, ma chérie.

Bérengère murmure :

– Oui, je sais que j'ai beaucoup de chance.

Elle serre sa grand-mère contre elle.

– Je crois que tu peux me laisser, maintenant, ma chérie. Je vais m'endormir. Va rejoindre les invités. Amuse-toi bien.

Bérengère dit « Oui », dit « Je t'aime ». Elle voudrait rester encore un peu, mais n'ose pas contrarier sa grand-mère. Elle l'embrasse, se lève, quitte la chambre, ferme la porte aussi doucement qu'elle le peut.

En lâchant la poignée, elle pense : C'est la dernière fois que je la vois. Elle va mourir dans la nuit. Cela s'impose comme une évidence, une certitude qui lui remet les larmes aux yeux. Elle essaie de se raisonner. Elle a eu son lot d'émotions fortes aujourd'hui. Cela favorise sans doute les fantasmes mélodramatiques.

Dans le couloir, elle s'arrête un instant, face à un très grand miroir au-dessus d'une commode imitation Louis XV. Ses yeux sont rouges et son maquillage a coulé. Reste calme. Prends le temps de remettre de l'ordre dans tes idées. Face au miroir, elle essuie lentement les traces brunes sous ses yeux, avec le mouchoir qu'elle a conservé serré dans sa main. Elle ne peut pas descendre dans cet état. Elle revient sur ses pas et s'assied sur une petite chaise, tout près de la chambre de Maddy. Quand s'éteint la lumière du couloir, elle ne prend pas la peine d'enclencher à nouveau la minuterie. Elle se sent protégée par l'obscurité.

Longtemps, elle reste assise là, immobile. Lorsqu'elle se lève enfin, elle ne sait pas depuis combien de temps elle a quitté la fête, mais elle se dit qu'il faut y retourner. Elle allume la lumière et marche vers l'escalier. Elle s'arrête devant le miroir : son visage est à nouveau présentable. Elle caresse du doigt l'arc de ses sourcils, arrange une mèche sur son front, et demeure un long moment face à son reflet. Elle sourit. Elle est belle. La fête a été réussie, comme elle l'espérait. Tout était harmonieux, élégant. Et ce ciel magnifique, ce soleil... Les gens s'en souviendront comme d'un jour heureux. Pourquoi, alors, cette tristesse persistante, et ce sentiment violent d'un bonheur menacé ? Peut-être parce qu'une moto a dérapé sous la pluie il y a soixante ans. Peut-être aussi à cause de cet accroc qu'elle remarque soudain, dans le bas de sa robe.

Elle se met à descendre lentement l'escalier, évitant le regard de verre des bêtes empaillées. Arrivée au palier, à mi-chemin, elle aperçoit Vincent qui vient à sa rencontre :

– Qu'est-ce que tu as fabriqué avec ta grand-mère ? Ça fait plus d'une heure que tu es montée ! Je commençais à me demander...

Elle ne répond pas. Elle reste immobile.

– Tu sais que tu es belle, comme ça, avec ta longue robe dans le grand escalier. On dirait une reine de music-hall !

Un instant, elle se demande s'il se moque d'elle. Mais non. Il sourit et lui ouvre les bras. Il ne se moque pas d'elle. Il l'aime.

Elle n'a pas envie de rejoindre les invités. Elle voudrait quitter la fête et rester seule avec son mari. Alors elle se détourne et remonte en courant.

– Bérengère ! Mais qu'est-ce qui te prend ?

Lorsque Vincent arrive en haut des marches, elle l'attend, assise par terre dans l'obscurité.

– Qu'est-ce qui se passe, ma chérie ?

Il s'assied à ses côtés.

– Tu es triste ?

– Non.
– Tu m'aimes ?
– Oui.

Leurs fronts se touchent presque. Il lui prend la main et sent l'alliance à son doigt. Il voit ses paupières baissées, le dessin de sa bouche, grave et volontaire. Il sait qu'elle a pleuré. À cet instant, son cœur se serre et se déploie. Il n'a plus aucun doute.

Elle relève la tête, le regarde un instant sans rien dire, puis murmure :

– Vincent, promets-moi...
– Te promettre quoi, ma chérie ?
– Promets-moi qu'on va réussir notre vie.

Et, dans l'obscurité, il voit briller ses yeux, sans savoir s'ils l'implorent ou le défient.

Table

Du même auteur

Rome et ses monstres, essai, Éditions J. Millon,
   collection « Horos », 2005.

Composition réalisée par IGS-CP

Achevé d'imprimer en mai 2010 en Espagne par
Litografia Rosés S.A.
Gava (08850)
Dépôt légal 1ère publication : avril 2007
Édition 10– mai 2010
LIBRAIRIE GENERALE FRANÇAISE – 31 rue de Fleurus – 75278 Paris Cedex 06

31/1931/0